代償θ
シータ
〜精霊に愛されし出遅れ転生者、
やがて最強に至る〜
1
漂鳥
Illustrator bob
JN002081

ルイス
リオン

マイラ
モリス
エマ

リオン様の精霊紋
これほどに大きいとは。
キリアム家に伝わる伝承の通りです。
モリ爺にはコレが『視える』の？

CONTENTS

プロローグ

臥した赤龍のごとく。

風雨の浸食を刻む赤茶色の岩肌。悪天候で唸る風の咆哮。

遥か上空から見れば、大陸を縦断する脊梁山脈として映る山の連なりを、この地に生きる人々は、ちっぽけな人間を睥睨する巨大生物になぞらえてきた。

赤龍は、その懐に瑠璃色の珠を抱えている。その正体は、山脈東側の山裾に広がる澄んだ水を湛えたカルデラ湖だ。

その湖水が打ち震え、笑い弾けるような飛沫をあげた。

湖上を吹き抜ける風も、降り注ぐ陽光も、いつになく浮足立っている。そこに宿る人ならぬ存在。精霊と呼ばれるものたちの、溢れる歓喜を映して。

彼らの好奇心に満ちた視線は、湖に浮かぶ島にある、風変わりな形の建物に向けられていた。より正確に言えば、その中にいる一人の人物に、全ての注目が集まっていたのである。

六角錐堂。

その名の示す通り、建物自体が底辺を正六角形とするピラミッド型をしている。この特殊な形は、精霊との親和性を高めるためなんだって。

吹き抜けの高い頂点から天蓋が吊るされ、その縁を巡るように下がる紗布は、今現在、大きく手繰られて寝台が露になっている。

その大きな寝台の上で、俺は上半身の衣服をはだけられ、肌をむき出しにされていた。まだ早朝なので肌寒く感じる。それが気のせいではない証拠に、ぷつぷつと鳥肌が立ってきた。

自分で言うのもなんだけど、庇護欲を煽るような、いたいけな姿のはずだ。まだ子供だしね。

そろそろ観賞会をお開きにして、服を直してもいい？　そんな思いを込めて寝台を取り囲む大人たちを見上げるが、いつもなら過保護に世話を焼く彼らが、全く反応してくれない。

それほどに彼らは驚いていた。そして、少しでもよく見ようと、瞬きを忘れたかのように痛いほどの視線を送ってくる。息を詰め無言で。食い入るように、俺の素肌に見入っているのだ。

この状態で、たぶん十分以上は経っている。さすがに居心地が悪くなってきて、もぞもぞと同じ場所で座り直した。誰かが、この緊張感溢れる空気を動かしてくれることを期待して。

「リオン様。これは、ただごとではありません。これほどに大きく、かつ明瞭に現れることなど、めったにないことなのです」

「モリス、そんなに珍しいものなの？」

「はい。実際に目にして感動を覚えるほどに。精霊の御業である尊い銀光が、この上もなく眩しく輝いて見えます」

なるほど。これほど注目を浴びるのは、紋様が大きすぎる上にキラキラ光っているせいか。

首から肩、そして上腕や胸背部にかけて、左上半身を埋め尽くすように広がる巨大な紋様。

装飾的な幾何学模様は、極限まで成長を果たした氷花のようでもあり、『視える』者の目には神秘的な銀光を放っているように映るらしい。

——精霊紋

それは、精霊との確かな盟約の印とされている。

精霊紋を持つ。ただそれだけでも稀少なのに、俺の精霊紋は、その大きさが尋常ではなかった。既に伝承・伝説の類いとなっている、大いなる精霊の寵愛の証と言い切れるくらいに。

そんな、この地に住む者の信仰の象徴たりうるものが、何の前兆もなく、病弱な幼子の身体に現れた。それも、たった一夜のうちに。騒ぐなって言う方が無理か。

困った。ここまで目立つなんて。

事前に精霊紋の大きさを確認し忘れた。もっと小さなものだと勘違いしていた。でも、今さら言っても仕方ないか。便利だからあげると言われ、断る理由はなかったし、最終的には自分の意志で受け取った。だったら、周囲の反応込みで慣れていかなきゃね。

それに、どんなに類いまれなものであろうとも、今の心情的には、精霊紋はオマケみたいなもので。日々生きあがいて、ようやく死を予告する時限爆弾から逃げ切り、生き延びられたという安堵の方が大きかった。

名残惜しそうに大人たちが退室して、ようやく一息つくことができた。体調は嘘みたいに良好で、身体がとても軽い。こんなに楽なのは生まれて初めてだ。

生後間もなく、死にそうになって疾駆する馬車で搬送された。あのときには、自らの選択を激しく後悔した。だけど、苦しかった日々は今日を境に変わる。

こんな未来は想像できなかったな。といっても、まだ異世界に転生してたった四年だ。前世の記憶なんて全然役に立たないし、この先どうなるかなんて予測もつかない。

まあ、転生時の状況を思えば、結果は上々だけどね。あのときは、もっと訳が分からなかった。

それで随分と痛い目をみた。

異世界転生は、かつて見聞きしたフィクションとはまるで違っていて、不本意で、理不尽に降りかかる災厄のようなものだったのだ。

なぜここにいるのか、どうすればいいのか？

転生を素早く決断すべき場で、情報の少なさに戸惑い、もう少しと迷っているうちに、全てが手遅れになっていて。

でもさ、あんな風に、人を試すような意地の悪い選択をさせるのは、どうかと思うよ。こんなはずじゃなかったって思ったのは、たぶん、俺だけじゃないだろう。

転生の場には、高校のクラスメイトたちも一緒にいた。

彼らの消息は分からない。そもそも探すことさえしていない。いや、できなかった。今までは、自らが生き延びるのに必死で、他に気を配る余裕なんて欠片(かけら)もなかったから。

でも、これからは。

ようやく、未来への展望に思いを馳(は)せることができる。まずは、もっと太らなきゃ。本当の意味での異世界生活を始めるために。よし！　頑張ろう！

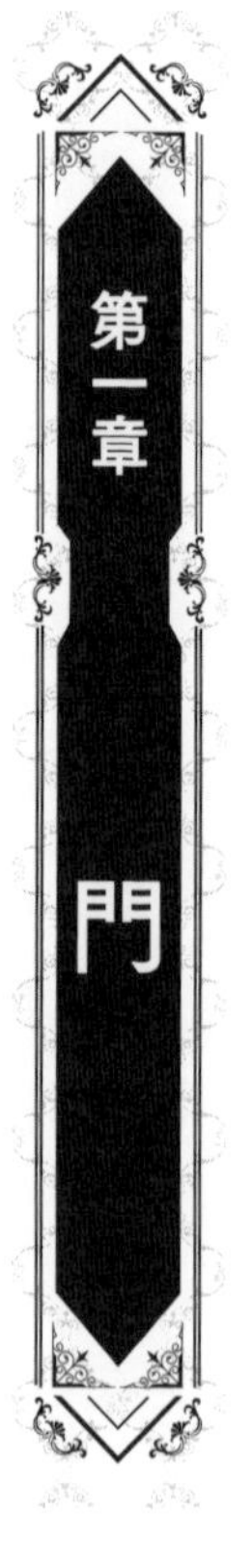

§ 榔離狭界

思わず目を閉じたのは、急に眩暈（めまい）がしたせいだ。

すぐに治まったけど、再び目を開けたら、見える景色が変わっていた。

「昼なのに、いきなり真っ暗かよ」

「やだ、ここどこ？」

驚いてフリーズしていた思考が、前からあがった声で動き始めた。

えっと、まずは人数確認だ。一、二、三……七、俺を入れて八人。うん。暗くて表情は分からないけど、二班全員いる。

「やっべえ。謎の空間移動ってやつ？」

「ザ・神隠しだったりして」

神隠し？　この状況だと、それって冗談にならない。

「さ、咲良（さくら）くん、ど、どうしよう？　まさか、こんなことになるなんて」

隣にいた杵坂美波（きねさかみなみ）が、不安そうに話しかけてきた。

「俺だって、なにがなんだか。おかしいとしか言えない」

「だ、だよね。こんなの変。普通じゃない。さっきまで、神社にいたのに」

鎮守の森。苔むした鳥居。急な勾配で森の奥に続く、石造りの狭い階段を見上げていた。階段を上ったような気もする。それから……あれ？　どうなった？　眩暈が起きる前。その直前の記憶に空白がある。

「ねえ、あの青く光っているのって、なんだと思う？　何かの入口……門みたいに見えるけど」

「俺にもそう見える。でも、奥は真っ暗だな」

少し離れたところに、上部がアーチ状に湾曲する二本の柱が立っていた。全体に澄んだ空色の光を放ち、暗闇を照らす光源になっている。

「あれをくぐれば、元の場所に戻れるのかな？」

「いや、どうだろう？　ほら、同じのが左右と後ろにもある。複数あるなら、行き先が全部同じとは限らないよ」

「あっ、本当だ！」

門らしきものは、俺たちを中心として十字方向にひとつずつ、合計四つもあった。

この状況を、どう判断すればいいか。どう動くべきか。とりあえず、みんなの意見を聞いてみるか。

そう思うと同時に、すぐ前にいた女子三人が一斉に振り返った。あっ、なんか嫌な予感がする。

「ねぇ、杵坂。気になるなら、あの青いピカピカを調べてきてよ」

「うんうん。美波が適役だね！」

「何か分かったら教えてね」

「えっ、私が？」

女子のリーダー格の乾井(いぬい)が門を指さし、杵坂に指示を出した。左坤(さこん)と御子柴(みこしば)が、それに追従する。

いつもの連携圧力に、戸惑う杵坂。既に見慣れた光景だけど、こんな状況でやるなよ。

「他に誰が行くっていうの？　美波が責任取って調べてきてよ」

「責任って？」

「分かっているくせに、とぼけないで。さっき、『どうしよう』って言ってたじゃない」

「そ、それは、確かに言ったけど……」

「私も聞いた。あれって、自分のせいだって思っているから漏れた言葉だよね？」

選択授業の地域研究で、地域に残る古い伝承を調べようと提案したのは杵坂だ。神隠し伝説がある曰(いわ)くつきの神社を選んだのも。だからといって、ここで責任を取れと迫るのは違う気がした。

「おい、なに揉(も)めてんだよ」

「杵坂が何かしたのか？」

他の男子たちが、女子たちの背後から顔と声を出した。

「美波がアレを調べてきてくれるって」

「へぇ。そりゃあ助かるな」

「でも、一人じゃ危なくね？」

「そう言うなら、柳(やなぎ)くんがついていってあげなよ」

「は!?　俺が？　ついていくなら咲良だろ。班長なんだから」

押し付けられた役目だけど。このまま大人しく黙っていたら、何をさせられるか分からない。

「もう少し様子を見てからの方がよくないか？　なんか得体が知れないから」

入れと誘うかのように、これ見よがしに存在する四つの門。気軽に調べに行くには怪しすぎる。

「咲良、随分と腰が引けてるなぁ」

「当たり前だろ」

こんな超常現象に巻き込まれて、強気でいられるわけがない。虚勢を張る状況でもない。

「あんたたち、男のくせに頼りなさすぎ！ 美波、私がついていってあげる。一緒に見に行こう。ね？」

「えっ、穂乃果ちゃんと一緒に？」

なんかいつになく積極的だ。「ね？」に対する同意がないまま、乾井が杵坂の腕を抱えて、強引に背後の門に引っ張っていく。

二人は門を正面から眺め、大胆にも門柱に直に触れていた。その後、門の周りをグルッと一周して再び正面へ。それを四つの門全てで繰り返してから、中央に戻ってきた。

「えっと、報告するね。アーチに翼の彫刻がありました。思い切って、ちょっとだけ触ってみましたが、何も起こりませんでした」

「門の後ろは、歩くのも怖いくらい真っ暗。裏側はただの壁。つまり、あの門は正面からしか入れない。美波、せっかくだから、入口を覗いてみようよ」

「中を？ あんな暗闇なのに？」

「こんな形をしている意味を考えなよ。門を境に景色が変わるとか、外に出られるとか、そういう仕掛けがありそうじゃない？」

それは短絡的じゃないかな。このまま何も変化がなければ、そうせざるを得ないだろうけど。

「でも……」

「ほんのちょっと覗くだけ。ね？」

乾井が杵坂の背中に手を回し、門の暗闇に近づいていく。

「やっぱり私、無理。やめようよ」

眼前に門が迫るくらいになって、杵坂が躊躇う様子を見せた。

「ここまできて、無理なんて言うわけ？　そんなの通らないから！」

「だって……えっ、あ、危な……きゃっ！」

小さな悲鳴を残して、杵坂の声がプツリと途絶えた。目を凝らしても、その姿はどこにもない。

乾井が杵坂を押したのだ。強引に。体当たりして。

「何やってんだよ!!」

「うそっ!?　美波が消えちゃった！」

杵坂が転がり込んだ門は、一瞬強く輝き、その後すぐに光を失い始めた。今は、門の輪郭が朧げになってきている。

「おいっ、門が消えてくぞ！」

「ヤベェ。杵坂マジでいないじゃん」

「乾井！　お前どういうつもり……は!?　なんだこれ？」

――『飛燕門』残3／4

『遠く遊ばぬ子雀は　天翔羽翼の夢を見る』

【職業】早成型　【基礎能力】○　【応用能力】○　【技能】◎　特典：技能解説書

唐突に、頭の中に奇妙な情報が滑り込んだ。認識がおかしい。脳内のスクリーンに、直接文字列を貼り付けられたような感じだ。

これって門の情報!? 人が一人消えたのに、たったこれだけかよ。杵坂をどこにやった？ この門は何のためにある？

——転生門

えっ？『転生門』という声が聞こえた。誰かも分からない。頭の中に直に響く声が。

あなたは誰？

——その問いには答えがない。

じゃ、じゃあ、転生門ってなに？

——門をくぐると異世界で新たな人生が始まる、生まれ変わるための門。

それって、異世界転生だよね？

冗談じゃない。死んだ覚えもないのに、異世界で人生をやり直すなんて。そもそも、ここはどういった場所だ？ 俺たちはどこにいる？

——槨離狭界

槨離狭界とは？

——時空間の狭間に生じた空隙。

元の場所に戻る方法は？

——その問いには答えがない。

じゃあ、ここから出る方法は？

——転生門が、櫛離狭界に落ちた生体に与えられる唯一の救済である。

救済？　全てを捨てて人生をリセットするのが？　転生って何度でもできるの？

——救済は一度きり。使用された門は消滅する。

つまり、門は一方通行の消耗品で、キャンセルは一切受け付けてもらえない。

改めて門を観察する。間口は広くない。同時にくぐれるのは二人か、多くても三人ってとこか。

どう頑張っても、七人全員が同じ門を選ぶのは無理で、三つの門に分散することになる。誰がどの門をくぐるか、誰と誰が一緒に行くかで、喧嘩にならなきゃいいけど。

どの門を選んでも、転生先の世界は同じ？

——門の先にある世界線は単一である。

行き先は同じ。だったら、あとは転生時の条件次第だ。良いに越したことはない。さっき門の情報が出てきたが、あれでは全然足りない。能力以外に、生まれる環境とか……えっ！　なにやってんの！

その瞬間、左手にあった門がひときわ強い光を放った。

「柳くん！」

「やだ!?　なんで？」

——『飛燕門』　残２／４
『逸る飛燕が臨むのは　陽の光か星の座か』

【職業】早成型　【基礎能力】○　【応用能力】○　【技能】△　特典：技能解説書　使用済み

柳が自ら門に飛び込んだ。なにも言わずに駆け込んで、門の向こうに消えてしまった。
の門が薄れていく。また消えた。これで、残る門は二つしかない。

なぜ柳は動いた？

七人いるのに、門が三つしかないから？　元の世界に戻れないと知ったから？

あいつのことだ。門が足りなくなる前にと、焦って飛び込んだのかもしれない。

「お先に！」

そう言って、今度は小酒部が右手の門に駆け込んだ。

「おいっ、待てよ！」

慌てて小酒部の背中に声をかけたが、振り向きもしないで消えてしまった。

――『飛燕門』残1／4

『雀を笑う蝙蝠は　いずこで王になりうるか』

【職業】早成型　【基礎能力】△【応用能力】△　【技能】◎　特典：技能解説書

「男子ばっかりズルい！　最後のひとつは女子の分だから」

意味不明な主張をしながら、御子柴が残りひとつしかない門に足早に近づいていく。

まずい。止めなきゃ。

「女子のってなんだよ。俺と辰巳には関係ないだろ！」

「ちょっと！　なに勝手にくぐろうとしてるの？　女子なら私にだって権利はあるでしょ」

「ごめん。でもこれって、早い者勝ちだから」

「はぁ？　何言って……やだ、消えちゃった」

早い者勝ちってなにさ。自分さえ良ければいいのかよ。

――『飛燕門』　残0／4

『遊戯祈りに通じれば　親なき雛は羽衣を纏う』
【職業】早成型　【基礎能力】◎　【応用能力】○　【技能】○　特典：技能解説書

残数0。頭の中に浮かんだ情報は、悪い意味で期待を裏切らなかった。

あっという間に、門が全て消えた。杵坂から始まって、ドミノ倒しのように。光源だった門を失って、辺りが闇に閉ざされる。これって初動が全てなのか？　後手に回った残りの四人はどうなる？

「せっかちな奴らだ。速攻で飛び込みやがって」

「ひっどいよね。でも『早成型』なんて、弱キャラ臭プンプンだよ。異世界で後悔すればいい」

「本当にね。せっかく情報をあげたのに」

暗くて声だけが聞こえる。

せっかちだという呆れが辰巳。ひどい、後悔しろと責めているのが左坤。恩着せがましいディスりは乾井だ。

そもそも乾井はなぜ杵坂を突き飛ばした？　妙に落ち着いているのも変だ。

入手した門の情報も、いまいち意味が分からない。

『早成型』ってダメなのか？　字面（じづら）を素直に受け取れば、成長が早そうなのに。女子二人は否定的で、弱キャラ臭がするって。なのに、彼らは駆け込んだ。そこが腑（ふ）に落ちない。

「なあ、ちょっと話をしな……」

「やった！　きたきた。そうこなくっちゃ！」

他の三人に声をかけようとしたら、周囲が再び明るくなった。

「赤い門か。さっきとは光の色が違うな」

「今度のは期待してもいい？」

新たに門が出てきた。夕陽のように輝く二つの赤い門が。

「なんだ。あれで終わりじゃなかったんだ」

ほっとして思わず声がこぼれた。次々と門が出てくるなら、我先にと焦らなくてもいい。他の三人はどうするのかな？

今ここにいるのは、左坤、乾井、辰巳、俺の四人だ。それに対して、出ている門は二つだけ。

門の名前と、もらえる職業が気になる。だけど、誰かが門をくぐらないと、情報は得られない。

さて、ここで賭けに出るか否か。

「どうしよっかなぁ。なんてね！」

「これは行くでしょ！」

あっ！

ほぼ二人同時に、乾井と左坤が、それぞれ別の門に駆け込んでいた。お前ら、即断即決すぎるよ。

――『蹴豹門』残1／2

『ただ一輪を求めよ　咲き誇る花は栄華を逃す』

【職業】順成型　【基礎能力】△　【応用能力】△　【技能】◎　特典：系統職解説書

――『蹴豹門』残0／2

『愚者が放漫に振る舞えば　叡智の蓋は閉ざされる』

【職業】順成型　【基礎能力】△　【応用能力】△　【技能】◎　特典：系統職解説書

すぐに情報が頭に浮かんだ。『蹴豹門』で順成型。もらえる特典が違う。今回は技能ではなく、系統職解説書というものだ。

果たして当たりか外れか。門の名前に豹なんてあるから強くなれそうな気がする。乾井が躊躇なく駆け込んだのは、そのせいか？　あるいは、さっきみたいに誰かを先に入れることはできないから、賭けに出た可能性もある。

そういう俺は、また出遅れたが……まあ、いいさ。次に出てくる門から選べば。

残光が消え、再び辺りが暗くなった。残りものには福があるっていうし、もっとチートっぽい門が出てこないかな？

「おいっ、咲良！」

ふいに名前を呼ばれて、反射的に振り向いた。その直後、身体がフワッと宙に浮き、軽い衝撃と共に床に引き倒されていた。

「痛いだろ！　辰巳、なにすんだよ。腕を外せよ！」

俺の首に、鍛えられたゴツい腕が回っている。これって、たぶん絞め技の体勢だ。辰巳は格闘技をやっているから、がっちり嵌(はま)って抜け出せない。

「ふざけている場合じゃないだろ。黙ってないで、何か言えよ！」

辰巳を見上げると、なぜか余裕がある表情で薄ら笑いを浮かべていた。こんな顔、初めて見る。

「おふざけじゃなくて本気だって言ったら？　まあでも、予想と違って、もし門が二つ以上出てきたら外してやってもいい」

二つ以上出てきたら？

「何を言っているのか、意味が分からない」

「ははっ。お前、勉強は得意なくせに、案外知恵は回らないんだな。単純な数の計算だ。八人いた時は四つ。四人いた時は二つ。そして、今は二人だ。さて、門はいくつ出てくると思う？」

そういうことか。

言われてみれば、四つ、二つと、これまではその場にいる人数の半数の門が現れている。

今ここにいるのは、俺と辰巳の二人。もし門が出現するたびに数が半減するような規則性があるなら、次に現れる門はひとつだ。こいつは、そう考えたのか。

悔しいが、その視点には欠けていた。でも、だからって。

「門がひとつしかないなら、二人同時にくぐればいいだろう？」

「なんだ。のんびりしていると思ったら、咲良は一番肝心なことに気づいてないのか」

一番肝心なこと？

「なんだよそれ」

「おかしいと思わなかったか？　単細胞な柳や小酒部はともかく、普段は他人の顔色を見てから動く女子たちまで、競うように怪しい門に飛び込んでいった。それはなぜだ？」

「……なぜって、慌てていたから？」

「正解。じゃあ、そうなった理由は？」

「それは、こんな超常現象に巻き込まれて……」

「残念、大ハズレ。頭ん中に流れてくる声に聞いたんだよ。転生門を利用できるのは、門ひとつにつき一人だけって」

その言葉を理解した瞬間、血の気が引いた。次に出る門がもしひとつなら。半減の法則が合っているなら、その後も門が出る保証はない。次の門をくぐれなかったら……この空間に取り残される？

「おいっ、離せよ」

「恨むなよ。親友だろ」

「親友がこんなことするか!?　恩を仇(あだ)で返しやがって」

「恩か。まあ確かに世話になった。お人好(ひとよ)しで友情に厚いのに甘えた自覚はある。俺はお前を気に入っていた。随分と楽ができたし、友人になれてよかったよ」

「だったら、これはないんじゃないか？」

散々親身になって面倒を見てきた結果がこれかよ。なんだよ、楽ができたって。

「ほら、門が出てきたぞ。咲良、残念だったな。やっぱりひとつしかない。先に行かせてもらうぞ。運良く異世界で会えたらいいな」

「よせっ！　やめろよ！」

「安心しな。酷くはしない。ちょっとばかり寝てもらうだけだ。恨むなよ。あれは俺の門だから」

くそっ！　本当に絞めやがった。なにが俺の門だ。勝手言いやがって。暗くなっていく視界に、滲んだ月のように輝く白い門が映る。

あの門は？　その正体が分かる前に意識が飛んだ。

§　暗闇の中で

目が覚めたら、なにも見えない暗闇で寝ていた。

全てが闇に沈んでいる。こういうのを無明の、あるいは漆黒の闇というのか？

「ははっ、馬鹿みたいだ。みんなで相談して門をくぐろうだなんて」

そう考えたのは俺だけだった。まさか門をくぐれるのが一人だけとはね。その答えが出てくる質問を、俺だけが思いつかなかった。

「次の門は本当に出てこない？」

焦燥に駆られ、吐き気がこみ上げてくる。俺はいつまで、この空間で生きていられる？

「くそっ……なんで」

呼吸が速くなる。不安で不安で堪らない。一人、たった一人でとり残された。

「ここから出せ！　元の世界に帰せよ！　なんで俺がこんな目に。俺が何をしたっていうんだよ！」

いくら喚いても、喉が痛くなるほど叫んでも、声は誰にも届かない。

「門だよ、門。俺用の門。どうにか開いてくれよ。救済なら、人数分なきゃおかしいだろ！」

情けない声を出しながら、目を凝らした。視線の先を少しずつ変えながら、何度も暗闇を探る。

門、門、門、門、出てこい、門。いい加減、出てこいったら！

ただひたすら、そう念じ続けるしかなかった。


みんなが消えてから、どれくらい経ったのか？

ここに来てから、なぜか口渇や空腹、尿意といった生理的欲求が生じなくなっていた。そして、この空間にいるのは自分一人。他には虫一匹さえいない。だから。

「痛い。うん、痛い。生きてる。俺はちゃんと、生きている」

暗闇と同化してしまう気がした。自我が溶けそうな感覚から、いつしか俺は自傷行為を始めていた。

手足や頭を床に打ち付け、爪を弄った。それで恐怖を打ち消せなくなると、指や腕に噛みつくようになっていた。痛みを感じるたびに小さな安心を覚え、自分を取り戻す。

「痛っ！　……不味い」

深く噛んで、鉄錆臭い血の味を感じて、ようやく生きていることを実感できた。でも、そのうちきっと壊れてしまう。

「大丈夫。まだ大丈夫。俺はここにいる」

うとうとして、何度も浅い眠りを繰り返す。目が醒めるたびに自己喪失感に襲われ、自身を噛んで血を舐めながら、門を求めて暗闇を見回した。何度も何度も。

いつしか、それが習慣になっていた。

——ナニ故ニ　門ヲ欲スルカ？

唐突に声が聞こえた。幻聴ではない、誰かが発した声が。

「えっ？　何？　門を欲しがる理由。それを言えば助かるのか？　ここから出たい。人が暮らす世界に行きたいんだ！　お願いです。俺に門を、生きる権利を下さい！」

——生キテ　世界デ　何ヲ　成スノカ？

ただ生きるだけじゃダメなのか？　でも俺は、一介の高校生に過ぎない。社会経験はもちろん、特別な知識や技能もない。そんな自分にできることって。

「せ、世界の役に立ちます。力の及ぶ限り、困っている人を助けたり、争いを止めたりします」

——助ケル　ノハ　人ダケカ？

そうか、住民が人とは限らない。行き先は異世界なのだ。いろんな種族がいるのかも。

「いえ。人以外も対象です。理不尽に虐げられている存在に、力を貸します」

——理不尽に抗ウカ　ソノ心善キ　然レド　覚悟ガ要ル
「どんな覚悟ですか？」

——求ムルハ　同源ノ融和　悪意ト戦ウ力ヲ　受ケ入レル　覚悟ダ
「覚悟がいるほど大変なのですか？」

——耐エラレネバ　死ニ至ル

「生きることを望んだのに、死ぬかもしれない道を選べと？」

——過ギタル力ハ　代償ナクシテ　得ラレナイ

どうする？　門は欲しいけど、死ぬかもしれない。交渉してみるか？　力はいらないから、代償をなくしてほしいって。でも、それで嫌われてしまったら？

……おいっ！　いい加減、学習しろよ。確実性ばかりを求めて、結果どうなった？　最も優先すべきは、ここから出ること。それが叶うのだ。何を迷うことがある。

——迷イハ　消エタカ？

「はい。覚悟を決めました。門を下さい」

——デハ　汝ノ門ニ　触レルガヨイ

暗闇の密度が変わった気がした。何も見えないけど、肌がざわめいた。

「床……にあるのか？」

前に身を乗り出して手を彷徨わせると、指先を硬いものが掠め、情報が流れ込んできた。

——『蛛弦門』　残1／1

『微睡を失くしたのは　傀儡か支配者か』

【職業】代償θ型　【基礎能力】未開花　【応用能力】未開花　【技能】θ　特典：自己開発指南

「なんか、マンホールの蓋みたいだ」

円盤状の門が床に嵌め込まれている。事前に門の情報が分かったのは、これが特別製だから？

ようやく手に入れた。俺のための門。門の名前は『蛛弦門』で、職業は代償θ型。能力はどちらも未開花とある。そして、技能にはθの記号が。

「自己開発ってなんだろう？」

返事を期待していたのに、なんの反応もない。

不安がぶり返してきた。この空間にいるのは限界だ。早く門をくぐろう。

「上に乗ればいいのか。じゃあ、行こう！」

門に身を投げ出すと、身体が吸い込まれるような感覚がした。

「あれ？」

拍子抜けしたのは、門をくぐった先が相変わらず暗闇だったせいだ。ただ先ほどまでとは違い、遥(はる)か頭上に散らばる無数の光源がある。

少なくとも、ここは槨離狭界(かくりきょうかい)ではない。異世界への通路的な空間なのかな？

「やけにこれ見よがしだけど、これって何？」

奇異なことに、目の前に絹のような光沢を放つ一本の白い糸があった。

「この糸って……もしかして俺から出てる!?」

頭上から真っすぐ垂れ下がる糸は、噛み痕(あと)だらけの二の腕に絡んでいた。ぐるぐると巻き付きながら、断端が俺の体内に埋まっている。掌(てのひら)の窪(くぼ)みから白い糸が這(は)い出ていた。

「これじゃあ、切るに切れない」

驚いて、自分の手を凝視してしまう。恐る恐る糸に触れてみたが、抜け出る兆しはない。

「この糸の意味は？　門をくぐったら、すぐに転生するんじゃないのか？」

何度も目を凝らして、上空に伸びる糸の行き先を視線で追っていく。

「この糸、あの光源に繋がっていそうだ」

光源は、ここからだとピンホールにしか見えなかった。他に出口らしきものも見当たらない。

この糸を辿れって？　だったら、なんであんな場所に配置するんだよ！

「あれが出口だとしたら、嫌がらせにもほどがある」

ツンツンと糸を引っ張ってみたり、何か変化が起こることを期待して待ってみたりした。しかし、状況は少しも変わらない。

「腹を括って登るか」

仕方なく糸が伸びる先、つまり、上空に向かって登り始めた。

「マジで？　いや、これはないわ」

肝心の糸が、あまりにも細いのだ。せいぜい凧糸程度の太さしかない。

「よいしょっと。思ったより強靭だった。いや、揺れるとヤバいか」

糸を掴むのは細すぎて無理なので、手繰り寄せ、手に巻き取るようにして登っていく。

「なるべく揺らさないように。できる限り急ごう」

ピンホール大だった出口が、野球ボール程度にまで大きくなったとき、異常に気づいた。

ただでさえフワフワしていた糸の表面が削れ、粗く毛羽立ちが生じている。それも複数箇所に。

出口はまだ遠く、跳躍するための足場も、他に掴めるものもない。

「切れるなよ。このまま最後までもってくれ」

出口を仰ぎ見ながら手を動かしていると、視界にキラリと光るものが映った気がした。

「なんだ？」

気のせいじゃない。じっと眺めていると、白い糸に交差するように、光の筋がよぎることがある。

「あれも糸？　他に絡むわけでもなく、やけに動きが速いが」

変則的な軌道で、図形を描くように振れる金色の糸。行ったり来たりする軌跡を目で追った。

「うわっ、こっちに来るなよ！」

不意にヒュン！　と、すぐ真上を金色の光がよぎった。あっという間に遠ざかってしまったが、今のはかなり近い。

「あっ、糸が。くそっ、奴が原因だったのか！」

金色の光が掠めた箇所に、新しい毛羽立ちができている。あの部分は、さっきまでは無傷だったのに。

「誰の嫌がらせだよ。好き勝手しやがって！」

奴をどうにか止めなきゃ。この糸は俺の命綱だ。糸を掠める攻撃を何度も防ぐくらいなら、逃げる前に捕まえてしまえばいい。

「来いよ……早くこっちに。ここまで来い！」

離れていった光が糸を狙って近づく瞬間を狙う。瞬(まばた)きさえ惜しんで、金色の糸に手を伸ばした。

「うわっ、空振り！　また削られた！」

はっきり見えてからじゃ遅い。タイミングを予測しろ。じゃないと間に合わない。

惜しい！　もうちょい早く！

あっ！　ちょっと触った。もう少し、もう少しでいけるはず。

今だ！　よしっ、掴んだ！　痛っ！　なんだこれ、めっちゃ刺さってる。

凄く痛い。見れば、右手の掌に棘針めいたものが覗いている。思い切り掴んだせいか、グッサリと食い込んで、傷口から血がダラダラと流れていた。

「はっ、こんな痛みは今さらだ」

金色の棘針が暴れて、肉がグリグリと抉られる。痛い。そりゃあ痛いさ。でも我慢できる。たとえそれがやせ我慢でも。

「絶対に離してやらないからな」

抜けたら堪らないと、自ら棘針を押し込む勢いで糸を手に巻き取っていく。早くも血塗れの手で、白と金の二本の糸を撚るようにして手繰り続けた。

「もう少しだから、もってくれよ」

右手だけでなく、右腕までズキズキし始めた。棘針はブッ刺さったままだし、血が固まりかけても、擦れてすぐに出血する。

「早く出口に着かなきゃ」

思わぬ儲けもので、金色の糸は見た目より遥かに強靭で、手応えは悪くない。引っ張ると少なくない抵抗を感じるが、強引に引き剥がすように巻き取っていく。

「なんだこの音？」

カラカラカラという軽快な音が聞こえてきた。穴が近づくと、それにカタンカタンという規則的なリズムも加わった。

「木を打ち鳴らす音？　ここでＢＧＭが鳴るなんて、物語の幕開けかよ。異世界に歓迎されているなんて、都合よく考えすぎかな？　でも、楽しくなってきた。あとちょっとだ……いけるか？」

限界まで腕を伸ばし、やっと届いた穴の縁に手をかける。その瞬間、自分を構成する全てのものが溶けて消えていくような気がした。

「これが転生!?　……なんか思っていたのと違う、変な感じだ。バイバイ今までの俺」

朝から強い風が吹いていた。

梢(こずえ)で葉擦(はず)れがさざめき、吹き抜けた風は渦を巻き、幾度も音を鳴らす。

『風の精霊が騒いでいる』

この地に住む人々は、こうした荒れた天候を、そう表現した。

彼らが『精霊の国』と胸を張って自称する西の大領グラス地方。領都グラスブリッジの中央に建つ領主本邸の城郭に、たった今、『九首水蛇(きゅうしゅすいだ)』の大旗が誇らしげに掲げられた。

「生まれた!! キリアム後継者の、若様の誕生だ!」

翻る大旗は、キリアム公爵家に待望の後継男子が生まれたことを、領民に告げていたのである。


年若い公爵夫人にとっては初産(ういざん)であったが、出産そのものは滞りなく済んでいた。

しかし、夜半から赤子の様子がおかしいと騒ぎが生じた。

赤子は火がついたように泣き出し、飲ませた乳を吐いてしまった。それを始まりとして、ときに呼吸が止まり、心拍が止まり、ぐったりして死んだように失神する。その繰り返しだったからだ。

泣いたり吐いたりは赤子の常とはいえ、その有様(ありさま)は限度を超えていた。

医師団によれば、身体には異常が見当たらず、手の打ちようがないという。

試みた対応が、ことごとく空振りに終わり、赤子は日に日に衰弱していった。

「どんどん泣き声が弱くなっています。乳を吸う力もあまりなくて、匙ですくって飲み込めずに口からこぼれてしまいます。どうしたらよいでしょう？」

「生誕の日以来、やけに風の精霊が騒いでいる。精霊との大きな盟約を持っている可能性が高いのに、このままでは命を繋ぐことさえ難しい」

関係者の皆が不安と焦りに陥る中、本邸を取り仕切る家宰の判断で、赤子を別の場所へ緊急移送することが決まった。

「鎧馬による高速馬車を仕立てました。替え馬の手配も万全です。最短での到着を目指します」

移送先はグラス地方西部、精霊湖の湖上に建つ『六角錐堂』。精霊力に満ちた聖地であり、初代ルーカス卿の遺産のひとつとされている場所だった。

数百年前にルーカス卿が交わした大精霊との盟約は、枯れた大地を劇的に蘇生させ、永年の豊穣をもたらした。

そして、盟約の恩恵は一代に留まらず、ルーカス卿の直系子孫には、今なお精霊との親和性が高い者が生まれ続けている。その最たるものが、盟約【精霊の恵み】であり、『精霊の国』の根幹を支えているものだった。それが、赤子の生命を惜しむ十分な理由になったのだ。

「盟約を失ってはならない。急げ！　一刻も早く、精霊湖へ!!」

グラス地方東端に位置する領都から、西端の地、バレンフィールドにある精霊湖へ。グラス地方中央を横断する精霊街道を、風の精霊たちによる追い風を受け、高速馬車は驚異的な速度で駆け抜ける。

移送は成功し、『六角錐堂』での養育が始まった。

なんとか赤子の命は繋いでいるが、その灯(ともしび)がいつ消えてもおかしくない危うい状態が続いている。

事態を深刻に捉えた公爵家当主エリオットは、領都の奉職神殿から神官長を招くことを決めた。

本来であれば、七歳の『授職式』後に行う慣例の『顕盤の儀』を、生存の見通しが暗い我が子に執り行ってもらうために。

もし赤子が盟約【精霊の恵み】の持ち主であれば、その価値は非常に大きい。盟約の所持の確認と、あわよくば原因不明の今の状態を少しでも改善するよすがになれば。そう考えてのことだった。

「闕失職(ロストジョブ)!? それは真(まこと)ですか？」

「断定はできません。しかし、顕盤を見る限りでは、お子様は条件を満たしています」

闕失職(ロストジョブ)とは、過去には存在したとされるが、詳細が今もって不明の稀職(きしょく)を指す。予想外の結果に、エリオットは驚きを隠せなかった。

「その条件とはなんでしょう？」

「生まれつき顕盤に職業の記載があるが、その職業が正しく表示されない。職業由来の【能力】の記載がない、即(すなわ)ち無能である。この二つの特徴から、とある闕失職(ロストジョブ)が示唆されます」

「正しく表示されない？ それで職業を有していると言えるのですか？」

「それはなんとも。こちらをご覧ください。顕盤の写しになります」

???

年齢　　０歳
種族　　人
職業　　【＃皇】
@%⊠〆イ
⊠Å≒♭

「これはどういうことです？　職業以下の記載が、まともに読めないではありませんか」

「仰(おっしゃ)る通り、年齢と種族以外に読み取れるのは、職業欄の【＃皇】の部分だけです。このような表示の異常は、皇職であればありうることですが」

「皇職というと……まさか『英雄王』の？」

「公爵様は、やはりご存じでしたか。現在、公的な歴史書には、『英雄王』の職業は『武王』であったと記載されています。しかし、正しくは『武皇』であったというのが我々奉職神殿の認識です」

『英雄王』とは、数百年前に実在した伝説的な人物である。

世相が混迷を極め、弱者が絶望に呑(の)まれて救いを渇望していた時代に、『英雄王』は彗星(すいせい)のごとく現れ、二人の共闘者と共に、圧倒的な武力でもって破竹の勢いで大陸統一を果たした。

ここリージス大陸には、現在複数の国々が存在するが、その多くが、かつては大陸統一王国に恭順していた。それ故に、『英雄王』を『統一王』と呼ぶ者もいる。

その覇業は、吟遊詩人の格好の題材となり、夢物語を含めて数多くの伝説が語り継がれている。

一方で『英雄王』の人物像や職業、能力は不明な点が多く、全ては明らかにされていない。

今では、作られた英雄、あるいは実在しない架空の人物だという俗説まで出ていた。

「『英雄王』は王職の上位職である皇職であった。我が家では、そのように伝承されています」

「では公爵様は、『三傑』の他のお二方の職業名もご存じなのでしょうか？」

『三傑』は、ベルファストと二人の共闘者を指す言葉である。

英雄王　アーロン・ベルファスト
救世の聖女　リリア・メーナス
稀代の精霊使い　ルーカス・キリアム
『ベルファストは、人々を糾合し国を興した。メーナスは、道を誤った生命教会を粛正し、献神教会へ変革する礎を築いた。その一方で、キリアムは世俗の覇権闘争から身を引き、隠棲した不毛の荒野を、精霊の力により豊穣の地に変えた』

これが、国民の誰もが知る建国伝説である。

「肝心の我が家の創始者ですが、その正確な職業は、子孫である我々にも明かされていません」

迂闊に漏らせない秘事である。それ故に、公爵は慎重に思案しながら答えているように見えた。

「なぜ初代様は、ご職業を隠されたのでしょうか？」

「分かりません。ただ、『過ぎた力は身を滅ぼす。多くを望まず、キリアムの血を繋ぐことだけに注力せよ』――これがルーカス卿の遺言として伝わっています」

「それは……なんとも謎めいたお言葉ですね」

神官長は、公爵の言葉の真偽を判断しかねていたのか、少し眉根を寄せながら言葉を発していた。

「しかし『三傑』のうちお二人が皇職だったと仮定すれば、残るお一人もその可能性があるのでは？」

「それはどうでしょうか？　我が家は代々、精霊と交わした盟約の恩恵に与って参りました。今回のような事態は初めてなのです。それに、数代前に王家から降嫁がありましたから」

かまをかけるような神官長の質問に、公爵は否定的な見解を示した。

「初代様の血統ではなく、公爵家の血に入った『英雄王』の血統が、お子様に出たと仰りたいのでしょうか？」

「畏れながら。我が家に皇職の者が生まれたという記録はありません。皇職が血統に由来するのであれば、直近の王家の血筋が出たという方があり得るのではないでしょうか？」

「なるほど。いずれにせよ、我々が把握している限りでは、皇職は特定の家系に稀に生まれます。ですが、幻の職業だとされている。それはなぜかお分かりですね？」

「生まれた者が育たないから、ですか？」

「はい。一部の例外を除き、皇職と見做された者は、無能のまま幼いうちに死んでしまいます」

「無能、つまり職業に、なんらかの欠陥があるから夭折してしまうのですか？」

「分かりません。『英雄王』の武力は圧倒的でした。どうすれば、その能力の継承者を生み出せるのか？　諸王家により密かに試されてきましたが、あまりの乳幼児死亡率の高さに、欠陥職であると考える者も少なからずおります」

「では『英雄王』の職業が【武皇】であることを、王家が秘匿している理由をご存じですか？」

「無能として生まれた故かと思います。当時、無能は社会の最底辺として差別され、迫害の対象でした。差別意識などもってのほかですが、長く浸透した認識を変えるのは容易ではありません」

誰もが神々から職業を授かり、有為な固有能力を得る。それが常識の世界で、無能であることは生きづらく、神の恩寵（おんちょう）を受けられない、神から見放された存在だと見做されることがあった。

ベルファストは、若き日を無能として送ったが、艱難辛苦（かんなんしんく）を乗り越え、壮年になってようやく職業の固有能力を獲得していた。

しかし、後の世に向けて、彼の偉業を公文書に綴（つづ）る際に、建国の英雄に無能の経歴は不適切であるとの判断がなされている。従って『英雄王』の不遇時代については、固有能力だけでなく、その出生や生い立ちを含めて、公式な記録には残されていない。真実は、諸王家の直系と『顕盤の儀』を司（つかさど）る奉職神殿の上層部にだけ伝えられてきたのである。

「もし……もし、我が子が生きながらえれば、いずれは強力な固有能力を得られるかもしれない。そう考えてもよろしいのでしょうか？」

「可能性はあります。しかし、成し遂げることは非常に厳しいと言わざるを得ません」

「今後、顕盤の記載が正される可能性は？　あの子はキリアム公爵家の直系であり、母方は特殊な加護の継承家です。精霊あるいは神の恩寵を受けたとしても、生存は難しいのですか？」

「特殊な加護？　奥方様のご実家はどちらでしたでしょうか？」

「スピニング伯爵家です。ただし、妻自身に加護はありません」

「そのようなご事情でしたか。盟約に特殊加護に英雄の血統。そして、皇職の発現。そうなると顕盤の記載について、ある程度の推測ができます」

「それはどのような？」

「これはあくまで私的な見解であると、先にお断りしておきます。その上でお聞きください」

代々子孫に継承される強固な盟約や加護は、母親の胎内で既に獲得済みだとされている。

それに加えて、七歳時に執り行われる『授職式』で、職神の恩寵として職業を授けられる。

複数の恩寵は、一人の人間の器には収まりきらない。少なくとも、同時に受け入れることは困難であるとされている。

『授職式』が七歳で行われるのは、盟約や加護を持つ者が、新たに職神の恩寵を受け入れるのに、七年の猶予が必要だからだと言われている。

今回、顕盤の職業欄の下に、異常記載は二つあるように見えた。

多すぎる恩寵が、生まれたばかりの赤子に集中したせいで、どれもが定着せず不確実なものになっているのではないか？

あるいは、なんらかの欠陥を抱えているとされる闕失職(ロストジョブ)が、盟約や加護の素養に負の影響を与えている可能性もある。

神官長の話は、奉職神殿が永年培ってきた見解と、概ね(おおむ)一致すると言ってよかった。

「恩寵が多ければ良いというものではないのですね。思うようにならないものです」

「酷なことを申し上げるようですが、お覚悟は必要かと存じます。発露しない盟約や加護は、おそらく役に立ちません」

「やはりそうなのですか。この地に連れてきても、一向に容体が良くならないのです。束の間(つかのま)ですが、精霊の力を感じることはあるそうです。しかし、すぐに、何かに打ち消されるように消えてしまう。お話を伺って腑に落ちました」

「精霊の力を感じるのであれば、盟約の素養をお持ちなのでしょう。誠に残念なことです」

「初めての子供、それも男子であり、盟約を持っている可能性がある。大事な子供です。なんとしても生かしたい。しかし、家の存続を見据えるのであれば、次の子に期待するしかなさそうです」

「このような結果となりましたが、今回の『顕盤の儀』について、何卒ご内密にお願いします」

「承知しております。特別なご配慮をいただき大変感謝しております。誠にありがとうございました」

第二章　自己開発

§　目覚め

ふぁ……なにこれ!?　明るいのにピントが合わない。視界全体がぼんやりしている。
身体も思うように動かず、首すら回せない。
本当に異世界転生したのか？　それとも、転生門とやらは全部夢で、交通事故かなにかで生死の境を彷徨(さまよ)っていた？
うん。異世界転生よりは、よほど現実的なストーリーだ。つまりここは病院。
《自己開発過程　全自動進行中》
《集積記憶保全　完了》
《新旧記憶野統合　完了》
《生体サーチ　完了》
《駆動機関サーチ　完了》

???

年齢	０歳 新生児
種族	並人
肉体強度	やや虚弱
特典	自己開発指南
転生職	**理皇［蛛弦縛枷］▼▼▼【ト⌘鏤∈】**
固有能力	（未開花）
盟約	**【@% ノ〆イ】**
加護	**!!**
備考	転生／前世記憶
魔導中枢	稼働中／拡張中
主記憶核	構築中
補助記憶核	構築中
魔心（魔力炉）	未開通
魔臓	未開通
魔導腑	――――
補助魔臓	――――

頭の中に、意味不明な情報が一気に流れ込んだ。機械音声みたいな声が聞こえる。

《自己開発過程　全自動進行中》

《封入θ（シータ）型励起　秒読み（カウントダウン）開始　10、9、8、7……》

ドンドンくる。やけに淡々と、エンドロール的な勢いで。文字の羅列が押せ押せだ。訳が分からなくてボケっとしていたら、不穏なカウントダウンまで始まってしまった。

これ絶対にやばいだろう。すぐに止めなきゃ！　待て待て！　待つんだ、ストップ、ステイ!!

《#進行設定変更：一時停止》

よ、よし、止まった。やった！　セーフ!?　間に合ったよね？

ところで声の主さんや。いったい誰の情報を垂れ流してたのかな？

《対象：前世個体名　咲良理央（さくらりお）／現個体名　――（未登録）》

やっぱり。俺のかよ。そうじゃないかと思った。
本人の同意なく勝手にバンバン進めるのは……その前に、声の主さんって何者？
《自己開発指南(カスタマイズガイド)Ｖｅｒ．１．０．０》
あっ、特典のか。
じゃあ、自己開発指南(カスタマイズガイド)さん。進行設定と、他に何か設定があるなら教えて。
《自己開発指南(カスタマイズガイド)Ｖｅｒ．１．０．０　＃オプション設定》
＃名称：――（未登録）
＃進行設定：全自動／調整型自動／一時停止◎／永久停止（ロック中）
＃通知：ＯＮ◎／ＯＦＦ
オプション設定とかゲームかよ。ただし、項目は少ない。名称未登録だけど、登録した方がいい？
《登録ヲ推奨》
推奨する理由は？
《名称適応進化(アップデート)：偽人格(ペルソナ)付与　音声変化　能力向上》
名称適応進化(アップデート)に偽人格(ペルソナ)付与。要は能力の伸びが「名は体を表す」方式で、名称のイメージ通りに進化する。その際のイメージは、この世界の一般大衆に認知されているもの。それで合ってる？
《肯定》
そうなると困った。大問題だ。
だって、俺はこの異世界の偉人や賢人、あるいは大悪党の名前なんて、まだひとつも知らない。
イメージソースを、俺自身か地球のものに変更できたりは？

《管理者権限ニ抵触　許可申請》

許可申請？　管理者って、この世界の神様的な存在なのかな？

《名称適応進化(アップデート)条件変更　参照：記憶野サーチ結果》

リアクション速っ！　でも、許可をもらえたらしい。言ってみるものだね。

さて。名付け親としては責任重大だ。

どうしたものか？　少なくとも今の機械音声みたいなのはない。もっと人間っぽくしたい。できれば、耳当たりの良い、柔らかな女性の声が理想的だ。

性格や能力は、指南者らしく知的な方向で。実在した賢人。偉人や科学者といえば？

アイザック・ニュートン、アルベルト・アインシュタン。

パッと思いついたのは、地球人類を代表する二人の天才だ。だけど、どちらも男性か。

女性の科学者としてキュリー夫人が浮かぶが、キュリーはファミリーネームだ。

やむを得ない。要はイメージを固めればいいんだよね？

日本が誇るゲーム文化では、織田信長や伊達政宗は美少女になっていた。だったら、ニュートンや、アインシュタインだって。

そう思うのに、地面に落ちる林檎(りんご)を見ているのはロン毛のオッサンで、カメラ目線の白髪髭爺(しらがひげじい)が、べーっと舌を出している。

……無理だ。あまりにも彼らの個性が強烈すぎて払拭(ふっしょく)できない。どうすればいい？

そうだ！　名前の一部をもらおう。天才二人の才能や知識を引き継ぐ者として、賢人たる知性を備えた女性をイメージするんだ！

うん、いいアイデアだと思う。まずは、名前を細かく切って分解してみよう。
アイ／ザック／ニュー／トン
アル／ベル／ト／アイン／シュ／タイン
この中で女の子っぽい響きは、アイ、ベル、アイン。このあたりかな？
《名称登録完了》
えっ、まだ途中なのに!?　君、何を登録したの？
《……適応進化（アップデート）中……》
うわっ、スルーされた。それに勝手に更新してる。名付けに失敗したかな？
《自己開発指南（カスタマイズガイド）『アイ・ベル・アイン』Ｖｅｒ．２．０　適応進化（アップデート）が完了しました》
そうきたか！　ちょっと大人びた女性の声で丁寧な口調。一応は成功？
《自己開発過程（カスタマイズプロセス）を再開します。進行設定を変更してください》

いっ……痛い。痛い痛い痛い痛い。

目が、顔面が、頭が、泣きだすくらい痛い。ドクドクと短いサイクルで、脈打つ激痛が執拗（しつよう）に襲いかかる。痛みは一か所に止（とど）まらない。まるで生き物のように暴れ、鋭く抉（えぐ）り、周囲に波及する。

なんでこんなに痛いの？

《とても太くて逞（たくま）しいからです》

何が？　肝心の主語が抜けてるよ。女性に言ってほしいセリフ上位に食い込むフレーズだけど、残念ながら今じゃない。

《もちろん、掘削中の魔導軌道です》
掘削と聞いて、前世で一番痛かった歯の根管治療を思い出した。
最高記録更新で、あの時の何十倍、いや、何百倍も痛い！
現在進行形で身体が穴だらけなの？
《はい。穴だらけです。正確に言えば、幽体の掘削、軌道壁の研磨、強化処理といった工程を、一連の作業として順次行っています》
本当に幽体だけ？　肉体的な痛みが酷すぎる。
《生体において、幽体と肉体は独立した存在ではありません。表裏一体で、幽体に疼痛が生じれば肉体にも影響が出ます。なお、掘削痛と強化痛の相乗増幅効果が、強い痛みの一因だと推察します》
それなら、掘削と強化を個別にやればよくない？
《効率が極端に低下します。掘削後に時間を置くと、すぐに穴が塞がってしまいますから》
どうにかして、少しでもいいから痛みを減らしてよ。これじゃあ、身体がもたない。
《マスターは「麦踏み」という言葉をご存じですよね？　大地にしっかり根が張るように、麦の芽を何度も何度も踏みつけると、強い麦が育つと言われています》
知ってるけど、それが何？
《今日なし得ることに全力を尽くせ。しからば明日は一段の進歩あらん。ご健闘をお祈りします》
つまり、黙って耐えろってことね！
「ぴぎゃぁ……あぅあぅ」
お祈りされても何も変わらず、弱々しい赤ん坊の呻き声が口から漏れた。

涙のこぼしすぎで腫れた目蓋(まぶた)。その隙間(すきま)から、今なお涙が止まらない。痛みで意識が飛び、痛みで覚醒する。そんな状態がずっと続いている。キツい。キツすぎるんだよ。

健闘というレベルを超えてやしませんか？　今現在の俺って、か弱い赤ん坊なのに！

「ハッ、ハッ、ハッ……」

あふっはふっ、い、息ができない。

「グォッ……ゲボッ」

胃の腑(ふ)から酸っぱいものが逆流してきた。えずく。吐きそう。いや吐く。

「ゴボッゴボボッ」

ぐるじい。気管が詰まった。死ぬ。このままだと死んじゃう！

「グボッ……ガッ」

背中を強い衝撃が襲った。うつ伏せにされ、容赦なくバンバン叩(たた)かれている。

《背部叩打法(はいぶこうだ)ですね。窒息時の救命処置としては上腹部を圧迫するハイムリック法が有名ですが、一歳未満の乳児には不適切ですから。良い介護者だと思います》

ふーん。そうなんだ。じゃなくて！　この状況で解説いらねぇよ！

「カハッッ!!」

出た。ゲボが。ゲロゲロゲロゲェロ。ゲボを出し切ったら、気管に空気が流れ込んだ。

「ハフハフ」

空気、新鮮な空気。やっと息が……ひゅっ！　なにこれ!?　釣ったばかりの魚みたいに、身体がピチピチと跳ね始めた。痙攣(けいれん)してる？　なんで？

《中枢神経系に異常な放電が生じています》
原因が分かっているなら、なんとかならない？　止まらないと走馬灯が回っちゃうよ！
――君……や……過……ど……に
「フハッ！」
あれ？　今なんか聞こえ……あったかい。ふぁ!?　なんかきた！
温かい波動に包まれ息を吐いた。皮膚の表面に打ち寄せる、波のような力だ。それが急速に全身へ広がり、過敏になった神経や硬く縮まった筋肉を慰撫（いぶ）していく。
ヤバげな痙攣が見事に止まった。一瞬だけど痛みも引いて、括約筋が弛（ゆる）みまくる。どこからとは具体的に言えないが、汁があちこちからジュクジュクと駄々漏れた。
うん。本当は信じてた。アイがなんとかしてくれるって。
泥眠い。……痛いのはもうイヤだ。このまま寝てしまえ。
《外部干渉を察知しました。基盤貫通作業を緊急停止。掘削棘保護（くっさくきょくほご）――外部干渉をブロック――成功。状況サーチ：異常なし。障害を取り除きました》
一気に寒くなって目が覚めた。外部干渉？　アイが痙攣を治してくれたんじゃないの？
《違います。掘削棘保護を解除。復旧完了。基盤貫通作業を再開します》
ぬぉぉぉっ鬼か!!　酷いよ。睡眠が全く足りていない。俺は寝たいのに！
《永遠の眠りを望まれますか？　ダラダラ作業していては一進一退。到底、刻限までに間に合いません》
少しは休憩してもよくない？

《貫通作業中の休憩は、この世からのリタイアを意味します。動力に未接続の魔導回路は、時間経過で容易に塞がります。それも不均一に、乱れた状態で。もしそうなれば、真っ新な幽体を掘削するよりも難易度が上がり、かかる時間も増加します》

でも、ここまで苦しいなんて聞いていない。さっきは、死ぬとこだったじゃないか！

《今楽をすれば、遠からず確実に死に至ります。改造工程に耐えられないのであれば、中止しますか？　いっそ潔く自爆しましょうか？　不肖わたくしも、共に散りましょう》

そんなのヤダ。なんかもう泣いていい？

酷い脅しだ。リスクは承知の上での転生だった。だけど、改造を中止すれば死が確定してしまうなんて、アイの説明を聞いて初めて知った。

この身体は、胸腔に魔心（魔力炉）という器官を備えているそうだ。魔術を行使する際の動力、即ち、魔力を脈々と生み出す働きがある。特に俺のは特別製で、高いスペックを有し膨大な量の魔力を生産する。故に、未開通のまま何年も放置すれば、高まる内部圧力が限界を超えて自壊する。

魔心暴発。幽体は死に、魂や肉体諸共、仲良くこの世からおさらばだ。

アイの試算によれば、猶予は三年あるかないか。それまでに頭頸部の改造工程を終え、魔導回路を魔心へ連結しなければならない。

心が折れそうだけど、生き残る可能性があるならやる！　だから自爆はなしで！

《困難の中に機会がある。困難に勇気をもって立ち向かう、マスターの力強い意志表明に感服し、ご健闘をお祈りします。では、再開します》

……また祈られた。

グホッ！　この容赦なさ！　痛い痛い。痛いんだよっ！

知ってた。有能なアイは手抜きをしないって。

はふはふ。もう少し、もう少しだけ、我慢我慢してしてしてぇ……ギブアップしてぇ！　あっ、今の取り消し。ギブアップはなしで。

「カハッッ!!」

喉が焼け、血の味がした。

まだ改造は始まったばかりだ。果たして無事に魔心連結まで至れるのか？

魔術の行使は魔導器官のスペック依存だという。魔導器官の規格は固定で、生後の努力では変えられない。だから最初から優れた魔導器官が備わっている。それはいい、素晴らしい。

だがなぜか、高いスペックに見合う緻密な魔導回路を、力ずくでゼロから作り上げる必要があった。故に激しい苦痛が避けられない。そう説明を受けてはいる。でも。

代償θ型。この苦痛が生きる代償なのだとしたら、半端なさすぎだ。

《軌道経路［魔眼─視覚野─魔導中枢］：構築済み》
《魔導基盤、魔導軌道のフルサーチ　完了》
《魔力浸透　完了》
《魔力循環　正常》
《駆動試行　成功》
《視覚系改造工程を完了しました》

《調整期間（クールタイム）に入ります。魔導回路の運用と微調整を行い、頭頸部工程の基盤設計・軌道の再計算が終了次第、次作業に移行します》

アナウンスを聞いて、全身から力が抜けた。とりあえず生きている。あの痛みに耐え切ったのだ。

《マスター、お疲れ様です》

うん、マジお疲れ。マジ苦痛塗（まみ）れ。

たぶん、生まれてから半年くらいは経（た）っている。予（あらかじ）め、全工程の中で最も精密な作業であり、相応に時間がかかるとは言われていた。

《魔眼への改造は、受光器である眼球を弄（いじ）るだけでは終わりません。なぜなら、ヒトの視覚系は、中枢神経に及ぶ複雑なネットワークを構築しているからです》

それ故に、魔眼への改造は、従来の視覚系を丸ごと乗っ取る形で行われた。眼球・視神経・視覚中枢・情報のやり取りをする全ての脳部位にわたって。

そして、この世界のヒトの身体は、肉体と幽体がオーバーラップしている。その度合いは感覚器系に特に顕著で、改造は幽体という枠を越えて肉体にまで及んだ。

そんな風にして、ようやく手に入れた魔眼だけど、俺的には誤算が生じている。

「これが、魔素や魔力を『視（み）る』ってことなのか」

物の捉え方が全然違うせいで、戸惑いが大きい。

この世界は、あらゆるものに魔素が浸透している。生命には魔力が流れ、身体各所に魔素を宿す。だから、魔眼は表面的な形状だけでなく、内部の魔素密度や性質、流動する魔力も映し出していた。

下手に前世の記憶があるだけに、違和感が凄（すご）い。特に色が。魔眼の天然色は、俺の知るナチュラルカラーとは大きく異なっていた。
今現在の俺の視界は、プリズム分光色。つまり、虹を構成する鮮やかなビビッドカラーで染められている。こんなの視覚の暴力だ。全てがサイケデリックに埋め尽くされている。
両眼を改造したのは失敗だったか？　でも、犠牲と引き換えに新たな発見もあった。
なんか、あちこちに魔素を生み出すスポットみたいなのが見える。あれってなに？
《おそらく精霊ですね。彼らは生命活動の一環として、魔素を作り出します》
精霊がいるの？　スポット全部が精霊なら、結構な数になる。
《部屋の外には、もっと沢山いるはずです。頻繁に採光窓から出入りしていますから》
なんのために？
《おそらくマスターを見るために》
それって楽しいの？　自分で言うのもなんだけど、大抵はゲロを吐いているのに。
《この部屋は、精霊への親和性を高めるために、特殊な素材と設計で作られています。しかし、それだけが理由とは思えません。マスターに強い興味を示しているのは確かです》
へえ。六角錐(ろっかくすい)の形には、ちゃんと意味があったのか。
精霊が作った魔素が見えるだけ？　姿を捉えることはできないの？
《今は無理ですね。ですが、将来的には『視る』ことができるようになるはずです》
なぜそう言えるの？
《改造前の生体サーチに拠(よ)ります。マスター生来の眼球には、精霊視に対応する機構が組み込まれていました。いったん損ねてしまえば再現は難しいと判断し、手を加えずに温存してあります。お

そらくマスターが成長すれば、精霊視が働くようになるはずです》
　マジで？　じゃあ、その時が来るのを期待して待つよ。

§　世界が虹色

《お疲れ様でした。頭頸部(とうけいぶ)の改造工程が完了しました。調整期間(クールタイム)に入ります》

　二年近くに及ぶ頭頸部の改造が完了した。俺は間に合った。魔心暴発で木っ端微塵(こっぱみじん)にならずに済んだ。それが飛び上がりたいほど嬉(うれ)しい。

《マスター。たった今、生体サーチの結果に変化が生じました》

　どう変わったの？

《［蛛弦縛枷(しゅげんばくか)］の楔形(くさびがた)記号『▼』がひとつ減り、【理皇(りおう)】に派生能力が発現しています》

　早速チェックしてみた。へぇ。新しく派生した三つの能力は、どれも有用そうだ。

【超鋭敏】任意に感覚を鋭敏化できる。

【並列思考】複数の脳処理を並列に行える。

【感覚同期】双方向または単方向で他と感覚を共有できる。

　注目すべきは【感覚同期】かな。他と感覚を共有だって。もし他人の目を借りることができたら……期待で胸が膨らんでいく。

　どうやら俺は裕福な家、それも貴族階級の子供に生まれた。でも、現状困っていることがある。

　色覚の異常により人の顔が化け物に見えるのだ。振り返ればゾンビの群れ。さらに、ゾンビ化のせいで表情の変化が非常に分かりづらい。人の反応を判断するのに、声に頼らざるを得ないほどに。

「先ほどは、苦手なお野菜があったのに完食されていましたね。大層ご立派でした。少しずつ食べられるモノを増やしていきましょう」

偏食を心配して励ます声。実を言えば、野菜は嫌いじゃない。むしろ好きな方。だけど、魔眼のせいで見た目がヤバいから、食事中に目を閉じなければ、まともに食えない。

「そろそろ、お昼寝の時刻です。お着替えをしましょう」

この際だから、ちょっとだけ試してみようか？

寝台に寝転がったまま、ターゲットを探す。行動範囲が広そうな人がいい。警備のために部屋の入口に立つハワードにロックオンして、【感覚同期】を発動した。

あれ？　弾（はじ）かれた⁉

分厚いゴムでできた膜を押したみたいな感触があった。失敗した。そう思うと同時に、周囲が急に慌ただしくなる。

「エヴァンス夫人。リオン様にお変わりはありませんか？」

戸口から、ハワードが筆頭乳母のエヴァンス夫人に声をかけた。これは警戒している声だ。

「はい。先ほどお食事を召し上がり、今はお休みになられています。何かあったのですか？」

「侵入者かもしれません。安全確認が終わるまでは、この部屋から出ないようお願いします」

「承知しました」

間もなく家令のグレイソン・リハイド・モリス（俺は勝手にモリ爺（じい）と呼んでいる）がやってきて、部屋の外がザワザワし始めた。

何を話しているか聞いてみたいな。【超鋭敏】で聴覚だけ強化って……できちゃった。

「ハワード、何があったのですか？」

「先ほど魔力干渉による微弱な精神攻撃を感知しました。ただし、今は消えています」

「あなたは、何か影響を受けましたか？」

「いいえ。抵抗したらすぐに止みましたので、影響下にはありません」

「精神攻撃とは厄介ですね。屋敷を含めた周囲一帯を調べて、攻撃者の痕跡を捜索しなければ」

うわっ、なんか大事になってる！

「リオン様。お休みのところを申し訳ありません。少し騒がしいですが、いつも通りお過ごしください。何があろうと、私たちが命に代えてお守り致しますから」

囁きながら、エヴァンス夫人が抱きしめてくれた。俺が起こした騒ぎなのに、安心感が半端ない。

反省。【感覚同期】のように、他人が対象になる能力は迂闊には使えない。それがよく分かった。


胸腔内の作業に着手してから、約半年が経った。

いやぁ、死ぬかと思った。なるほど、魔力炉というだけある。

魔心を稼働したら、魔力が胸腔内の幽体に流出し、ヒタヒタと満たされていくのが分かった。

ところが、次第に流出の勢いが増して魔力が溢れ出し、肉体まで暴力的に圧し潰し始めたのだ。

痛みがどうこうじゃなく、心臓や肺がまともに動かない。極めて危険な状態に陥ってしまった。

あの時ばかりは、さすがにアイも動転してたね。

だけど、魔心からの魔力の駆出は、そう簡単には止まらない。心停止とショックを繰り返して、

死の瀬戸際を彷徨(さまよ)うハメになった。

その度に、途切れ途切れの声が聞こえて、正体不明の温かい力が助けてくれた。あれがなければ、今ここにいなかったと思う。

そんなデンジャラスな胸腔内の改造から、なんとか生還を果たして、再び調整期間(クールタイム)が訪れたときには、まさに息も絶え絶えだった。


そんな時だ。アイに新たな提案をされたのは。

《魔心連結という幽体改造の大きな山を越えました。次の「理蟲(りちゅう)」が担うのは肉体置換です》

実感は湧かないけど、この身体には職業【理皇】に付随して、「理蟲」——レクス・トリニティという異質な存在が宿っているらしい。

この場合の『蟲(むし)』は、いわゆる昆虫ではなくて、小さな生き物という意味だ。理蟲はその中でも高位進化生命体であり、三つの基体(シア)から成る。

蟲珠(こじゅ)に封印されている基体(シア)を、開発段階に応じて個別に孵化(ふか)させれば、共生進化して宿主の能力を大幅に底上げしてくれる。そういうシステムなんだって。

今現在、幽体の掘削作業を担当しているのが、蟲弦(こげん)「アラネオラ」。その他に、休眠中の蟲珠が二体分ある。

《マスターに決めていただくのは運用方法です。一体型か分離型のどちらをご希望ですか？》

どちらをと言われても。それぞれの特徴を教えてよ。

《一体型は、同化進化をする蟲晶(こしょう)「クリスタ」。身体機能が著しく向上し、怪我(けが)や病魔からの回復

力や抵抗力も上がります。成長が進めば素手で岩をも砕くでしょう。種としての肉体の限界を超越した、いわゆる超人になれます》
人間やめちゃうやつだ。身体が丈夫になるのは魅力的ではある。じゃあ、分離型は？
《使役進化させて蠱式として育成します。アイデア次第で、マスターの分体として様々な用途に役立つでしょう》
分離型、分体ってことは、別行動ができるの？
《はい。ある程度育成が進めば、本体から切り離した単独行動が可能になります》
移動力は、どれくらいあるの？
《成長すれば、いかようにも。ただし、距離と連携強度は反比例しますので、本体から離れるにつれて、遠隔操作下での行動は制限されます》
分体の操作方法は？
《指示を出せば、自ら判断して行動します。また、【感覚同期】を行えば、感覚を共有した上でリアルタイムの操作が可能です》
え？　分体と【感覚同期】ができるの？
《もちろんです。共生体ですから、安全かつ円滑に【感覚同期】を行えます》
先にそれを言ってよ。そうなると断然面白くなる。
《二体目をどちらにするかで、三体目の運用方法も変化します。制約が多かった幽体改造と異なり、肉体置換には時間的な余裕がありますので、将来の需要を見据えてお考えください》
近接肉弾戦もイケる魔術師になるか、情報収集に特化するか。今の俺にとって、どちらもメリットが大きいだけに、すぐには選べない。
アイ、いつまでに決めればいい？
《二体目の孵化は能力開花後を予定しています。今のペースでいけば、約二年後です》

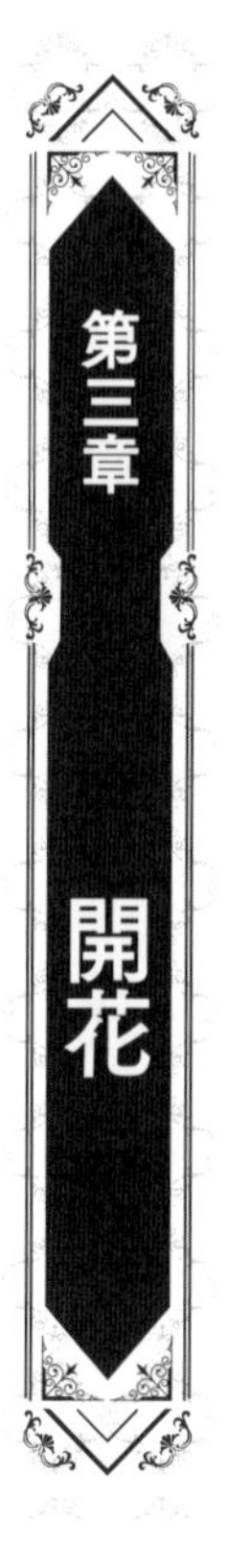

§ 水底

その日はいつもと違った。

さっきまで採光窓から覗く小さな空を眺めていた。なのに、今は閉じている目蓋が開かず、身体を横たえたまま指一本すら動かせない。

何もできないでいるうちに、寝台がゼリーみたいにグニャリと凹み、呑み込まれた身体が、とめどなく沈んでいく。

これが明晰夢ってやつか？　転生してからは、夢を見ることなんてなかったのに。

速度を増した墜落感に、浮遊感もある。全身の力を抜いて身を委ねたら、どこまでも沈むような感覚なのに、不思議と怖くはなかった。

目は依然閉じていた。にもかかわらず、夢特有の俯瞰視点で、自分が青で埋め尽くされた世界にいるのが分かった。

見渡す限りどこまでも青く、その果ては見通せない。空のような希薄な青ではなく、水底にいるような、透明なのに重みを伴った深い青に浸っている。

身体が沈むのは止まっていた。

今は何か小さな存在に身体を触られているような、くすぐったい感じがする。

悪意は感じない。だから少しも怖くない。純粋な好意や好奇心、あるいは戯れといった陽の感情が、波動となって押し寄せてくる。

気になる子の気を引きたくて、不器用にちょっかいを出す。たぶんそんな感じだ。

この整合性のなさは、金縛りに伴う幻覚だろう。そう考えたとき、お触りが一斉に止まった。

音が聞こえない静謐(せいひつ)な青。急に一人になった気がして、戸惑いと幾ばくかの緊張を覚えていると、透き通った小さな欠片(かけら)が、上からシンシンと降ってきた。

雪？　いや、もっと小さい。それに、光を反射したようにキラキラしている。ああ、これが細氷(ダイヤモンドダスト)か。

そう思ったのは最初だけで、どうやらそんな可愛(かわい)らしいレベルでは済まないらしい。都会なら警報が出そうな勢いで、容赦なく降り注ぎ、渦を描いて集まり、密度を増しながら自分を取り巻いていく何か。

強く意識すると、その欠片のひとつひとつが、より大きな、美しい形をした結晶に変わっていく。

六花、扇状、樹枝状、羊歯(しだ)状、角板。

夢ならではの奇妙さで、結晶がズームしたように大きく見えた。様々な形をした雪の結晶――いわゆる氷晶が、俺の周囲で蠢(うごめ)いている。

虫じゃないのに、蠢くという表現がしっくりきた。漂うというには密度が高すぎるし、そわそわと落ち着きがないようにも見えたから。

思わず手を伸ばすと温かい。これってまさか⁉

その温(ぬく)もりは、危機的な状況で何度も自分の命を救ってくれた、謎の力と同じ気配がした。最初は小さかった気配が、徐々に圧力を感じるほど濃くなってくる。

何が起きるかと待ち構えていると、際立った存在感を纏った、常ではあり得ない巨大な水晶が現れた。

今、目の前にあるのは、この上もなく流麗で、溜息が出るほど見事な、巧緻極まる装飾紋様に飾られた氷晶であり、思わずその美しさに見惚れた。

「やあ、子孫くん。初めまして。僕の精霊は、うっとりするほど綺麗かい？」

明るく話しかけてきたのは、姿形が見えない声だけの存在だった。

「そう警戒しないでよ。君は僕にとって、待ちに待った人材なんだ。なのに、すぐに死んじゃいそうで冷や冷やした。でも、僕の愛しの精霊は、そんなか弱い君をいたく気に入ったみたいでね。そりゃあ、妬けちゃうくらいに」

俺を子孫くんと呼ぶ楽しげな声。やけに馴れ馴れしい。怪しさ満載だけど、この声を無視するなんてできなかった。

「あの。死にそうなときに助けてくれていたのは、あなた方ですか？」

声に聞き覚えがあった。［蛛弦縛枷］がひとつ外れた時から、微かに聞こえていた声だ。

「うん、そうだよ。君、いくらなんでも身体を虐めすぎだよ。我慢強いにも程がある。見張ってないと、すぐに心肺停止しちゃうんだもの」

「ありがとうございます。お力添えがなければ、死んでいたと思います」

やっぱり。ここにきて命の恩人の登場だ。助けてくれたのは俺が子孫だから？　それとも何か他に理由があるのかな？

「そうだろうね。率直に言って、僕や僕の精霊が手を貸していいものかと迷った。けれど、君は僕らの領域に生まれた。偶然のわけがない。だから、暗黙の了解だと解釈したんだ」

「暗黙の了解とは？」

引っかかる言葉はいくつもあったが、そこが一番気になった。

「妙な門をくぐったでしょ？　この世界に来るときに。僕と同類なら、自力では脱出不可能な場所に閉じ込められたはずだ」

「確かに、そういう目に遭いました。あなたも転生者なのですか？」

「うん。僕は君と同じ、世界秩序……この世界の神様的な存在に拾われた。転生したのは、すっごい昔だけどね」

それってどれくらい前だ？　話している感じでは、それほど世代が離れているとは思えない。

「俺は、転生する際に力をあげるけど、代償が必要だと言われて、受け入れたらこのザマです」

「代償かぁ。まあ、僕たちって実験動物みたいなものだから。そこは諦めるしかないね」

「えっ!?　モルモット的な扱いってことですか？」

「そう。世界秩序は、この世界を修正したがっている。ただ、経験値が足りないせいか、手探りで試行錯誤中なんだ。僕たちも、その一環ってわけだ」

「神様的な存在がですか？　それって意外すぎます」

大丈夫か、この世界。なんか急に不安になってきたぞ。

「世界秩序は、この世界にあるもの全てを知っている。なのに、肝心なことが理解できていない。

それが上手く進捗しない原因かもね」

「肝心なことって何ですか？」

「一定水準以上の知性がある生き物が見せる、本能を凌駕する情動。身の破滅を招くほどの愚かな欲望といった類いのものだ。つまり情緒面では幼……おっと、人間とは違う感性の持ち主なんだよ」

俺が無茶ぶりされたのはそのせいか。

「力を受け入れるのに耐えられなければ死ぬと、サクッと言われました。門をくぐらなければ死ぬし、くぐっても死ぬかもしれない。その二択なんて酷いですよね」

実際に死にそうだったから、正直ではある。

「じゃあさ、君は転生して後悔してる？」

「……実は凄く辛いときに、あの時の選択を後悔したことがあります。でも今は違うかな？　他に手段がなかったという理由もありますが、門を開いてくれたことに感謝しています」

「化け物と呼ばれるような、人外になっても？」

「はい。人外になってもです」

これは、はっきり言い切れる。

あの暗闇の空間に一人取り残されて絶望した。どうにかして生き延びたいと切実に願った。

だから、ちょっと……いや、だいぶ意思の疎通に難があっても、願いを叶えてくれた世界秩序は、俺にとっては救世主に違いない。

「よかった。君とは気が合いそうだ。僕の子孫が君のような子で嬉しいよ。そこで、君の役割だ。『同源の融和』。この言葉に聞き覚えは？」

あっ、それ！　あの時の会話で、意味不明だったやつだ。

「あります。えっと、『同源の融和』を求めるって言われて、あと、力を使って悪意と戦えとも。でも、具体的に何を指すのか見当もつきません」

アイにも聞いてみたけど、対象が漠然としすぎていると言われた。ここで聞けるなら幸いだ。

「じゃあ、前提から話そうか。『同源』は世界を構築する素材が共通する世界を指す。世界秩序が言う『同源』は、精霊界を指している。この世界には大勢の精霊がいるが、彼らは精霊界という別世界の住人で、この世界の生き物ではなかった。そこが大事な点だ」

「なかった……ってことは、今は違うのですか？」

「その線引きが微妙でね。そうとも言えるし、そうでないとも言える。原因は分からないが、二つの世界の境界がくっついてしまった。その結果、癒合した境界の隙間を通って、数多の小さな精霊がこの世界に流入している。それが、そもそもの始まりらしい」

世界と世界がくっついた。随分とスケールが大きい話をぶっ込んできたな。

「つまり元々は、精霊はこの世界にとっては外来種、外から来た異物なわけだ。でも、『同源』だったから、上手い具合に共生ができている。たとえるなら、腸内細菌と宿主の関係だ。あれって、宿主の身体の代謝を助けたり、感染防御に働いたりしてるよね？」

腸内細菌。ビフィズス菌みたいな？　俺の中の可憐な精霊のイメージが音を立てて崩れていく。

「世界秩序は、二つの世界の統合を望んでいる。おそらく吸収合併みたいな形でね。ただそれには、精霊界側の同意を得なければならない」

「首脳会談的な話し合いではダメなのですか？」

なにも、いたいけな転生者を動員しなくても、解決できそうな気がした。

「ダメみたいよ。なにしろ、精霊たちが関心を示すのは、人に対してだけだから。精霊はね、揺れ動く人の情動に惹かれる生き物だ。特に、馬鹿正直で、お人好しで、諦めが悪い。そんな生き様を晒す人間をこよなく愛する。だから、この世界に棲みついた」

たまたま流入した世界で、お気に入りが見つかったから移住するなんて、精霊って自由奔放な生き物なんだね。

「だったら、無理に融和を進めなくても、自然と上手くいくのでは？」

既成事実として融和しつつあるのなら。

「ところがね。精霊が外来種故に、その存在を良く思わない者たちがいる。彼らは精霊に悪意を持ち、実害を及ぼしてくる。その対策として、僕らが送り込まれた」

「要するに、敵対者をなんとかして世界統合のために働けってことですよね。それを俺が？」

いくらなんでも無理じゃないか？　一個人が背負えるとは思えない。

「そう、君が。君は僕らがぶつかった壁を越えるために、僕らに欠けていた力を持っている……はず。それにしても、今になって援軍かぁ。いや、今だからこそなのかな？」

援軍。だったら、一人でやれってわけじゃないのか。

「あなたを手伝えばよいのですか？」

「いや、手伝うは僕の方だ。メインは君になる。僕と僕の精霊は、もうすぐこの世界を離れるから、タイミング的にはギリギリだったね」

「えっ!?　いなくなっちゃうんですか？」

やっと出会えたのに。なんで？　そして、どこへ？

「僕と僕の精霊は、長いことこの地を守ってきた。だけど、もう限界なんだ」

「限界というと？」

「腸内細菌が時に病気の原因になるように、元々異物である精霊も、育ちすぎると世界に『揺らぎ』を与えてしまう。僕の精霊ほどに『存在』が大きくなると、長く居座れば二つの世界の均衡を崩しかねない。世界秩序のご機嫌を損ねて、排除されるのは嫌だから、その前に自主的に退去しようってわけだ」

精霊の『存在』の大きさに、世界の『揺らぎ』。それに世界秩序のご機嫌だって。この世界特有の概念なのだろうけど、漠然としていて解釈が難しい。境界が癒合しただけの二世界。まだ安定には程遠くて、危険因子は敵認定されるってことかな？

「どこに退去する予定なのですか？」

「本来いるべき場所である精霊界に引っ越すよ」

精霊界。癒合しつつある、もうひとつの世界。そこは近いのか遠いのか、見当もつかないや。

「行ったらもう戻れないのですか？」

「いや。そこは工夫次第かな。世界主のお目溢し（めこぼ）があれば行き来は可能だ。引き継ぎ先が問題だっただけど、君が来てくれた。待ち続けた甲斐（かい）があったよ」

「なんの引き継ぎですか？」

面倒ごとの予感がする。だけど、この状況で聞かないわけにもいかない。

「精霊が世界の役に立っているって話さ。この世界はまだ若くて、極質層（プリマ・マテリア・ラミナ）がどんどん肥大している。その一方で、極質を魔素に変える転化能力は低いままだ。だから、過剰な極質を精霊が引き受けて、転化が足りない分を代替している」

「それが、さっき話に出た共生関係ですか？」

魔術の源になるのは魔素や魔元素と呼ばれるものだ。世界の上層に満ちる極質が、属性転化されて魔素になり、人々が生活する地上に供給されている。アイからは、そう説明を受けた。

その過程に精霊が関わっているとは知らなかった。精霊がこの世界にとって外来種なことも。

「そう。この地の精霊は、実はかなりの量の転化を請け負っている。従って、最上位精霊、即ち統率者である僕たちが急にいなくなると、大変なことになる」

「大変というと？」

「分かりやすく言えば、精霊たちの気まぐれで天変地異が乱れ飛ぶ。放置すれば、いずれこの地は枯れ果て、元の不毛の荒野に逆戻りだ。もしそうなれば、確実に世界秩序の怒りを買うよ」

大変なんていうレベルじゃなかった。地上に生きる者にとっては一大事じゃないか！

「それほど大きな影響があるのですか？」

「あるね。この地は精霊信仰が根強いせいもあり、僕たちは神々の領域に手が届くほど、『存在』が大きくなってしまった。本当はもっと早く退去したかったのに、後継者がいなくてさ」

なんか先が読めてきた。もっと話を聞きたいのに、逃げたくなる。

「もしかして、俺にその後継者になれと仰る？」

「そう。理解が早くて助かるよ。なにも難しくない。僕らの力の一部を受け取るだけだ」

「無謀にも程があります。数多いる精霊たちの制御？　できるわけないです」

「そこは心配いらない。僕たちの精霊紋を刻んでおくから、制御自体は任せてほしい」

「それはつまり、二人羽織的な感じですか？」

「まあ、それに近いかな。僕たちがこの世界に繋(つな)がるための碇(アンカー)、あるいは中継局と言ってもいい。少なくとも最初はね。でも、君は愛され体質だ。いずれは君自身のお願いを、精霊たちが喜んで叶えてくれるよ」

愛され体質ってなに？

凄く気になる。でも、それを問いただす前に、確認しなきゃならない。

「その、ご存じかと思いますが、俺は魔改造されています。それはもう徹底的に。あなた方の力を受け取る際に、支障をきたしませんか？」

「子孫くんなら大丈夫。というか、君じゃないと上手くいかない。子孫は沢山増えたけど、僕たちを受け入れる素質――精霊に無条件に愛される体質のことね――のある子は、最近は全然生まれなくてさ。五代目のヒューゴまでかな？　十分な素質がある子がいたのは」

えっと、俺って何代目なの？　この口ぶりだと、相当長く続いてそうだ。

「受け入れる素質があるなら、望めば精霊と交流できるようになりますか？」

「もちろん。交流程度なら、君が持つ盟約の下位互換【精霊の恵み】でも可能だ。といっても、君の父親のように、それすら使いこなせず、腐らせている者もいる。まあ、もし十全に盟約を掌握できても、あの程度の素質じゃダメだけど」

顔さえ曖昧な父親に、結構なダメ判定が入った。いったい俺は何を背負わされるのか？

「愛され体質があると、何が違うのですか？」

「精霊にめっちゃ愛される。友愛、親愛、庇護愛、恋愛と、形はそれぞれだけど、共に生きることを精霊に望まれる。そう言い換えてもいい」

生涯を共にするなんて求愛に近い。なるほど、愛され体質だ。

「あの。正直に言います。精霊とコミュニケーションを取れる自信がありません。能力自体はあるらしいのですが、いまだに精霊を『視る』こともできなくて」

精霊が生み出す魔素は『視える』のに、いずれ成長すれば働くと言われた精霊視は、いまだ獲得できていないのだ。

「それは、邪魔されていたから。僕はこれでも頑張った。君を縛る枷は頗る頑丈で、この地に来てくれなきゃ介入すらできなかった」

「思い当たるものはあります」

うん。蛛弦縛枷のせいだ。あれが能力だけでなく、盟約による素質も抑え込んでいたのか。

「精霊紋はお勧めだよ。精霊への抵抗力がつくし、僕たちが現界する時の目印にもなるから、困った時には助けを呼べる」

つまり、精霊召喚ができるようになる!?　それはとても魅力的だ。

「呼んでもいいのですか？」

「もちろん。ただし、僕たちが精霊界に力場を作った後になる。ある程度時間が欲しい。それまでは、誤作動しないように安全装置をつけておくよ」

「時間ってどのくらいですか？」

「たぶん数年？　こちらの時間ではそれくらいかな？」

だったら俺的にもちょうど良い。命の恩人の頼みだ。よほど酷い提案でない限り、断る考えは最初からなかった。

「分かりました。その日を楽しみにしています」

「おっ、引き受けてくれるの？」

「はい。あなた方には何度も命を救われました。感謝してもしきれません。それに、この地が荒れ果てるのも困ります」

「子孫くん、最高！　やっぱり僕が見込んだ通りだった。いやあ、これで抱えている懸案について、ひとつは肩の荷が下りたよ」

ん？　ひとつはってことは。

「ほかにも何かあるのですか？」

「うん。実は、君に頼みたいことが他に二つある」

「いったいなんでしょう？　俺にできることですか？」

「聞きたい？　そう言ってくれると思った。やっぱり君、いいよ」

いや、別に積極的なわけではないよ。心の用意が必要なだけだ。

「とりあえず、どんな依頼なのかは伺っておきたいです」

「ひとつ目は、君に期待される役割に関わっている。今すぐではないけど、古い盟約に囚われた精霊に出会ったら、助けてあげてほしい」

「盟約に囚われた!?　そんな精霊が実際にいるのですか？」

「うん。僕の子孫は、生まれつき精霊との親和性が高くてね。強い盟約を持つ者が何人もいた。盟約は本来、人間側が死ねば解消されるのに、いまだ囚われている精霊がいる。そういう子をね、解放してあげて。僕にはできなかった。だけど君なら。僕にない力を持つ君なら、手が届くはずだ」

買い被（かぶ）りすぎの気がするが、俺が転生した理由絡みなら、やれるだけやってみようか。

「分かりました。もしそんな精霊に出会ったら、解放に向けて手助けするようにします」

「ありがとう。助かるよ。で、二つ目の頼みはね、僕の代わりに人探しをしてほしい」

「えっと、それはどなたを？」

この世界に来たばかりの俺に人探しを頼む理由。それが気になった。

「僕には三人の子供がいた。でも、手元に残ったのは一人だけなんだ」

なんか重そうな話が始まった。でも、既に過去の人だよね？　ここは遠回しに聞いてみよう。

「残るお二人は、離れた場所に行ってしまわれたのですか？」

「ほぼ正解。ただ、自分の意志じゃない。攫（さら）われたんだ」

そっちの遠くか。それにしても、二人も誘拐!?　物騒すぎやしないか？

「誰が犯人かは、分かったのですか？」

子供が二人も攫われるなんて。かつてこの地は不毛の荒野で、人の出入りが激しい開拓地でもあったらしい。二人も攫われたなんて、当時は、そういう事件が横行していたのか？

「一番上のレオについては見当がついている。連れ去ったのは風の大精霊級の子だ。愛情が極まった上での拉致だった。あっという間に、手が届かない遠くに連れ去られてしまったよ」

「ここではない土地に？」

「そう。結局は、レオが絆（ほだ）されて一緒になったと、それこそ風の噂（うわさ）で聞いている。だから、彼に関しては、現状が分かれば十分だ。問題は、もう一人のテオの行方だね」

誘拐犯は精霊だった。ヤバいな精霊。それに愛され体質。俺も気をつけた方がいいのか？

「かなり昔の出来事ですよね？　人間であれば、とうに寿命を迎えられているのでは？」

「それがね。どんな形でかは不明だが、テオはまだ生きてはいるらしい」

生き方に形があるの？　……ってことは、人間の姿とは限らない!?

「なぜそれが分かるのですか？」

「小さな子たちが、テオを見たって言うんだ。彼らは『存在』が小さいだけに自我が希薄で、得られる情報は断片的だ。どこでかは分からない。だけど、集めればおよその見当はつく。あとは君次第かなぁ。誰もが辿り着ける場所ではないから」

俺次第って言われても。現状では安請け合いはできない。

「あの、達成イメージが湧かないです。俺はまだ子供で、自分のこともままならなくて。この世界のこともよく知らないし、すぐには動けません」

「うん、正直でいいね。それで構わない。もちろん、君は好きなように生きていい。もし余力ができたら。その時は、僕に力を貸してくれないか？　今すぐじゃない。君がもっと大きくなったらね」

時間的な縛りがない。かつ自分ができる範囲内でよければ、断る理由はないか。

「いずれという話であれば、及ばずながらお引き受けします」

「ありがとう。じゃあね。君には恙なく成長してほしいから、先払いで対価を渡しておくよ」

対価の先払い。このタイミングで？　ぶっちゃけもらうのが怖くなる。

「依頼をどこまで達成できるか分からないので、現時点で対価をもらうわけにはいきません」

「そう言わずにさ。受け取って損はないよ。なにしろ、君はまだまだ虚弱な上に、特殊体質でもある。絶対に役に立つから」

「というと、健康に関するものですか？」

掌を返すようだけど、それだったらぜひ欲しい。生命の危機的状況で浴びた温かい力。もしあれに準ずるものであれば、相当な助けになるはずだ。

「そう。君は身体を大改造しちゃったから、不具合で困ることもありそうだ。自分で治療できた方がいい。やがて君がこの地を離れた時にも役に立つ能力だし、精霊紋を刻むついでに渡しておくよ」

「ご配慮に感謝します。そういうことであれば、ありがたく頂きます」

「君は厄介なものに好かれる質みたいだから、その点でも心配だ。過保護なくらいでちょうど良い」

§ 精霊紋

あれ？　ここは!?

そう思った途端に、ここ数年間ですっかり見慣れた天蓋が目に入った。

水底の世界から戻ってきたのか。

すぐには頭の切り替えができなくて、辺りを漠然と見回した。

青い世界も氷晶も、もはやどこにもない。ただ余韻だけが漂っている。

手足は自由に動いた。すっかり金縛りは解け、寝台には凹みもない。

《おはようございます》

えっ、もう朝なの⁉

体感的にはそれほど長い時間じゃなかった。一晩も経(た)っていたなんて驚きだ。

採光窓から覗(のぞ)く小さな空は、ほのかに暗く薄明を呈している。朝といっても相当に早い。おそらく夜が明け始めたくらいだ。

《報告を行ってもよろしいですか？》

うん、お願い。既に眠気は飛んでいる。朝の報告を聞いても大丈夫だ。

《昨日、魔導器官・魔導軌道の一次造成が完了し、能力が開花しました》

えっ、本当に⁉

待ちに待った瞬間が、いつの間にか来ていた。だけど実感が湧かない。もっとこう、大きな変化があると思ってた。ちゃんと開花できてる？

《はい。能力を得た充足感がないのは、理律(りりつ)の導入前だからです》

じゃあ、能力開花したのは昨日のいつ頃か分かる？

《夕刻です。入眠前にあたります》

なるほど。あのとき既に開花していて、そのまま寝てしまったのか。

《能力開花の影響で、生体サーチの結果が大幅に更新されています》

それは期待しちゃうな。早速見せてよ。

《はい、マスター》

リオン・ハイド・ラ・バレンフィールド・キリアム

年齢　4歳
種族　〆Ψ
肉体強度　虚弱
一般能力　痛覚制御／精神耐性／飢餓耐性／不眠耐性
特典　自己開発指南

転生職　理皇
固有能力　究竟の理律
理律　――――
派生能力　魔眼＋＋＋／超鋭敏／並列思考／感覚同期／倒懸鏤刻

盟約　精霊の鍾愛
精霊紋　水精王／精霊召喚（封印中）
固有能力　精霊感応／愛され体質
派生能力　指揮／水精揺籃／甘露

加護　織神【糸詠】
固有能力　織神の栄光
派生能力　万死一生

備考
転生／前世記憶

《自己開発過程　調整型自動進行中》
魔導中枢　稼働中
主記憶核　稼働中
補助記憶核　稼働中
魔心（魔力炉）　稼働中
魔臓　稼働中
魔導腑　稼働中
補助魔臓　稼働中

うわぁ、一気に増えたなぁ。沢山の項目がオープンになり、パッと見では把握できそうにない。

この際だから、ひとつひとつ確認していくか。

まずは、転生職【理皇】から。固有能力は【究竟の理律】で、理律——即ち『理』は未獲得のため空欄になっている。派生能力が現時点で五つ。

最も目立つ変化は、「蛛弦縛枷」が消えたことだ。ようやくと言っていい。楔形記号『▼』が減るごとに制約が外れ、段階的に能力が解放されていった。今は下にあった文字化けも消え、【倒懸鏤刻】という派生能力が追加されている。

じゃあ、次。

生下時からずっと文字化けしていた盟約は、晴れて【精霊の鍾愛】だと判明した。ご先祖様情報によれば、【精霊の恵み】の上位互換らしい。

固有能力は二つ。あったよ、【愛され体質】。体質とあるのに固有能力だった。派生能力は【指揮】【水精揺籃（すいせいようらん）】【甘露】の三つだ。

そして、伏せ字だった加護も明らかになった。出てきたのは織神（しきしん）【糸詠（いとよみ）】。

織神という神様がくれた【糸詠】という加護。これはそういう意味かな？　固有能力は【織神の栄光】で、派生能力は【万死一生】。

さて。栄光とは？　輝かしさが抽象的すぎて、どんな能力なのか見当もつかない。【万死一生】の方は、危機的な状況でも、しぶとく生き残れる的なものかな？

前から気になっていたが、今世の自分（リオン）って特殊な生まれだよね？　能力が開花して、その思いがより強まった。

転生者であることを除いても、盟約に加護と多彩な能力がある。現時点でこうなのだ。七歳の『授職式』で、さらに職業が増えたら。これが、この世界の標準とは思えない。

あと、周囲に凄（すご）く大事にされているのに、家族の姿が一向に見えないのも変だ。家族との関係はどうなっているのか？　おいおい探っていく必要がある。

ははっ、なにこれ。種族がバグってら。生まれた時は並人だったのに、おかしな記号に化けている。これじゃあ、どんな種族か予想もつかない。能力開花の影響？　それとも魔改造したせい？

蓋（ふた）を開けたら変な種族だった、なんてことにならないでほしい。切実にそう思う。

まあ、何はともあれ、能力開花は大変めでたい。アイ、これからの予定は？

《解放された能力と構築済み魔導軌道網の調整（メンテナンス）及び修正を行います。調整後は『理』の埋刻（まいこく）作業に移行する予定です》

了解した。

魔術に関する事前学習で、理律は魔法原理と同義であり、壱から拾までの十通りの『理』で構成されている。

魔術を料理にたとえるなら、それぞれの『理』は秘伝のレシピで、魔素は素材、魔力は料理道具や燃料に相当する。

いくら素材や道具を揃えても、秘伝のレシピがないと魔法の料理は作れない。従って、魔術で現象を生み出すには、行使者の魂に『理』を刻み込まなければならない。

正当な手順を踏むなら、長い年月にわたる希求と探究、そして多大な研鑽を積み重ねてようやく届く。イメージで言えば、雨垂れ石を穿つ、といったところか。一気呵成にはいかず、ジワジワと染み込むような感じだ。

そこをまあ、大胆にショートカットする。これも魔改造の一環で、悠長に染み込むのを待たずに、魂に直に刻んでしまう。この作業を埋刻と呼んでいる。

「凄く痛いのでは？　魂に亀裂が入ったり、壊れたりはしないの？」

心配になって、アイに聞いたことがある。

《マスターは【理皇】即ち魔法に通じる者です。その魂は魔法原理への適性が極めて高く、埋刻による損傷は僅少、許容範囲内に収まると予想されます。とはいえ、魂の毀損は少ない方が望ましいです。従って『理壱』から順番に、相応の時間をかけて、細心の注意をもって埋刻する予定です》

「もし魂が壊れたら困るじゃ済まない。だから、そこはできる限り丁寧にやってね」

《もとよりそのつもりです。我々とマスターの魂は一蓮托生ですから》

一蓮托生。そう言うなら今までの扱いはどうなの？　と、思わず突っ込みそうになった。

心境の変化か？　いや、宿主（マスター）は労（いたわ）らないけど、自己開発（しごと）には真摯（しんし）なのかもしれない。

「魂の損傷による痛みはどの程度？」

《魂は生き物の存在の核であり、精神や心の働きを司（つかさど）っています。埋刻により魂に負荷がかかると、痛いというよりは、気怠（けだる）い、気力が湧かないといった精神的な症状が出ると予想されます》

こういった確認はとても大事だ。今さら止（や）めるつもりはないが、心構えは必要だから。

暇を見て魔力操作も鍛えなきゃ。

レシピと素材、料理道具や燃料を揃えても、誰もが同じ料理を作れるわけではない。料理の手際、熟練度、道具をいかに使いこなすか。そういった技量や経験の差で、出来上がりは大いに変わってしまう。魔術も同様で、素質一辺倒ではダメなのです。


アイとの打ち合わせが終わり、俺はおもむろに自分の身体をチェックし始めた。気が逸（はや）る。部屋に人が来る前に確認を済ませてしまいたい。

いったい何をしているかといえば、精霊紋探しだ。

精霊紋：【水精王】【精霊召喚（封印中）】

生体サーチにはこうあった。見えなきゃ見えないで構わないが、他人にも見えるなら注意が必要だ。さて、どこにあるのかな？

まずは両手を広げて裏表ひっくり返す。あっ、これか？　左手の甲が青白く光っている。袖を捲（まく）ってみると、装飾的な幾何学模様が肌に浮き出ていた。模様は肘を越え、二の腕や肩先まで続いている。

これって胸や腹、あるいは背中にも……そこで、ハッと気づいた。

「まさか尻にはないよな!?」

そんなの恥ずかしすぎる。いや、待て待て。そうとは限らない。頭から雑念を振り払い、潔く寝間着を脱ぎさった。

細くて小さな子供の身体だから、身体の前面にあれば視界に入……うわっ、大きい!!

青白い燐光(りんこう)を放つ幾何学模様は、大輪の氷の花が咲いたように配置され、鎖骨や胸を覆い、おそらく首や背中にまで広がっている。

思わずベッドに座ったまま肩を迫(せ)り出し、身体をはすに構えて膝を立てた。

おうおう、目玉かっぽじってようく見やがれ！　おめえが見たのは、この氷吹雪か〜なんて、ふざけてみたりして。

我ながら滑ったと思いつつ、いそいそと寝間着を身につけた。いろんな意味で寒い。

《マスター、お呼びですか？　何かをよく見ろと仰(おっしゃ)っていましたが》

ごめん、独り言だから気にしないで。衝動を抑えられなかっただけさ。とりあえず、尻が光っていなかったことを祝おう。

しかし、どうする？　こんなの隠しようがない。

……そうだ！　俺は今、魔眼で見ている。精霊紋だから、精霊に親和性が高い人なら見えるかもしれない。でも、普通の人には気づかれないよね？　だったら誤魔化せる？

《マスター、【精霊感応】が発現しています。精霊視をなさってみては？》

いいね！　魔眼視から切り替えるには、どうすればいい？

《精霊視は生来の能力です。これまでも視覚情報は得ていましたが、認識の一歩手前でブロックされていました。制約が消えた以上、魔眼視を抑えれば、精霊視を自覚できるはずです》

そういうもの？　じゃあ、また寝間着を脱いで。

……おっ！　これか。

青白い精霊紋に重なって、銀色の線が見えてきた。燐光は、より透明度を増して青みが増したように思う。

試しに魔眼視を切ってみると、薄暗闇の中に銀色に輝く精緻な文様が浮かび上がった。キラキラと眩(まばゆ)いほどの青い燐光を放っている。

「幻想的っていうか、いかにも精霊紋って感じだ」

精霊も見てみたかったけど、時間帯がよくないのか、部屋の中にそれらしき存在は見当たらない。

「早朝だしね。もう一度寝るか」

二度寝を決め、衣服を着なおした。

「リ、リオン様、リオン様がっ！」

「どうしました!?　何かありましたか？」

「光ってます！　首のあたりが青く光っていて」

起きたら大変な騒ぎになった。最初に筆頭乳母のエヴァンス夫人が気づいて、護衛の武官が部屋に飛び込み、次々と人が集まってきた。

「なんと!? これはまさか。いやしかし。そうとしか思えない」

驚愕するモリ爺に促されて、寝間着の袖から腕を抜き、上半身を露出させた。

「まさか、これほどに大きいとは」

爺が改めて、感嘆とも言える声をあげた。

「モリスにはこれが『視える』の？」

「はい。自分の目が信じられませんが、細かい模様まで分かります」

「じゃあ、これは何だと思う？」

「精霊紋です。銀線で描かれた精緻な紋様に、澄んだ青い燐光。まさに伝承の通りです」

めっちゃ『視えてる』じゃないか！ モリ爺は精霊との親和性がかなり高いのかも。

「伝承って？」

「キリアム家には、代々の盟約を綴った資料が受け継がれています。リオン様の精霊紋は、今までは伝承扱いだった初代ルーカス卿のそれを彷彿とさせます」

あっ、大正解！ 周囲を見回せば、俺とモリ爺のやり取りを聞いて、目を輝かす者もいれば、不思議そうな顔をしている者もいる。

「じゃあ、エヴァンス夫人は？ さっき、首が光ってるって言ってたよね？」

「リオン様のお首と左半身が、今も青く光っています。精霊光によく似た光です」

そう言うエヴァンス夫人の目は潤んでいて、必死で気持ちの高ぶりを抑えているように見えた。

あっ、こぼれた。えっ、泣くほどのこと？

「ハワードはどう？」

「自分の『視え方』は少し違います。お身体の左半分に、銀色の粉を刷いたようです。ぼんやりとした青い燐光を放ち、模様はなんとなく分かる程度ですね」

ハワードも結構視えているようだ。その場にいる全員に尋ねてみたところ、他にエヴァンス夫人と同程度に『視える』者が二人いた。いずれも男性だ。全部で五人。

予想外というか、うっかりしていたことがある。この屋敷に『視える』者がいるのは、よく考えれば当たり前の話だった。なぜなら、ここはキリアム家の聖地ともいえる場所だ。基本的には、キリアム家の縁戚か代々仕えている者しか入れない。

キリアム家の血が濃い者は、精霊との親和性が高い。それが、実例をもって証明されたわけだ。

そして、親和性の差か、精霊紋の見え方は人それぞれで、個人差があることも分かった。

「青い燐光は精霊光と呼ばれるものです。水の精霊が同色の光を放っています」

「精霊の属性によって色が変わるの？」

「はい。ですが、リオン様の精霊紋は、精霊光よりも強い光を放っています」

へぇ、そうなんだ。どうやらモリ爺は、精霊光も視えるようだ。

「精霊光は暗闇でも見えるので、夜間でも居場所が分かりやすくなって助かります」

エヴァンス夫人には夜勤もあるからね。目印ができてよかったね。だけど、本当に本当に上半身で助かった。これで尻だったら笑うに笑えない。

精霊紋が『視えた』人たちは、誰もが感激していた。その興奮が伝播したのか、『視えない』者までテンションが爆上がりで、胸に手を当てて跪く者まで出てきた。いわゆるお祈りのポーズに、どう声をかければいいかと困ってしまった。

どうやら、精霊紋や精霊光が『視える』ことは、精霊信仰が根強いキリアム公爵家の門閥にとって、大いに価値があるらしい。

『視える』だけでマウントが取れるなら、身体にデカデカと浮き上がっている俺ってどうなの？　幼い子供の身体には、やけに大きく感じる【水精王】の精霊紋。成長したらどうなるのか、今から心配になる。

精霊召喚が封印されていてこれだ。いずれ封印が解けたら？　まあ、なるようにしかならない。そう思うしかないね。

§　父の来訪

エリオット・ハイド・ラ・バレンフィールド・キリアム。黒髪長身のイケメンで、グラス地方を治めるキリアム公爵家の若き当主でもある。それが俺の父親だ。

長男の身体に精霊紋が出たと報告が上がり、急遽、湖上屋敷に駆けつけた。精霊紋が本物かどうか、自分自身の目で確かめるために。

「おおっ！　これは見事な。見れば見るほど素晴らしい。壮麗さに目が離せないほどだ。疑うべくもない。水精霊、それもかなり高位の精霊によるものだろう」

肉親とはいえ、めったに会わない人だ。裸を食い入るように見つめられて、いたたまれなさが募るばかり。正直言って気まずい。あっ、やっと視線が外れた。

「とても四歳には見えない。発育が良くないし痩せすぎだ。身体の具合はどうなっている？」

ははは、めっちゃ細いよね。ただこれでも、以前と比べたら随分マシになった。

「精霊紋が顕れてから、ようやく寝込まれることがなくなりました。お食事も、少しずつですが、召し上がる量が増えてきています」

うん。一日の食事量はだいぶ増えた。一度に沢山食べるのは無理なので、積極的に間食を摂るようにして、食事回数で補うようにしたから。

「では、王都からも滋養のあるものを送らせよう。くれぐれも無理はさせないように。元気に育つまでは、恵み多いこの屋敷で過ごした方が良さそうに思えるが……どうだろうか？」

父親が、どこか遠慮がちにモリ爺に尋ねた。そりゃあ、普段の様子は手紙でしか知らないのだから、判断に迷うよね。

「仰る通りかと。ここには煩わしいものもなく、余計な干渉をしてくる者もいません。少なくとも七歳までは、転居される必要性を感じません」

んん？　煩わしいものに余計な干渉。それって何？　あるいは誰？　教えてモリ爺！

「では、引き続きよろしく頼む」

「はい。我ら一同、万全の体制でお守り申しあげる所存です」

「念には念を入れて、屋敷の警備を強化しておこう。領都騎士団と本邸から人員を回す。人選はモリスの判断に任せるので、手配しておくように」

残念。よく分からないまま会話が終わってしまった。

優男風の父親は、嵐のように来て嵐のように立ち去った。やけに慌ただしい。

「もう帰っちゃった。お忙しいのかな？」

「ご夫婦で社交に励んでいらっしゃるので、ご予定が詰まっていると伺っております」

どこかオブラートに包むようなニュアンスを感じた。なにか大人の事情があるのかも。

「父上たちは、領都にお住まいなの？」

「いいえ。王都か王都近傍の分領にご滞在されています」

家族の情報を引き出したくて、ここぞとばかりに質問してみた。言葉の学習に意欲的に取り組んでいるので、語彙は大いに増えている。ついでに、周辺の地理も少しだけ学んだ。

それによると、キリアム家が治めるグラス地方は、その広大さ故に大領と呼ばれていて、現在の領都は、グラス地方の玄関口である要塞都市グラスブリッジだ。そこに、主要な行政機関や、キリアム公爵家の本邸があるらしい。要塞都市なんて格好良すぎだ。

「あれ？　領都はバレンフィールドのずっと東にあって、王都はさらに東にある。もしかして、この国の王都って、ここから凄く遠いの？」

「はい。バレンフィールドは、ベルファスト王国の西端に位置します。従って、王都までは、かなりの距離があります」

よくよく確認してみたところ、俺の両親は基本的に王都で活動していて、領地にはあまり戻ってこない。なのに今回、父親は無理を押してまで俺に会いに来た。それだけの価値が、精霊紋にあるってことだと思う。

家族構成も分かった。王都には母親が同じ二歳下の弟がいて、生まれて間もない妹もいる。

きっちり二年ごとに子供を作るなんて、計画出産っぽいよね。精霊と親和性が高い子供、あるいは虚弱な長男のスペアを欲したのかな？

そんな穿った見方をしてしまうのは、三人の子供のうち、領都生まれは俺だけで、下の二人は生まれも育ちも王都であり、俺だけが家族から孤立しているせいだ。会いに来るのは父親だけで、弟妹はもちろん、母親の顔さえ分からない。

弟か。前世は姉と妹に挟まれていたから、男兄弟は初めてなのに。会ってみたい。でも、互いに幼いし、距離が離れすぎている。当分は無理かな。焦っても仕方ないけど、早く大きくなって、いつの日か自分の足で、この世界のいろんな場所に行ってみたいな。

とは言うものの、いまだにベッドの住人である。

なにせ、これまでが酷すぎた。ほぼ寝たきりで要介護。食べては吐いていたから、発育状態は最低で、年齢相応に育っていない。体調は上向きだけど、まだまだ健康には程遠かった。

実は、鏡を見たことがない。ぶっちゃけ見るのが怖いのだ。

ムンクの『叫び』。サイケな魔眼で見て、もしあの絵にそっくりだったら？　異世界ムンクなんて、トラウマもののクリティカルダメージになる。

だから、俺は頑張った。衰えた筋肉に力を取り戻すために、キングサイズの天蓋ベッドで、軽いストレッチや腹筋、スクワットを地道に続けたのだ。

そして今日、その成果を試そうと思う。つまり、待望の床上げです。

果たして、どれだけ重力に抗えるようになったのか？

今の目的は「移動は抱っこ」からの脱却で、揺籠的なベッドから自力で出ることだ。

「誰も手を出さないでね」

ベッドの縁に腰掛けたまま、周囲に牽制を放った。じゃないと、すぐに助けが入るから。

姿勢を正して、脚を床に伸ばす……と、届いた！

角質化とは無縁の小さな足で床を探る。足裏の感触は柔らかい。ベッドからの転落に備えて、床には厚手の毛織物が敷かれている。これなら転んでも痛くない。

「よいしょっ！」

気を吐いて下肢に力を入れた。今までろくに使っていなかった筋肉や関節に、垂直方向の負荷が一気にかかる。いざ、立ち上がれ！

ぷるぷるぷるぷる。

そんな音が聞こえそうなほど、下肢が激しく震えている。絶賛、生まれたての子鹿ちゃんだ。

くっ、この脚がもっと強ければ……！

ええい、ままよ。天蓋の支柱から手を放して、そこから一歩、二歩と踏み出す。

脚がガクガクして、膝がカクンと折れそうだ。分かっていたけど、筋肉も関節も弱すぎる。これはリハビリが要るね。

「おおっ！　リオン様が、ご自分の足で歩かれている！」

「ええ、ええ。私はこの日が来ることを固く信じていました！」

「あのお小さかったリオン様が！　これほど立派になられて！」

まだまだ小さいけどね。周りは本人以上に大騒ぎで、感嘆符が飛び交っている。

「リオン様、誠におめでとうございます！」

たったこれっぽっちのことに、みんなが盛大に拍手してくれた。涙をこぼす人までいる。

彼らに、どう応えたらいいだろう？

大変なんて言葉じゃ言い表せない。彼らは諦めず、根気よく、俺の世話を続けてくれた。仕事とはいえ、その熱意は本物で。彼らの尽力がなければ、俺は今ここにいない。

俺が倒れるのを懸念して、乳母たちがハラハラしている。身構えていて早くもタックルしかねない体勢だ。そして、三交代制のはずなのに、なぜか全員が揃っている。

「非番なのに、なんで見に来てるの!?」

「心配すぎて休めませんでした」

「リオン様の貴重な瞬間を見逃すなんて、あり得ません！」

「私が二人に声をかけました。自分なら絶対に見たいと思ったので」

「それは……」

配慮できなくてごめんねと続けようとして、声が詰まった。違う。この場に相応しいのは謝罪じゃない。彼女たちには俺の本音を、ちゃんと言葉にして伝えなきゃ。

「ここまで育ててくれてありがとう。今こうしていられるのは、みんなのおかげだから！」

ぶっちゃけ、めっちゃ照れ臭かった。絶対顔にも出てる。でも……言えてよかった。

「リオン様……」

「不意打ちにもほどがあります！」

「私たちは乳母だから。そんなの当然で……す、すみません。お言葉があまりにも嬉しくて……」

ああ、泣いちゃった。泣かせちゃった。でも、こんな温かい涙なら大歓迎だ。

余計な心配をかけるのは嫌なので、すぐにベッドに戻った。簡単な体操をしながら、今後の行動

指針について考える。

毎日欠かさずやること
・魔術の鍛錬
・身体の健やかな育成（規則的な生活・栄養摂取・軽めの運動負荷）
座学と実学
・年齢相応の教養（貴族的なものも含める）
・一般常識の確認
・生きていくのに不可欠な知識の習得
機会があれば
・不明な能力の確認
・据え置きしていた分体の作製
・家族と交流？
おまけだけどとても大事
・他の転生者たちの動向を探る

ざっと挙げただけでも、こんなにある。転生者であることを伏せて情報を集める。逃げ隠れするだけでは却って不安だ。学習したしね。ときには積極的に動くことも必要だって。
かつての同級生たちへの警戒も要る。動向を知らないと、足を掬われかねない。あいつら利用癖がついてるしね。彼らは一人一人話せば悪い奴らじゃないが、集団になると途端に扱いづらくなる。

クラス委員に班長。美化活動リーダー。次々と指名され、母親は「頼られるのも大変ねぇ」なんて言って喜んでくれたけど、実際には、友達という言葉を盾にした雑用係だ。

友達だから。その言葉に弱かった。大事な、意味がある関係だと思っていた。俺はね。

でも、彼らは違ったみたいだ。土壇場で躊躇（ちゅうちょ）なく切り捨てられて、それが身に染みた。

生まれ変わった以上、前世の柵（しがらみ）はいらない。でも、そうも言っていられないか。

この世界には魔術や能力（スキル）がある。俺にアイがいるように、彼らも特典を持って転生した。

非効率を嫌い、要領だけはよかったクラスメイトたちの顔が浮かんだ。見方を変えれば、ちゃっかりしていて、調子よく、最小限の労力で目に見える結果を欲しがる。俺が何年も痛みと闘っている間に、彼らはどういった人生を送ったのか。やらかしてなきゃいいけどね。

徐々に記憶が抜けてきているのも問題だ。文字を習得したら、早めに記録しとかなきゃ。

秘匿項目は日本語を使って書くか。身バレは困るけど、その内容を知られるのはもっと困る。転生時の門や、自分を含めた転生者の個人情報。あと、ご先祖さまから聞いた話も。

幸いにして、地位も資産も特殊な素養もある家に生まれた。望めばいくらでも学ぶ機会を得られるはず。自分自身を鍛えて積極的に学ぶ。うん。当面はその方針かな。

§ ウッド家の姉弟

子供だ、屋敷に俺以外の子供がいる！　それも三人も！

乳母の一人であるウッド夫人に伴われ、年上らしい女の子二人と、同い年くらいの男の子が挨拶に来た。

「リオン様、初めまして。マイラ・ウッドと申します」

「お会いできて嬉しいです。エマ・ウッドと申します」

「ルイスとももしまります。ねえちゃん、これであってる？」

「……全然ダメ」

「もう！　あんなに練習したのに」

九歳だという双子の姉妹と、四歳の弟。彼らはウッド夫人の子供たちで、俺の乳兄弟に当たる。

初対面だから互いに緊張気味だったけど、ルイスが噛んでくれたおかげで場が和んだ。

「気にしなくていいよ。ルイスとは同い年だし、仲良くしようね」

「じゃあ、いっしょにあそぼ……ふがふごふごお」

エマに口を塞がれて、ちょっと涙目のルイス。そこまでしなくてもいいのに。

「リオン様のお身体のことは、母から聞いております」

「誠心誠意、お仕えする所存です」

「年が近いし、もっと砕けた話し方でいいよ」

「そ、そうですか？　リオン様がそれをお望みなら……善処します」

「私も善処します」

「ははっ！　マイラとエマはそっくりだね。どっちがお姉さんなの？」

彼らとは、これから頻繁に顔を合わせることになる。今日からここに住むのだ。一応、そのあた

りも聞いておかなきゃね。

「私が姉で、エマが妹になります」

「よく見ると、そっくりでもないんですよ」

髪型以外で区別がつかない。可愛らしい顔が二つ。ルイスも含めれば、三つも似たような顔が並んでいる。ルイスは自然体だけど、双子は背伸びをして振る舞っている感じが微笑ましい。

「マイラとエマは侍女見習いを始めるんだってね。覚えることが多くて大変だろうけど、頑張って」

「おれだってがんばる!」

「うん、ルイスにも期待してる」

彼らがここにいるのは、精霊紋の影響で湖上屋敷の警備が強化されたからだ。追加の人員は、身元が確かな譜代の家々から選ばれた。その中に、彼らの父親であるトーマス・ウッドがいたのだ。

ウッド家は夫婦で湖上屋敷に勤務することになり、一家揃って引っ越してきた。

双子姉妹は内勤の女官を目指していて、これを機に侍女見習いを始めることになった。一方のルイスは、護衛騎士になることを嘱望されている。今から一緒にいれば気心も知れて、幼馴染かつ腹心の部下になってくれそうだ。

七歳にして職業をもらうこの世界では、子供が大人の仲間入りをする年齢が早い。庶民はもちろん、貴族の子供でも、男子であれば遅くても十二歳になる前には、徒弟や奉公といった形で社会に出る者が珍しくない。

主な教育は、机上ではなく現場でなされる。オン・ザ・ジョブ・トレーニング、現場教育至上主義なわけだ。新人は業務を通して実践的に職業の特性を学び、知識の習得や実務経験を積むのが当然とされている。例外は、領主や神官になるための基礎教育くらいだ。

ウッド家は代々騎士を輩出する家系なので、女性でも騎士を目指すことが可能だが、どうも授職式でもらった職業が内勤向きだったらしい。

初夏の若木を思わせるような萌黄色（もえぎいろ）の髪に、白と黒のお仕着せが似合っている。トーマスは、厳（いか）つい顔のマッチョな騎士なので、三人の子供たちは母親似だろうね。姉たちに引きずられて退場するルイスが、俺に向かって手を振っている。それに手を挙げて応えた。


同い年ということもあり、ルイスと一緒に読み書きの練習を始めた。まだ四歳児なので、基本的な文字を覚えて、名前を書ければ上出来らしい。当然、それでは俺は物足りない。

日常的に使っている言語は、表音文字と表意文字の二種類で成り立っている。文字の種類が多いため、段階的に学習していくと事前に説明を受けた。

しかし、文字の形は異なるが、漢字とひらがな、カタカナを組み合わせて使う日本語と、文法や言語形態はかなり似ている。古代語や魔術語のような例外を除けば、元日本人には馴染（なじ）みやすい言語だといえた。

「もうおしまい。さんぽさんぽ」

「まだ始めたばかりじゃ……まあいいか。行きたいところがあるしね」

ルイスは座学より身体を動かす方が好きで、学習時間より散歩の方が長い。四歳児なら、これが普通で、机に張り付きがちな俺の方が変わっているといえる。だから、あえてルイスの気分に合わせて、散歩に出かけることが増えた。歩行訓練になるからね。

「今日はマイラとエマが非番だよね？　俺はいいから、一緒に森で遊んできたら？」

「いかない。おれはりおんさまのきしだから。まもらなきゃ」

湖を渡れば豊かな森が広がっている。キリアム家の私有地であり、子供にとっては格好の遊び場だ。「いかない」は痩せ我慢で、「まもらなきゃ」という気概は本物。

健気(けなげ)だよね。母親と離れて暮らしていたのに、どうやったらこんな良い子に育つのだろう？

「えっと、ルイス。そこを右へ。今日は、初めての場所に行くよ」

前を歩くルイスに声をかけた。大人の真似事なのか、周囲を見回して警戒している。

「こっちはいっちゃダメだっていってた」

「よく覚えてたね。偉いぞ。今日は特別に許可を取っているから大丈夫。この先に、面白そうな部屋があるんだよ」

一人で散歩するよりずっと楽しい。前世は姉と妹に挟まれて、常に圧迫されていた。こういう素直な弟が欲しかったんだよね。

「着いたよ。この部屋だ」

「はいっていいの？」

「見て回るだけならいいって。でも、触るのはダメ。できる？」

「うん。できる。ぜったいにさわらない」

博物館の小展示室をイメージしていたが、ドアを開けた先は、居間、あるいは誰かの私室と言っても通じた。小さな暖炉にソファ。壁にはいくつもの肖像画が飾られ、書棚や飾り棚が並んでいる。

部屋の隅にあるのは小型のクローゼットだ。

ランプや置時計、屏風（びょうぶ）のような衝立（ついたて）。水鉢に水差し。どれも本来の持ち主を失った品で、どこか統一感があるのは、備品の多くが青を基調としているからだろう。

　ここは「歴代当主の部屋」あるいは「青の間」と呼ばれている。この屋敷が本邸と呼ばれた時代の、住人の思い出が詰まっている。遺品や遺髪に手記。当主によっては、子供の頃に抜けた乳歯なんかも保存されているらしい。

「ルイス、一緒に飾り棚を見ようか」

「うん、いいよ」

　ルイスの動きがぎこちない。お触り禁止を強く意識しているからか？

「あった。これかな？」

　目的のものはすぐに見つかった。背中に細い煙突が生えた陶器製の小鳥だ。緑色に見えるけど、魔眼なので実際の色は分からない。

「ルイス、この鳥って何色に見える？」

「えっと、しろ？　くちばしと、めはみどり。あれ？　おなかにあながふたつある」

「『風鳴鳥（ふうめいちょう）』という名の笛なんだ。この煙突から息を吹き込むと、音が鳴るはず。試してみようか？」

　煙突を咥（くわ）えて強く息を吹き込んだ。ピ――――ッと高いホイッスルのような音が響く。

　すると、換気のために開けられた窓に突風が吹きつけ、勢いよく風が流れ込んできた。見れば、風の小精霊たちが、競うようにして俺の方にやってくる。

　一番乗りの精霊が煙突部分に飛び込んだ。俺が鳴らしたのと同じくらい高く長い音が鳴り、遅れて他の精霊たちが次々に飛び込むと、ピピピピピッと、短い音が連続で鳴った。

盟約を持つ者が『風鳴鳥』を吹くと、風属性の精霊を呼び寄せられると聞いていたが、凄い、効果覿面だ！

アイ、測定できた？

《はい。ご指示通り、笛の音の周波数を測定しました。人の可聴域にある約二万ヘルツの音と、可聴域を超える超音波が混在しています》

モリ爺から『風鳴鳥』の話を聞いたとき、犬笛みたいだと思ったので、念のためアイに音の周波数をチェックしてもらった。何に使えるか分からないけど、少しでも精霊や盟約の秘密に近づければいいなと思って。

「なんかキラキラしてる」

「精霊がはしゃいで、強い精霊光を放ったんだ。それが見えたのかな？」

「すごい！　はじめてみた」

「ルイスは精霊との親和性が、それなりに高いのかもね」

「ほんとに？」

「うん。ルイスは男子だし、血の濃さからいっても『視える』のは不思議じゃない」

精霊との親和性は男女差が顕著だ。男性優位。同じ家系なら男性の方が、より親和性が高くなりやすい。特に盟約ともなると男性に限られる。キリアム一族の当主が代々男性なのは、それが大きな理由らしい。

部屋の中を一通り見終わる頃には、ルイスが大きな欠伸をしていた。俺もかなり眠い。

「そろそろお昼寝の時刻だね。戻ろうか」

散歩が日課になってから、毎日昼寝をするようになった。この年頃の子供に必要な睡眠時間は、トータルで一日に十時間程度。

この世界は地球によく似ていて、一日は二十四時間、体感的には時間の長さも同じだ。

俺は遅くとも夜の八時にはベッドに入り、朝は六時に起きている。だけど、実際の夜間の睡眠時間は八時間そこそこだ。従って、足りない分を昼寝で補わなければならない。

これは魔術を扱う時間を捻出するための工夫であり、寝落ちせずに秘密の課外授業に臨むには必須の対策だった。


夜の暗闇の中、ひっそりこっそり行う魔術訓練。

さすがに毎日はできないが、慣らし運転的な魔力操作に、少しずつ取り組み始めた。

第一段階だった魔力感知と魔力循環に合格が出て、今日は魔力操作の第二段階に進む。

アイ、ナビゲートをお願い。

《第二段階は幽体の認識です。魔力の器である幽体を、明確に捉える必要があります》

魔力は幽体内を流れている。正確に言えば、幽体内に敷かれた魔導軌道網の中を、血液のように緩く循環している。

器を知ることで魔力制御の精度を上げる。理屈は分かるが、日頃は意識していない幽体を自力で認識するのは難しい。いかにも躓（つまず）きそうなポイントだけど、俺には心強い味方がいる。

《蠱弦（こげん）「アラネオラ」が、幽体の認識はもちろん、幽体内を流れる魔力を掌握済みです》

了解。じゃあ、【感覚同期】だ。

一番手（トップバッター）として、蠱珠（こじゅ）から孵化（ふか）したアラネオラ。その誕生は、俺がこの世界で目覚めてアイに人格を与え、能力開発をすると決めた直後のことだ。

この子が辿（たど）った道は共生進化で、基（シア）体本体は魔導中枢と同化している。そして、魔導軌道の起点となって、幽体内に根を張るように分岐・伸長していった。

従って、魔導軌道の集合体である魔導網は、アラネオラの手足のようなもので。アラネオラと【感覚同期】すれば、第二段階の難易度を飛躍的に下げることができる。

——ああ、なんか不思議な感じだ。

自分とぴったり重なって、もうひとつ別の身体がある。これが幽体なのか。【感覚同期】したのに曖昧な感じなのは、上手（うま）く認識できていないせい？

《マスターの幽体に対する固定観念が優先されています》

つまり、先入観が邪魔してるってこと？

幽体、幽、幽……幽霊、身体から抜け出した魂、生霊——ああ、これが原因かな？　この世界では幽体と魂を合わせて幽魂と呼ぶが、それぞれが別の存在だ。なのに、前世の概念をひきずって同一視している。

でも、幽体も魂も自分そのものだ。その片方だけを客観視する？　えっ、どうやるの？

《アラネオラと直接会話してみては？》

会話……できるの？

アイは理蟲（りちゅう）の管理者だから意思の疎通を図れるけど、それは言語ではなく特殊な概念によるものだったはず。

《はい。ここ最近は言語の発達が目覚ましく、簡単な会話ならできます》
いつに間に。でも、そういうことなら。アラネオラ。聞こえてる？
《ハイ　マスター》
おおっ！　今までアイを仲介していたから、なんか新鮮だね。
当然、声を聞くのは初めてだ。あどけない声。この声って初期設定（デフォルト）なの？
《マスターの潜在的な願望が反映されています》
ははっ。そうなんだ……えっ、願望？　これが!?　……なんか新しい自分を発見したよ。
ねえ、アラネオラ。俺には、君の声は可愛い少女のものに聞こえる。意識してなかったけど、それが君に抱くイメージみたいなんだ。おそらく好きな声でもある。でも君が違うって言うなら、そっちをイメトレする。これから長い付き合いになるしね。正直に言っていいよ。
《マスターノ　スキ　ガ　イイデス》
本当にいいの？
《マスターノ　スキ　デ　イタイ》
ありがとう。ヤバい、何この健気なお返事。
二人でひとつ。こうして最も近い距離にいて、同じ感覚を共有している。互いに半身とも呼べる存在だ。それでも、俺と君は別の人格で。
君はどんな姿をしてるのかな？
声からは、素直で、邪念なんか少しもなくて、決して嘘（うそ）をつかない——そんな無垢（むく）で澄んだイメージが湧く。なんだ、こんな簡単に描けるじゃないか。

自分の幼い身体と重なる、少女の姿が見えた。

少女の身体に満ちる魔力は、魔心から渾々と湧き続け、四肢末端に至るまで分岐しながら緩やかに巡り、再び魔心に還っていく。

幽体の隅々まで、余すところなく魔導軌道を伸ばしたアラネオラは、ほぼ幽体と同義だ。だったら、これで認識とやらはいけるんじゃない？

《第二段階を達成しました。第三段階は魔力の掌握です》

宿主の能力を大幅に底上げしてくれるレクス・トリニティ。生涯を共にする大切な仲間であり、相棒と言い換えられる存在でもある。

これからは、二人三脚だ。二人で歩調を合わせて魔力を掌握していこう！

《ハイ　マスター》

指先に灯る小さな炎。チロチロと揺れる火影を見ながら、俺の胸は歓喜に躍っていた。

これぞファンタジー。魔法、魔術。摩訶不思議な超常現象を、いとも簡単に実現できる。

実はつい先日、ひとつ目の理律である『理壱』の埋刻が終わった。この控えめな炎は、その成果の表れでもある。

『理壱』は理律の中では最も取得が容易で、魔術に要する魔力消費も少ない。その分、起こせる現象も小さいので、小魔術と呼ばれている。

代表的な現象は、発光、着火、帯電。あと、ちょっと難易度が上がって結露。

正直言って、現象として見ればショボい。えっ、これだけ!?　なんて思ったこともある。でもね、

たったこれっぽっちの現象を具現化するのに、実はかなり面倒な手順を踏んでいる。
俺がその面倒さを自覚することはないが、理屈を知っておくために、アイによる魔術理論講座を受けてみた。これが難解で、何度も聞き直す羽目に。
教えて、アイ先生！　もう一度最初から。めっちゃ噛み砕いて。
《魔素を現象に昇華させるには、加工した魔力で魔素を励起し、『理』の鋳型に流し込み、押し出す必要があります》
励起について、もっと詳しく。
《この場合の励起とは、外部から魔力というエネルギーを与え、魔素をより高いエネルギー状態に移すことを指します》
魔力の加工はどうやるの？
《『理』と属性に最も適った形に、自らの魔力を最適化し、反応促進のための修飾を加えます。その触媒的な役割を果たすのが魔導基盤です》
魔導基盤ね。あの痛い思いをして掘ったやつだ。
《『理』と属性の組み合わせが多岐にわたる以上、扱う魔術の種類が増えれば、必要とされる魔導基盤も多くなります》
だからあんなに掘りまくってたのか。
《魔術の起動から魔力加工、魔素の励起、『理』への嵌め込み。こういった発現までの一連の作業を繋ぐのが、魔法言語による詠唱や魔術式です》
俺はそのあたり、どう処理されているの？

《魔導基盤を連結して魔導中枢で一括制御しています。詠唱や魔術式は省略可能です》
いわゆる無詠唱ってやつか。魔術の発動が早くていい。
《『理肆（りよん）』即ち（すなわち）上級魔術以上になると、これに極質層（プリマ・マテリア・ラミナ）へのアクセスと、極質（プリマ・マテリア）から魔素への転化（チャージ）という作業が加わります》
俺はそういうのは一切いらない？
《はい。【理皇（りおう）】の職業特性として、どちらも息を吐くように行えます》
極質層（プリマ・マテリア・ラミナ）へのアクセスや転化（チャージ）は、実は相当に難易度が高いらしい。この両者を補助する能力がなければ、まず上手くいかない。おそらくそれが原因で、魔法を根幹とする世界なのに、大多数の魔術師は自然魔素だけで行使できる中級魔術止まりになっている。
俺は例外だけどね。「そうしよう」と考えるだけで魔術を使える。実際に火を灯してみたが、マッチを擦（す）るより簡単だった。この調子で次々いきたい。なんて調子に乗っていたのが油断を招いた。

陽（ひ）がとうに落ちた真っ暗な部屋で、幼い子供が一人で火遊び。見つかったら大騒ぎになるから、いつものように夜中にそっと起き出した。

敷物や可燃物がない場所に移動して、ちょこんと座る。手を開けば準備ＯＫ。

一本、二本、三本……両手の指全てに、小さな火を灯す。バースデーケーキみたいになるかと思ったら、紅葉みたいに小さな手なので、手全体が眩（まばゆ）く輝いた。

へぇ。これだけやっても熱くない。自分で作ったものだから？

火傷の心配がないと分かり、一気に気が緩んだ。あれだよ、あれ。前世で行った温泉リゾートで見た心躍る光景。それを不意に思い出した。

暗闇を切り裂く火焔の爪痕。打ちつければ火の粉が舞い。チラチラと花火のように散っていく。

プロ演者によるファイアーショーは、幻想的な炎と光の共演だった。

あれとは似ても似つかないけど、気分だけはオンステージだ。泳ぐように腕を回して必殺の構えをする。

あちょーっ！　あTATATA！　ORAORAORAORA！　打つべし！　打つべし！

なんか、いろいろ混ざっている気がするけど、まいっか。ふんっ!!

アイ先生による魔術理論講座は、再三噛み砕いてもらっても、まだ難しい。

高校で学んだことでは到底追いつかない。大学生だったら、あるいは社会人だったら。意味がないことなのに、ついそう思ってしまう。

『今は無駄に思えても、将来きっと役に立ちます』

教師たちの言葉は、おそらく本当なのだろう。だけど、その将来が異世界行きだとは、彼らも予想できなかったはずだ。

アチョーーーーッ！

まあ、ないものねだりをしても仕方ないか。今生で、貪欲に知識を学べばいい。

オワッタ！　割とすぐに終わった。もう終わったっていうか、ギブアップ。

楽しかった。こんなのでも息ゼェゼェだけどね。今日はこれでお終い。でもまたやろう。憂さ晴らし……じゃなくて、魔術の練習。そう、魔術訓練なのだから。

「もうおわり？」

えっ!?

不意を突いて幼い声が聞こえた。部屋の出入口を振り向くと小さな人影が見える。

「ルイス？」

「うん。すごい。ひをふいてた」

「いつから見てた？」

「うーん。きのうのきょう」

それって結構前から？　全然気づかなかった。

「なぜこの部屋に来たの？」

「キラキラがみえたから」

精霊かな？　でも夜だよ？　彼らも寝静まっているはず。

「あっ！　いた。いるじゃん！　君か、宵っ張りの精霊は」

ルイスのすぐそばに、興奮気味の風の小精霊がいる。

――アチョーッ！

なるほど。君も聞いてたのね。

「ひのせいれい？」

「いや。風の精霊だよ」

「じゃあ、あのひはなに？」

何って言われても。今の時点でカミングアウトをするのには躊躇いがある。でも、ルイスに嘘をついたり誤魔化したりは……うん、したくないね。

「ルイス。誰にも言わないって約束できる？　そしたら、あの火の正体を教えてあげる」

「できる！　おとことおとこのやくそくは、ぜったいげんちゅ」

語尾がちょっと怪しいが、ルイスの表情は真剣に見えた。

「あの火はね。実は魔術で作った火なんだ」

俺の言葉が、すぐには理解できなかったのか、ルイスは口を円く開けてポカンとしていた。

「まじゅつ？　か……かっけぇ！　つべしつべしつべし！」

あ、あれ？　そっち？

参ったな。無言でやっていたつもりだったのに、無意識に声が漏れていたか。

先ほどの俺のパフォーマンスをルイスが再現し始めた。よく見てるね。健康優良児だから、俺とは身体のキレが違う……じゃなくて！

「ルイス！　ほら、秘密だから。音を立てたら、みんなが起きてきちゃう」

「ぜったいげんちゅ！」

よかった。止まってくれた。

「う、うん。絶対厳守だ。俺たちの秘密だよ」

「おとことおとこのやくそく！」

キラキラした目で俺を見るルイスを部屋に帰し、今日はもう寝ることにした。一抹の不安を残して、夜は静かに更けていく。

ルイスの飛び入り参加はあったが、今のところ他の人間にはバレていない。新しい生活サイクルにも慣れてきたので、先送りにしていた案件に取り組むことにした。

「アイ！　第二の蟲珠を孵化させて、分体を作ろう！」

《では、蟲式（こしき）「ルシオラ」に分け与える、身体の一部を指定してください》

分け与える？　マジか。そんなこと言ってた？

《身体を分割したものを分体と呼びます。説明が不足していたようで申し訳ありません》

ああ、言われてみれば。分体、体を分ける、分割する。染色体が分裂する感じなのか。

自分由来の素材が要るのは分かった。それは、どこでもいいの？

《肉体・幽体の両方を使用します。魔導軌道の修正がしやすい末端部分が推奨です》

主要な魔導器官に影響が出なくて、欠けても支障がないところだね。

分体に分割した部分はどうなる？　欠けちゃうのかな？

《吸収置換されます。形状は元と同じです。分体が本体から分離した際の欠損を避けたいなら、オプションで欠損を補うデコイ機能を付けられます》

それ採用！　分けるのは身体の内部でもいいの？

《耳目としての利用目的であれば、体表面に露出している場所を選択してください》

それだとかなり限定される。うーん。どうしようか？

考えた末、毛根を含む一房の髪の毛が犠牲になった。いずれ分体が成長して本体を離れたら、その部分は円形ハゲになる。デコイ機能でなかったことにするが、念のため他の毛で隠れる目立たない場所を指定しておいた。

ルシオラが孵化した。育成に時間がかかるそうで、本体に馴染むまでは分離すらできない。だから、今は髪に擬態して大人しくしている。

黒だった髪束は、分体に吸収置換された際に色素を失った。事前に知らされたときは、髪にメッシュが入る程度かなんて思ったけど、周りの反応は予想を超えていた。

「ああっ!!　リオン様の黒く美しい御髪が！」

「色が抜けてしまったのはなぜ？　いったい何が悪さをしたの？」

「なんてこと!!　食事のせい？　それとも髪油あるいは石鹸の類い？　すぐに調べなければ」

見た瞬間、乳母たちが悲鳴をあげた。そこまで驚くこと？

「そんなに目立つ？」

乳母たちはパニック中なので双子姉妹に声をかけた。触っていいかと聞かれて同意もした。

「つべつべで、さらさら。光が当たると艶が増して真珠みたい」

「青銀色の光沢？　どこかで見た……あっ、光兎サピルス！　あの毛皮の色にそっくり」

「毛皮？　どこで見たの？」

「領都です。火難を防ぐ幸運の毛皮として、大きな商会で展示されていました」

「それって今もあるの？」

「売れちゃったみたいです」

「そっか。そんなに似ているなら見てみたかったな」

ちなみに、俺のメッシュをルイスに見せたところ。

「か……かっけぇ。さすが、ごしゅくん！」

めっちゃ褒められた。

後日談。カーテン用のタッセルを、頭に括り付けているルイスを見かけた。双子にバレて、叱られた上に取り上げられて、涙目になっていた。今まで以上に、ルイスに対して親近感が湧いたのは言うまでもない。

グラス地方北部。この地を治めるキャスパー家の当主、アーサーの元に、一通の手紙が届いた。一族の聖地、バレンフィールドから来た喫緊(きっきん)の知らせであった。

「どうやら、本家のくたばり損ないが、大化けしたようだぞ」

言葉は悪いが、アーサーの口調にも表情にも、隠しきれない喜びが滲(にじ)んでいる。そのただならぬ様子に、手紙の開封に立ち会ったブリジット夫人は、大きな吉報であると悟った。

「真(まこと)ですか？　病弱で生き延びるかどうかも分からない。もし助かっても、目がろくに見えないままなら廃嫡(はいちゃく)は確実。そう言われていたのに？　大化けとは、いったい何が起こったのです？」

「水精霊の精霊紋を得たそうだ。それも、かつてないほどに大きく、素晴らしいものを。であれば、間違いなく上位精霊の盟約を持つはず。もしかすると、話に聞く『精霊の愛(いと)し子』かもしれない」

「まあ。それは驚きです。生まれてからずっと『六角錐堂(ろっかくすいどう)』で養育されているのですよね？　その恩恵でしょうか？」

「さあな。あそこで子供を産み育てたからといって、必ずしも盟約を得られるわけじゃない。それは歴史が証明している」

「そうでしたわね。盟約がその程度で手に入るなら、今頃、そこら中が分家だらけになっていますもの」

盟約を持つ子供を産むことは、キャスパー家をはじめとする、分家当主の妻たちの切なる願いであり、義務に近いものであった。従って、もし産み育てるだけで盟約を授かる場所があるなら、誰もが実行していたはずだ。

「目の具合は改善されてきたとある。そもそも視力を失っているわけではないらしい。どうも色の見え方に支障があるようだ」

「その程度なら全く問題になりませんね。個性の範疇（はんちゅう）ですもの。直（じか）にお会いになられます？」

「そうしたいところだが、虚弱を理由に面会は当分無理だと断りを入れてきた。まあ、つい最近まで、いつ死んでもおかしくない状態だったらしいから、嘘（うそ）ではないだろう」

手紙には、予防線を張るように配慮を求める旨が記されていた。まだ健康というには程遠い、ひ弱な状態であることも。

「四年も寝たきりだったのでしょう？　本来なら死んでしまう子が、強力な水精霊の盟約により生かされた。諦めの声も多かった中での恩寵（おんちょう）です。直接世話をしている者たちの歓喜する様が目に浮かぶよう。だからこそ余計に、目が離せないのでしょうね」

「エルシーをやろうかと思う。元々そのつもりであったし、年齢がちょうど釣り合うから話を通しやすい。側妻（そばめ）の件を引っ込めると言えば、エリオットも嫌とは言えまい」

「まあ、気が早いですこと。でも、娘（エルシー）を温存しておいて正解でしたわね。南部分家のロイドに先を越される前に、当家（キャスパー）から申し出ることには賛成です」

「いや、ロイドとは話し合う余地がある。精霊紋が出るほどの人物であれば、分家から何人か嫁取りさせるのが当然だからな。モリスも筋を通せば受け入れるだろう。上手（うま）く活用すれば、分家御三家が一つにまとまる良い機会になり得る」

「でしたら、問題は中央ということですね？　あの女の腹から出たのは事実ですから、横槍を入れてくるかもしれない。そうお考えですか？」

「ああ。しかし、キリアムの所領を狙う禿鷹どもに、これ以上、つけ入る隙を見せてはならない。エリオットの二の舞は、断固として避けなければ」

「同感です。この地は我々の先祖が、大いなる精霊の温情を得て、血と汗をもって切り開いたものです。乱世ならともかく、現状では、こちらから王国の連中に譲歩する理由など塵ほどもありません」

§　鏡よ鏡

滋養がある食事と軽めの運動。それが効果を発揮し、骨と皮だった身体に、しなやかな筋肉と薄い脂肪がつき始めた。

まだまだ細いし健康的とは言い難(がた)い。だけど、以前と比べたら、だいぶマシだよね。そろそろ現実を直視してもいいかもしれない。

「鏡ってある？　できれば大きめのがいい」

「ございます。参考までに、用途をお伺いしても？」

「自分の姿を見たい。もし動かすのが大変なら、鏡のある場所に行くよ」

「お部屋にご用意致します。しばらくお待ちください」

このタイミングを選んだのは、分体(ルシオラ)が、「目」として使えるようになったからだ。そのおかげで、従来と同じナチュラルな色彩でものを見ることが可能になった。

まだ完成前で育成の途上なので、本体である自分からは切り離せない。解像度は甘いし、満足できる見え方とは言えない。それでも、ありのままの自分の姿を確認してみたかった。

自然色で見えるメリットは大きい。分体を作ってよかった。そう断言できるほどに。認識のすり合わせが容易なのだ。周囲の様子や人々の挙動を、格段に把握しやすくなった。

生活様式は、前世とあまり変わらないように見える。服装は中世から近世ヨーロッパのクラシカルなデザインだけど、電化製品の代わりに大型の魔道具が使われていて、予想より遥(はる)かに文化的だった。

おっ、姿見が運ばれてきた。いくらなんでも大きすぎない？　部屋の入口を通すのがギリギリのサイズだ。床に縦置きしたら三畳くらいある。

「随分と大きいね。衝撃で割れちゃわない？」

「特殊素材で強化・軽量化されていますので、ご安心ください」

よくこれにしようと思ったな。全身どころか部屋全体が映り込んでいる。

恐る恐る鏡の前に移動した。そして、心の中でお祈り。フツメンでもいい、健康的に育ってほしい。この気持ちは嘘(うそ)じゃない。だけど、イケメンだという父親（サイケな姿しか知らない）に多少なりとも似ていたら、なんて少しだけ期待してしまう。

「ふぁ？」

鏡には、小さくて（鏡がデカいから余計に）、触れたらポキッて折れちゃいそうな、幼い子供が映っていた。これが俺？

驚いた。頭では理解していたのに、見てすぐは自分だと認識できなかった。鏡に高校生だったときの自分の姿が映っていない。そんな当たり前のことを、とても不思議に感じた。

今世の姿をもっと観察したくて、鏡に近づいていった。鏡像が等身大になったとき、ゆっくりと手を持ち上げて前に伸ばした。鏡を介して、二人のそっくりな子供たちが手を合わせる。

――ああ、本当に転生したんだ。この瞬間、やっとそれが実感できた。思ったよりいいじゃないか。少なくともムンクではない。

髪の色は、いわゆる烏の濡羽色をしている。ひと房だけ変色していて、毛先が左の目元から頬にかかっていた。これが分体か。

視界に映る分体の色は、なるほど光沢のある白だ。白銀に近い？　青や紫みを帯びていて、自然と黒髪に馴染んでいる。

黒髪に縁取られた白くて小さな顔。こぼれそうに大きな目が、やけに目を引く。

人形みたいだ。小顔なのに、目がやたらと大きい。スッとした小さな鼻に、口角が上がった小さな唇。アンバランスだけど、ひとつひとつのパーツ自体は悪くない気がする。

鏡に顔を近づけて、マジマジと自分の眼球を観察した。日本人にはあり得ない、オリーブ色がかった明るい黄緑色の虹彩。瞳孔は黒く、白目の部分は白いままだ。

よかった。魔改造の影響を心配していたけど、見た目は普通っぽい。

あれ？　見る角度によって、虹彩の色が変化してないか？

「リオン様、どうかされましたか？」

いろんな角度に顔を動かしていたら、モリ爺から声があがった。ちょっと聞いてみるか。

「目の色が変かなって思って。モリスにはどう見える？」

「お色でございますか？　リオン様の目のお色は、橄欖石のようで、大層お美しいです」

「見る角度によって色が変わらない？」

「失礼してお顔を拝見しますね……確かに、仰る通りです。不思議ですね。光の加減でしょうか？ときに虹のような色が浮かぶことがあります。まるで稀少な宝石のようです」

モリ爺のコメントからすると、ありふれたものではなさげだ。

この目は生まれつき？　それとも改造の影響？　疑問に思って、アイに問いを投げかけた。

《虹のように見えるのは構造色です。眼球に重層魔導基盤を構築した影響と考えられます》

構造色って、確か孔雀（くじゃく）やモルフォ蝶（ちょう）の羽の色がそうだ。物質そのものには色がないのに、表面の微細な構造（ナノスケール）により、特定の波長を強く反射する。意外な副産物だね。

次に、鏡から少し離れて全体を眺めてみる。

深窓の令息がそこにいた。弱々しいというか、やけに儚（はかな）くて、柔風が吹いても薙（な）ぎ倒されそう。なるほど、周りが過保護になるわけだ。イケメンになれるかどうかは、バランス次第かな。それよりも、生きのいいピチピチキッズにクラスチェンジするのが先だね。

じゃ、次は魔眼に切り替えてと。色はサイケだけど高解像度かつ多機能。でも、見えすぎて困ることもあるんだね。

魔心を収める胸部が凄（すさ）まじい高輝度で、かつグルグル渦を巻きながら白く発光している。頭部や腹部もフラッシュレベルに明るい。それぞれの光から無数の線が放射され、人というよりは、前衛的なオブジェみたいだ。

これじゃあ、わけが分からない。先日、幽体を認識したときは、こうじゃなかった。あれは【感覚同期】によるもので、直接見たわけじゃないから？

あんな感じに見え方を調整できない？

《可能です。対魔フィルターで段階的に輝度調整ができます》

視界が切り替わる。これが対魔フィルター。輝度調整は……こんな感じか？

光を徐々に抑えていくと、輪郭が浮き上がってきた。

小さな人の形の中に描かれる、大小様々な光点や幾何学模様。それが、夜空の星のように散らばり、星々の間を魔導軌道が縦横無尽に走っている。

頭部が凄いな。極細レースでパーツごとに立体的な人体模型を編んでみた。そんな感じだ。

光のレースに見惚れていると、さらに輪郭がはっきりしてきて、白く光り輝く少女の姿が浮かびあがってきた。

鏡越しとはいえ、【感覚同期】による認識ではない、自分自身の目で見るアラネオラ。俺の肉体の像と二重写しになっている。

幽体と肉体のオーバーラップ。それがよく分かる。魔眼は、肉体優位の視覚機能を、幽体優位に再構築したものだけど、ここまで見えるのか。

鏡の中のアラネオラは目を閉じていた。でも、見えてるよね？　この魔眼は俺のものであると同時に、幽体の化身とも言える君のものでもある。目を開けて。君の目が俺を映すのを見てみたい。

俺の願いを聞き入れたのか、アラネオラの銀糸のような睫毛がぴくりと動き、瞼裂に隙間が開いていった。ゆっくりと上がる目蓋。青みがかった白い虹彩が露になり——目が合った。

《魔眼の並列起動、及び幽体の分離に成功しました》

んんっ？　何に成功したって？

はぁ。……怠い。だるーい。食欲湧かない、やる気でない。自己改造はしんどいね。

《『理弐』の埋刻が完了しました。確認を行いますか？》

今は無理。後でね。夜になったら相談ってことで。

《了解しました》

《引き続き『理参』の埋刻作業へ移行します》

理律の埋刻作業が本格化して、このところ精神的に負荷がかかるようになった。

魂の痛みは、肉体が感じる痛みとは質が違う。実際に体験したら、すぐに分かった。

ずっと続くわけではないが、いったん感情が落ち込むとどうにもならない。酷く憂鬱になる。何をするにもやる気が削がれ、笑う気も起きない。気持ちが塞いで、理由もなく悲しくなる。

当然、食欲も落ちてしまった。頑張って食べようとしても、どうにも食が進まない。

寝込んでいた時は、咀嚼が上手くできなくて、薄いスープや潰した野菜といった離乳食めいたものを食べていた。

能力開花後、少しずつ食べる量と固形物を増やし、今では手の込んだ上品な料理が食膳に並ぶ。

そう。手の込んだ上品な料理——実はこれが、食欲低下に拍車をかけていた。

「でも、これじゃない」

新鮮な牛乳やチーズ、卵や肉を主体に使った料理は、最初はとても美味しく感じられた。前菜や付け合わせに野菜も出てくるし、栄養バランスもそう悪くはない。

メインが肉だからいけないのかと考えて、思い切って魚が食べたいと言ってみた。そして、出てきたのが目の前の料理だ。

『生クリームとバターを贅沢に使った岩棲魚の肝と温野菜の濃厚クリーム煮』

ひと言でいうなら、こってり爆弾。胆汁ドバドバ。血液ドロドロ。プリン体も多め。

「重い。重すぎるってば」

「お口に合いませんでしたか？」

「美味しいけどさ……バターとかクリームじゃなくて、もっとあっさりしたのを食べたい」

もうここは、ハッキリ伝えてしまおう。厨房は困るかもしれないが、背に腹は……いや、カロリーは栄養バランスには代えられない。

グラス地方は農業と牧畜が盛んで、質の良い乳製品が手に入る。

ただ、輸送手段が限られているから、生乳は鮮度保持と衛生管理にお金がかかるし、その加工品であるバターや生クリームは贅沢品扱いだ。

街に住む人々が、お祝いの時に食べたい料理は？　と聞かれて、「それはもちろん、クリームたっぷりのシチューです」と答えるくらい、価格は高いが人気があった。

でも、たまに食べるからいいのであって、主食代わりは無理。脂肪肝の子豚ちゃんになる以前に、胃がやられる。腸が拒否する。

『食べたら太る＝栄養がある』

栄養学が発展していないせいで、そんな風に考えている人も多い。この世界にも牛がいて、乳製品、主に牛乳は離乳食や介護食にも使われているから、実績があったのもいけなかった。

「あっさりとは、どのようなものでしょうか？」

「油っこくなくて、サラサラしている。乳製品を使わない。素材の味に塩気だけあればいい」

「なるほど。以前食べた南部料理が、近いかもしれません。早速、問い合わせてみましょう」

へ？　わざわざ問い合わせ？　とりあえず、塩焼きとか塩茹でいいのに。なぜそんな大袈裟なことになるのか？　でも、あっさりだという南部料理は気になる。仕方ない。少し待つとするか。

「ルイス、マイラとエマも。今日は光庭（フェネストラ）に行こう」

「はい！　おともします！」

部屋で塞ぎ込んでいると、俺の一挙一動を皆が気にする。それを解消するために、気晴らしを兼ねて日光浴をする機会を増やした。

今の俺に期待されているのは、よく食べ、よく眠り、健康的になること。

大切に育（はぐく）んできた子供が、ようやく元気になってきたのに、また様子が変になった。気にするなっていう方が無理で、少しでも活動性を上げて元気アピールをしている。

夜間の魔術訓練は、ほぼ休止状態。『理式』が手に入ったから、初級魔術の放出訓練をしたいのに、この状態じゃね。外出を望んでも、まず許可が下りない。開放テラスで外気に晒（さら）されるのさえ、モリ爺に止められているのだから。

「リオン様、お寒くございませんか？　ひざ掛けをお持ちしました」

「ありがとうマイラ。せっかくだから使おうかな」

「では、お掛けしますね」

屋敷の南側にある光庭（フェネストラ）は、植栽や噴水が配された庭に、居心地の良い家具を置いた温室で、趣向を凝らしたガーデンルームと言ってもいい。

二階層吹き抜けで開放感があり、湖に面した壁や斜めに傾（かし）いだ天井は、透明度が高い総ガラス張りになっている。

目に映(は)える赤みの強い敷石。伸びやかに枝を張る樹木や果樹。高低差がある植栽や、色濃く咲き誇る花々。水路や水盤には、清浄な水が流れている。

燦々(さんさん)と降り注ぐ陽光に照らされ、植物が生き生きと繁(しげ)る癒(いや)しの空間。そしてなにより、景観が素晴らしかった。

神秘的な湖『弦月湖(クレスケンス)』。別名『精霊湖』。

パノラマに広がるレイクビュー。空の青、対岸の森の緑、湖の深い青の三層が、視界いっぱいに広がっている。

今住んでいる屋敷は、湖の中央にある小島に建っていて、遠目には湖上に浮かんでいるように見えるのだとか。以前、モリ爺に聞いたことがある。

「こんなに湖面が近くて、屋敷に浸水したりはしないの？」

「これまで一度たりとも、そのようなことはございません」

不思議なことに、一年中、どんな気候でも水位が変わらないという。増えもしないし、涸(か)れることもない。

「あの森には、誰か住んでいるの？」

「湖と周囲の森は公爵家の私有地です。警備はむろん、人の出入りも厳しく管理下に置かれていますので、安心してお寛(くつろ)ぎください」

あんなに広い場所が全て、関係者以外は入れないプライベートゾーンなんだよね。まあ、この辺り一帯は特別な場所だから当然なのかも。

「俺は少し休むから、ルイスは光庭(フェネストラ)内を警邏(けいら)してきてくれる？」

「はい！　おまかせください！」

遊んできていいよと言いたいが、ルイスは俺を放っていくのを嫌がる。小さいのに、未来の護衛騎士としての意識が高いんだよね。

光庭(フェネストラ)内を気ままに散歩して、疲れたら俺専用の安楽椅子に寝転がる。ふかふかしたお気に入りのクッション。膝掛け(ひざか)もふわふわだ。

「ふぁああ」

身体が温まってきたせいか、急に眠気を催し欠伸(あくび)が出た。この眠気にはちょっと逆らえない。いいか、少しくらい寝ちゃっても。ゆっくり目蓋が落ちてきて、そのまま目を閉じた。

…………あれ？　ここどこ？

意識を手放したはずなのに、なぜか見知らぬ庭にいた。光庭(フェネストラ)とよく似ているけど、天井にはガラスがなくて、突き抜けるような青空が広がっている。

これって夢？　だったら、あの青い水底の世界以来だ。でもあれは、正確にいえば夢じゃない。初代様の精神世界だったから、これが異世界での初夢になる。

たぶんそうだ。だって、身体が透けている。意識だけがこの庭に飛んできて、宙に——正確にいえば水盤の上に浮いている。

六角形の大きな水盤は、その中央に花が植えられていた。匍匐(ほふく)する緑の絨毯(じゅうたん)の上に、金平糖(こんぺいとう)みたいな白い花が数えきれないほど咲いている。

『やっと満開になったよ。どうかな？　君の望み通りになっていればいいのだけれど』

うわっ、びっくりした！　えっ!?　人がいる！

水盤の縁に青年が佇んでいた。どう見ても彼は一人で、他に人影はない。この人、いったい誰に話しかけてるの？

『この水盤を作ったら、堀が枯れてしまった。みんなは残念がったけど、僕は嬉しかった。消えてしまった水が君を癒している。そう思ったから』

親しげに話しかけてくる声に、聞き覚えはなかった。彼の視線は、明らかにこの水盤に向けられている。でも、俺じゃないよね？　この水盤に何かあるの？

足元をよく見ると、生い茂る葉の中に、光を反射するものが見えた。なんだろう？　近づいてよく見ようとしたら、そこで目が覚めた。

「やっぱり、夢だったか」

「あら。どんな夢です？」

「えっとね。ここじゃない庭にいて、誰かに会ってた。でも、詳しい内容は忘れちゃった」

「夢ってそうですよね。鮮明に見ていたはずなのに、起きた途端にぼやけちゃう」

「リオン様、ご気分はどうですか？」

「体調はいいよ。指先まで温まってる」

少し寝たせいか、気分も晴れていた。周りをそっと窺うと、俺の機嫌がいいせいか皆がホッとしているのが分かる。なんか心配をかけて申し訳ない。

――カワイイコ　ナニシテル？

――ネテルヨ

――オコシタラ　カワイソウ

――ミルダケナラ　イイ？

小精霊の囁き（ささやき）が聞こえてきた。精霊は気まぐれで、ときに我儘（わがまま）だと言われているが、ちゃんと気を使ってくれる。

【精霊感応】は、使い方に戸惑ったのは最初だけで、今では自然体で使える。姿を見るだけでなく声も聞けるし、触れることもできる。五感に対応している気もするけど、精霊の匂いは希薄なため、他の匂いにまぎれてしまいがちで、上手く把握できない。もちろん食べたことはないので、味覚についても不明だ。

光庭（フェネストラ）は外壁が総ガラス張りなので、見通しがとてもいい。寝ころんだまま、薄眼を開けて光庭（フェネストラ）を覆う板ガラスに視線を向けた。

……いるいる。どこもかしこも精霊だらけだ。

精霊は自我を持つ自然エネルギーの使役者として、人々の暮らしの身近にいる。その大きさは大小様々。限られた人にしか認識できない燐光（りんこう）、『精霊光』を放っている。

最も数が多いのは小精霊だ。いわゆる『視（み）える』人には色つきの光球として映るので、精霊球とも呼ばれている。

その精霊球がポヨポヨ――どころじゃなく、ワラワラと窓ガラスに張り付いている。突き刺さるような無数の視線が、ただ俺一人に向けられているのだ。

精霊と話ができたらいいな、なんて思っていたけど、数が多すぎて個々と対話なんて難しい。

「あっ！」

思わず声が出た。

「リオン様、どうされました？」

「何かお困りですか？」

双子姉妹が俺の声に反応して声をかけてきたが、俺の視線を追った結果、すぐに彼女たちも驚くことになった。

「えっ!?　ええっ！」

「なにあの光！」

ガラス面を透過した光がハレーションを起こしている。

――ミエテル？

――コッチミテルヨ
――キコエテルネ
――イッショニ　アソボウ
遊びのつもりか、俺の気を引きたいのか。光の小精霊たちが、盛んに属性転化して光を生み出している。精霊視ができなくても現象である光は見えるから、その場の全員がすぐ異変に気づいた。

「ごしゅくんはぶじか!!」

ダッシュで戻ってきたルイスが、俺の前で両腕を大きく広げ、大人たちも俺の周りを取り囲むように集まってきた。

緊張する室内の空気とは裏腹に、楽しげに乱舞する光の小精霊たち。ポンポン跳ねる沢山の光の玉。彼らに釣られたのか、他の属性の精霊たちも、目に見えてはしゃぎ始めた。

ハレーションで分かりにくいが、隙間から精霊球の色が判別できた。パステル調の青・緑・黄色味を帯びた白の光球は、それぞれ水、風、光の小精霊であることを示している。

元気よく弾(はじ)ける水の小精霊。自由奔放に飛び交うのは風の小精霊だ。湖面に波が立ち、水飛沫(みずしぶき)がガラス面に跳ね飛び、風が叩(たた)く音がした。

「大丈夫。精霊たちが、遊ぼうって誘っているだけだから」

そう告げると、マイラとエマが感嘆の声をあげた。

「ああ！　ではこれが『精霊の唄』なのですね」

「うわぁ、初めて聴きました。精霊が奏でる音楽ですよね？　どんなものかと思っていましたが、不思議な感じです」

へぇ。そんな風に言われているのか。音楽というにはリズムがバラバラだけど……ん？

そういえば、盟約【精霊の鍾愛(しょうあい)】に【指揮】という派生能力がある。あれってもしかして、こういうときに使えるの？

試しに右手を軽く振り上げて、心の声で叫んでみた。

『いったん光るの止(や)め！　跳ねるのも叩くのも止め！』

一斉に光が消えて、音も止んだ。このまま中止……ってわけにはいかないですよね、はい。期待されている感が周囲からひしひしと伝わってきて、振り上げた手を下ろせない。

ま、まあ、音楽は無理だけど、拍子を刻むくらいなら。能力の確認にもなるしね。

音楽の時間にやらされた指揮の練習が、生まれて初めて役に立った。光と水、そして風の饗宴(きょうえん)だ！　……は大袈裟(おおげさ)だけど、強弱をつけてビートを刻めば旋律のように聞こえる。

繰り返すほどに精霊たちの息が合ってきて、俺も楽しくなってきた。

「凄いです。精霊を意のままに操るなんて」

「まさか、こんな稀有な体験ができるなんて」

なんか、こそばゆい。事情を知らない人が見たら、虚空を見つめながら腕を振る危ない奴だ。でもここでは、皆が感心してくれる。身内ばかりだと気楽でいいね。

「リオン様？」

「ん？　なに？」

「そろそろお時間でございます」

「もう？　分かった。引き上げるよ」

気づけば夢中になって、いつの間にかすっかり時間が経っていた。こんな気分は久しぶりだ。精霊と遊んじゃったけど、皆がすんなり受け入れてくれたのは、彼らが身内であり、精霊への理解と親愛が特別に大きいからだ。

身内といえば、キリアム公爵家について学んだ際、分家の成り立ちについて教わった。

盟約【精霊の恵み】は、ルーカス卿の血統に出る特殊な能力とされていて、当然、代を重ねれば裾広がりに子孫は増えていく。無形の遺産ってやつだね。

直系の盟約者が本家を継ぐが、同世代に複数の盟約者が生まれた際に、分家が立てられた。

盟約者は、無条件で精霊に好意をもたれ、彼らが住む土地は天候に恵まれ、豊かな実りを得られやすい。

前世の近代未満の社会で、豊作が約束されるなんて、それだけでチート扱いされてもおかしくない。外に出すのは惜しいと、分家として領内に確保してきたわけだ。その分家に盟約者が生まれたら、婚姻により本家に入るか、新たに枝になる分家が立てられる。

今では血が薄まり、分家に【精霊の恵み】が出ることは珍しくなった。それでも、他家に比べて精霊との親和性が高い者が生まれやすく、【精霊の歓心】や【精霊の共感】といった【精霊の恵み】の下位互換的な能力を持つ者が生まれている。

「モリスにはどれだけ見えているの？」

試しに、この中で最も『視る力』が強そうなモリ爺に、何とは言わず聞いてみた。

モリ爺には精霊紋が見えている。それもそのはず。公爵家の分家の中でも、御三家と呼ばれる、本家に最も近い家の出身だった。

「残念ながら、小さな精霊を直接見ることは叶いません。しかし、気配を感じ取ることはできます」

水精王の精霊紋に比べると、精霊球の精霊光はかなり弱い。はっきり見えないのは、そのせいかな？　それでもモリ爺は【精霊の共感】くらいは持っていそうだ。

「だったら分かるかな？　今日くらいの精霊の集まり方って普通？」

「いえ、尋常ではない気配がしていました。こんなことは初めてです。リオン様は大層精霊に愛されておいでなのでしょう」

モリ爺は少し目を細めて、いつになく相好を崩しながら、そう言った。

§　甘さ滴る五歳

能力開花したのが四歳。

蛛弦縛枷（しゅげんばくか）による抑制が全て消えて、各種固有能力が一斉に花開いた。

生死にかかわる激しい苦痛からも解放され、ベッドから下りて自力で歩き始めた。

あれから一年。無事五歳になった。

『三歳で言葉を理解し、五歳で知恵がつき、七歳で乳歯が生え替わる』

俺が普通の子供なら、こんな成長ぶりだったかもしれない。でも俺は転生者だから。

『〇歳で知恵（アイ）がつき、一歳でこの世界の言葉を理解し、七歳で職業が増える』

たぶんこんな感じだ。言語チートはないはずなのに、AI（アイ）搭載のせいか言葉を覚えて理解するのが、かなり早いし楽に感じた。

それにしても、忙しい一年だったな。

理律（りりつ）の埋刻（まいこく）を進め、ときに憂鬱（ゆううつ）になりながら、体力づくりと魔力の基礎訓練に明け暮れる日々。

現在は『理参（りさん）』まで進んでいるけど、魔術の実践はあまりできていない。

加護と盟約の固有能力については、一通り検証が済んでいる。といっても、織神（しきしん）の加護【糸詠（いとよみ）】については、いまだ使い方すら分からない。

アイによれば、【織神の栄光】はパッシブで働いているらしい。でも、効果は不明。【万死一生】なんて、一切が不明のままだ。

やはり、加護をカミングアウトできないのが痛いね。なぜ知ってるの？　なんて突っ込まれたら、上手（うま）く答えられない。だから、これに関しては先送りにすることに決めた。

一方の盟約については、精霊紋のおかげで周囲の理解と協力を得られている。さらには、環境に恵まれているのも大きい。なにしろ、湖には小精霊が溢（あふ）れていて、【精霊感応】はし放題。派生能力に関しても、実際に試すことで、おおよそ理解できたように思う。

【指揮】は、気紛れな精霊たちに協調性を与え、集団行動を取らせることができる。

【水精揺籃】は、心身の持続自己回復。対象は自分限定で、いわゆるオートヒール兼マインドヒールに相当する。俺にとっては、とてもありがたい能力だ。

ところが、問題というか、ひときわ注目を浴びてしまったのが、実は【甘露】だった。

「甘露。甘い露。うーん」

確か祖母ちゃんが、とっておきのお高い玉露を飲みながら「これこそ甘露」なんて言っていた。

つまり、美味しい飲み物的な感じかな？

ドリンクサーバーリオン爆誕？　やってみれば分かるか。案ずるより産むが易しだ。

「【甘露】……って、何も起こら……うわっ、なんか降ってきた」

ポツポツと水滴が頭上から落ちてきたが、すぐに髪や服に吸収されてしまった。

こんなに少ないのか。性質を調べるにはもっと量が欲しい。どうすれば集められる？

考えた末、頭の上に水滴を受け止める容器を翳してみることにした。なにかいい入れ物はないかな？　舐めてみたいから綺麗な方がいい。

調理用のボウルとか？　……そうだ！　アレがぴったりじゃないか？

「リオン様、何かお探しですか？」

ささっと、マイラとエマが近づいてきた。

見つかっちゃったか。だったら、聞いた方が早いよね。

「えっと、顔を洗うときに使う銀色の器ってどこにあるの？」

「銀鉢ですか？　すぐにお使いになるのでしたら、お湯を沸かします」

「お湯はいらない。乾いた入れ物だけでいい。ちょっと盟約を確認するのに必要になって」

「直ちにご用意致します。あの、モリス様にお伝えしても？」

「うん、そうだね。知らせておいた方がいいか」

少しばかり大事になってしまったが、その代わりに器が大幅にグレードアップした。

大きな水晶を削り出して作られた透明な鉢が、まさに今、俺の頭上に掲げられている。

この鉢は大層貴重なもので、先祖伝来という曰くつきだ。体格のいい護衛の騎士が、両側から二人がかりで支えてくれている。つまり、結構な重量があるわけで。彼らの顔が青ざめて見えるのは気のせいではない。

もし落としたら、鉢も俺の頭も、そして彼らの首もタダでは済まなそう。

「じゃあいくよ。【甘露】！」

当然、一回じゃ溜まらない。何回か繰り返して、やっとスプーンひと匙分くらいの水が集まった。

モリ爺が鉢と同じ素材でできた匙で、透明な小瓶に液体を移し替えている。

「この水晶鉢は、三代目当主コナー卿由来のお品です」

モリ爺は公爵家の歴史に通じているので、俺の話を聞いてすぐにピンときたそうだ。

「コナー卿は、非常に強力な盟約の持ち主でした。恵みの雨を降らせ、周辺地域の急速な森林化を促したと言われています」

森林化は最初『精霊湖』を中心として広がった。『精霊の森』ができる頃には、バレンフィールドの緑化も進み、さらに外へ外へと広がっていった。自然ではあり得ない凄まじいスピードで。

まさに慈雨。恵みの雨。それがコナー卿の稀有な能力であり、最大の功績とされている。

「当家に残されている文献には、コナー卿は万能薬も作成できたとあります」

「実物は残ってないの？」

「さすがに二百年以上前のことなので、その後に起こった戦乱で全て使い果たしたようです。当時使用した道具だけが、宝物庫に保管されていました」

俺はテーブルの上にある小瓶を見た。中に、白銀に輝く透明な液体が入っている。不思議な色をしてるから、何らかの薬効があってもおかしくない。ないんだけど。

「なぜこれが、コナー卿の作った万能薬と同じものだと思ったの？」

同じ効能かどうかは、少なくとも使ってみて結果が出ないと言えないのでは？

「リオン様がコナー卿の直系子孫であることが根拠のひとつになります。しかし、何よりの証拠は、この色です。コナー卿が作られた万能薬には別名がありました。『銀嶺水』――赤龍山脈の頂きに積もる万年雪のように、銀白色に輝く水という意味です」

それだけじゃあ、まだ同じものとは言い切れない。でも、似たような性質は期待できる？

ちなみに、【甘露】で作った水（仮に甘露水と呼ぶ）は舐めると甘い。サラサラしてるのに蜜みたいな甘さで、思わずペロペロしたくなる。でもそこはグッと我慢。

だって、アイに聞いちゃったから。

《マスターの生体反応を解析したところ、甘露水の経皮吸収および経口摂取は、細胞活性に変化を引き起こし、内的外的な原因による損傷をDNAレベルで修復します》

それって、怪我や胃潰瘍みたいな病気なら治りやすくなるってこと？

《そうです。しかし、万物を癒すほどではありません》

なら、コナー卿が作った水とは別物なのか。

《そうとも言い切れません。派生能力は進化する傾向にあります。未来展望的には、創傷治癒だけでなく、衰弱した身体の回復や、老化や疾病に伴う変化を抑制・修復し、個体の寿命を延ばすことも可能かもしれません》

あくまで可能性の話か。でも夢があるね。

コナー卿は凄く長生きをしている。病気知らずで、子沢山でもあったそうだ。もし、若返りや長寿まで叶うなら、『銀嶺水』は相当にヤバい薬だったたってことだ。

甘露水が『銀嶺水』と同じかどうか、あえて調べなくてもいい気がしてきた。材料がいらない創傷治癒薬を作れるようになった。うん、今はそれでいいや。

さてと。読み書きの勉強でもするか。

最近は、公爵家の令息らしく、貴族関連の教養や行儀作法も勉強中で、やってみると結構大変だ。なにしろ、要求レベルが高い。

型通り振る舞うだけでは、即ダメ出しが飛んでくる。この上なく品よく、見惚れるくらい優雅に、頭の天辺から爪の先まで完璧に制御して身体を動かしましょうだって。

一年前まで寝たきりだった幼児に無茶な要求をするなって。ほら見ろ。頑張りすぎて、スキルを獲得しちゃってるじゃん！


——生体サーチ結果——

リオン・ハイド・ラ・
バレンフィールド・キリアム

年齢　　　５歳
種族　　　〆Ψ
肉体強度　やや虚弱
一般能力　痛覚制御 / 精神耐性＋/ 飢餓耐性 / 不眠耐性 / 速読 / 礼儀作法
特典　　　自己開発指南

転生職　理皇
固有能力　究竟の理律
理律　　　理壱 / 理弐 / (理参)
派生能力　魔眼＋＋＋/ 超鋭敏 / 並列思考 / 感覚同期 / 倒懸鏤刻 / 式使い / 並列起動 / 幽体分離

盟約　　精霊の鍾愛
精霊紋　　水精王 / 精霊召喚 (封印中)
固有能力　精霊感応＋/ 愛され体質
派生能力　指揮 / 水精揺籃 / 甘露

加護　　織神【糸詠】
固有能力　織神の栄光
派生能力　万死一生

備考
転生 / 前世記憶

周囲の人々の尽力で、平穏かつ楽しい日々を過ごしながら、さらに二年近い時が過ぎた。

「ふん♪ ふん♪ ふん♪」

トレース・トレース・トレース・トレーシング。

鼻歌を歌いながら、現在楽しく作業中。

甘露水の件以降、過保護さにブーストがかかった。今さらながら、やっちまったと思ってる。

依然、屋敷から出る目処(めど)は立っていない。強制引きこもり環境で、散歩だけじゃ憂鬱を払えない。

それなら、インドアでやれることを楽しもう――と割り切って始めたのが写し絵だ。

絵を描くには当然画材がいる。

既に紙やインク、細長く切った黒鉛に紐(ひも)を巻いた鉛筆擬(もど)きは手にしている。

絵画は屋敷内に数点以上見かけるので、言えば何かは出てくるだろうと、絵を描きたいと訴えた。

そしたら、王都からお取り寄せだ。煌びやかに装飾された木製の箱が、恭しく差し出された。

木箱には蝶番が付いていて、留め金を外せば簡単に蓋が開いた。

瓶入りの岩絵具と、接着用の膠液、筆洗い、様々な種類の画筆、絵具を溶く豆皿、絵具を掬うための小匙。そういったものが中に整然と並べられている。

「紙以外の画材が一通り揃っている。こんな箱があるんだね」

「コーリン絵具箱と呼ばれるものです。画材の中では、これが最も扱いやすいと言われています」

貴族の子女が教養の一環として絵画を嗜むことがあるから、こういった豪華画材セットが売られているのだとか。

さすがにスケッチブックは出てこなかったが、いわゆる白い画用紙的な紙は存在していた。

俺が描いているのは、模写ではなく写し絵だ。

ルシオラが飛行しながら俯瞰で捉えた映像。それが【感覚同期】により脳内の仮想スクリーンに投影される。

最初は気分転換に眺めるため【感覚同期】が可能な範囲内で、あちこち飛んでもらった。

この二年間で、実はいろいろあった。

積極的に勉強に励んだし、礼儀作法も身についてきて、優雅な所作を自然体でできるようになった。体力もつき、見え方も改善している。というか分体眼が便利すぎた。

髪のひと房だったルシオラも、飛躍的に成長した。

眼としての機能が向上したのはもちろん、他の感覚にも優れている。俺から分離できるようになり、状況に合わせて姿形を変えられる。

成長に時間をかけた甲斐があって、飛行能力、光学迷彩、測量機能なども搭載。索敵的な方面でハイスペックな子になった。

ここ数年で、さすがに魔眼の見え方にも慣れ、日常生活には困っていない。だから、ルシオラには、軟禁ストレスの解消と情報収集のために、積極的に外に出てもらっている。

ルシオラの目で上空から領地を見て回るのは、航空写真みたいで面白い。まさにルシオラアースだ。目の覚めるような自然豊かな景色を見ると、憂鬱になりがちな気分が晴れた。

実は、こっそり地図を作っている。

ルシオラが見ている映像を【感覚同期】で捉え、アラネオラを経由して記憶野に保存。アイの監修下で、保存した画像の歪みを補正して付帯情報を付けて整理してもらっている。

高い位置から見下ろし、広い視野で捉えた地形。測量機能が優秀で、俯瞰だけでなく立体的に分析できた。

魔眼の並列起動を利用すれば、脳内の仮想スクリーンに映る地形像が、魔眼で見ている紙の上に投影したかたちで見える。

縮小して投影された映像を、忠実にトレース、なぞり描きをする。

画用紙一枚分が描けたら、座標をずらし同じ縮尺で隣接するエリアを描く。スライスは甘いが等高線を入れて、色も塗り分けた。

描き上がった画用紙を連結して並べたら、ジオラマ感覚の大きなマップが完成だ。

——なんだけどね。

天然色担当のルシオラが出張中のため、地図は魔眼で見て描いた。そうしたら、肝心の色がおかしなことに。

岩絵具は含有される魔素により違う色に見える。だから、その色を見て適当に絵具を選んでいた。ルシオラが帰還して、改めて天然色で見た絵は——血の池地獄のようだった。

極彩色な年輪渦巻くサイケデリックな抽象画。それも併せて六畳くらいのサイズの。

マイラとエマ、そして乳母たちの残念な子を労るような視線に、若干いたたまれない。

モリ爺だけは、前衛絵画に理解があるのか、あるいは俺の心理状態のチェックなのか、熱心に絵を眺めていた。

「リオン様、これは何をテーマに描かれたのですか？」

「えっとね、心象風景？」

微妙に嘘ではない。それに、空から見た景色なんて言えやしない。

——気を取り直して。さて、次は新しいエリアだ。

屋敷の周辺地理の把握から始まり、精霊の森を散策したり、小さな村や街の生活を眺めたりした。それに飽きると、今度は東に飛んでもらって、領都グラスブリッジの手前まで調査の手を広げた。

青々と広がる丘陵や森林、切り拓かれた広大な畑や果樹園を見て、本当に豊かな土地なんだと、精霊の恩恵を実感することができた。やっぱり、自分の目で見るのって大事だよね。

地図の完成に伴い、東方面はいったん終了。次は南だ。どうしても見たいものがある。

……あれじゃないか？　凄い、ここまで本格的とは思わなかった。

格子状に走る用排水路や畔道。大区画化され整然と並ぶ、数々の耕作地。青々と繁る作物には、まだ背筋をピンと伸ばした細長い穂が出ていて。

「水田だぁぁぁ！」

思わず叫んでしまったのは言うまでもない。

§『ウ』は○○○の『ウ』

やっぱり俺って、根っからの日本人なんだよ。

そして反省。何が前世知識はひた隠すだ。思いっきり叫んでるじゃん！

びっくりした乳母がすっ飛んできて、モリ爺まで駆けつけてきた。焦りながら言い訳するも、「スイデン」という雄叫びを誤魔化し……きれなかった。

だって、生まれた時からそばにいた人たちだよ。上手く言いくるめるなんて無理。それ故に、奥の手である「精霊の声」ムーブを発動せざるを得なかった。

「精霊の声が聞こえたんだ。だから、驚いて叫んでしまった」

これでだいたいは丸く収まるはずだ。

「精霊が『スイデン』と囁いたのですか？『スイデン』に、なにか問題があるのでしょうか？」

「えっと、そんな大事ではなくて、青々と繋っているよって、教えてくれただけ……みたい」

モリ爺は訝しげに、でも一応は納得してくれて、とりあえずその場は逃げきった。

やれやれ。それにしても、ソウルフードを目にしたときの込み上げる高揚感ったら。転生絡みのものには、いつエンカウントするか分からない。もっと気をつけなきゃ。

実は、やらかしは今回が初めてではない。

「あっさりしたものが食べたい」

俺がそう訴えたのは二年ほど前になる。しばらくして屋敷に新しい料理人がやってきた。

「お目にかかれて光栄です。ロイド家で料理長を務めておりましたパミール・マートと申します」

「遠いところからよく来た。南部料理を楽しみにしている」

南部を治めるロイド家からの派遣。まさかの元料理長だ。なんか申し訳なくて、本当はもっと厚く労（ねぎら）いの言葉をかけたかった。でも、立場的にそうもいかないんだよね。

分家のもとにいる人たちには、尽くされて当然みたいな顔をしなくてはいけない。そう指導されている。貴族って、そういうところが難しい。

キリアム公爵家の後継者。即（すなわ）ち、広大なグラス地方を治める一門の頂点に立つのだから、内外共に舐（な）められてはいけない――だそうです。

パミールには、軽視されるどころか平身低頭されまくった。

「大変に心苦しいのですが、次の狩猟期は二年ほど先になります。ご希望のものを、すぐにご用意できなくて申し訳ありません。二年後には必ず食膳に供することをお約束いたします」

「狩猟期って、なにを狩るの？」

「ナーギ魚（ぎょ）です。『南部料理の真髄（しんずい）』といえば、春から秋にかけて捕食を繰り返した三年物の雌魚を用いた『ウ』料理を指します。しかしまだ、産卵が終わって一年ばかり。狩猟の解禁は、あと二年先なのです」

この時の会話で、俺が望む料理について、大きな齟齬（そご）が生じていたことに初めて気づいた。以前に訴えた『あっさりした料理』が、どういった経緯か『南部料理の真髄』に置き換わっていたのだ。

『ウ』という斬新なネーミングの料理が気になった。でもここは、しっかり訂正しておくか。

「他の南部料理はすぐにできるの？」

「はい。お任せください。食材や調味料は、既に厨房に運び込んでおります」

「実は食欲があまり湧かない。だから、量は少しでいい。あっさり。あるいは、さっぱりしていて、喉ごしが良く消化しやすいものを食べたい」


そして翌日の朝。

マート自らが、見慣れない食器をいくつも運んできた。

シンプルな陶器に加えて、木製のお椀も見える。

器には大小あり、その多くに蓋がされていた。いかにも和食っぽいものが出てきそうな雰囲気に、期待が大きく膨らんでいく。

「食前にお茶をご用意しました」

小さな湯飲みに、薄茶色をした透明な液体が注がれた。口元に近づけると懐かしい香りがした。ひと口含むと、予想に違わない染み入るような旨味が舌を喜ばせた。

「よい香りがする。それに、味わい深くてとても美味しい。これはなに？」

「南部特産の『エドデス』という香茸を干して加工したお茶です。古くから健康に良いことが知られています」

椎茸の味と香りなのに、名前が違う……いや、響きが怪しいな。『エドデス』＝『江戸です』だったりしてね。

次に、平たい皿と三つの小鉢の蓋が取られた。

「量を減らす代わりに、品数を多くしてみました。お好みに合うものがあるとよいのですが」

ま、まじか。凄い。なにこの再現具合。

とろとろの黄身がこぼれそうな半熟煮卵。ひと口大の棒鮨。山菜のミニ天ぷら。分葱の酢味噌和え。湯葉と冬瓜の煮物。蒸した白身魚と大根おろし。じゅんさいと生麩のお吸い物まである。

地球と全く同じ食材ではないはずだけど、見た目は驚くほどそっくりだ。味はどうかな？

「どれも凄く美味しい」

美味しくて、懐かしくて、涙が出そうだ。

「こちらは稲の実を柔らかく炊いたものです。温かいうちに葛餡をかけてお召し上がりください」

米料理だ！　湯気の立つ器には、真っ白なお粥が入っていた。空のお椀によそって、とろりとした葛餡を贅沢にかける。だってこれ、絶対に美味しいやつだ。

匙ですくって、ふーっふーっと息を吹きかけながら食す。やっべぇ、なにこの出汁。さっきの椎茸もどき茶も美味しかったけど、これって植物じゃない。魚から取った出汁だ。

「この出汁って何から取ったの？」

「夏告魚です。毎年、初夏から真夏にかけて『巨人の一撃』を群れで北上します。水面を跳ね、宙を飛ぶように泳ぐ魚です。塩焼きやすり身にしても美味しいですが、干物にすると良い出汁が出ることで有名です」

異世界で、まんま和食を食べられるとは思わなかった。味噌や醤油どころじゃない。様々な素材の発見と栽培。調味料への加工もだ。

南部の食文化の発展には、間違いなく知識チート持ちの転生者が関与している。それも、和食に多大なる思い入れがある……きっと日本人だ。

初代様の時代には転生者が多かった。そのうちの誰かが、南部に根付いて開発に身を投じたのかもしれない。

「今朝はよくお召し上がりになりましたね」

「これなら毎朝食べられるよ」


あれから二年が経った。

南部料理の導入で日々の食事量は順調に増えていった。埋刻による気鬱状態は続いているが、身体の健康と精神耐性が向上したおかげで、無気力になるほど塞ぎ込むようなことはなくなった。

でね。今日は、庶民がお祭りの屋台で食べるという人気メニューが出てくる。

屋台の料理と聞いて、モリ爺が少し難色を示したが、そこは可愛らしく説得した。

ザ・上目遣いだ。もうすぐ七歳になるけど、我ながら、まだ可愛いと思う。

モリ爺を萌えキュンさせて誰得かって？　もちろん俺得なの。年齢より幼い外見のせいか、結構このお願いは効く。効いてしまうのです。

ただし、やりすぎると過剰な庇護欲を煽ってしまい、逆効果になるので注意が必要だ。

「そうですね。ダメということはありませんが、香辛料が多用されたものや、脂を使って揚げた料理は、お身体に障りが出る懸念がございます」

「お腹を壊さなくなったし、吐くこともなくなったよ」

「それはここ最近のことです。召し上がっても構いませんが、量は少なめにいたしましょう」

へへっ。交渉成立だ。ワクワクが止まらない。

「お待たせいたしました。南部の屋台料理、憤怒鳥の『パミチキ』でございます」

これこれこれ！

予め聞いていた通り、スパイスをきかせた衣に、滲む鳥脂。憤怒鳥は、繁殖期に顔が真っ赤に染まる鳥で、味は鶏に似ている。食べればさっくりジューシー。確かに脂っこいけど、それがいい。揚げた衣が美味すぎる。

「実はパミチキは、私の先祖が考案した料理なのです。長年にわたって試行錯誤を繰り返し、この香辛料の配合に至ったと伝えられています」

マート家の初代は、このパミチキだけでなく、揚げ芋やコロケ（茹でた野菜を潰して揚げたもの）を屋台で売って名を売り、ロイド家のお抱え料理人に上りつめた。

伝説の料理人、パミリー・マート。

既視感がある名前に、懐かしい入店メロディが脳内で鳴って、あやうく吹きそうになった。

さらに『パミチキ』の由来を聞いて驚いた。てっきり、ここ最近つけられた呼称だと思っていたのに、ロイド家が分家として立ったばかりの、南部開拓時代のものだったからだ。

思わず「えっ！」と声が出た。

まだそこまで詳しく歴史を習ったわけじゃない。だけど、ロイド家が分かれたのは相当に昔のはずだ。おそらく百年以上前になる。

パミリー・マートだけなら、ただの偶然もあり得た。だけど、パミチキだよ。この世界の鳥肉はチキンとは呼ばれない。じゃあ、このチキは何の略なんだってことになる。

某コンビニを彷彿とさせる、ふざけたネーミング。おそらく現代人だ。それも日本人。

時間のズレは、何が原因かは分からない。地球とこの世界の時間の流れが違うのか。あるいは、転生者がランダムな時代に飛ばされるのか。

だとすると、この世界に異世界人が与えた影響は、ものによって大きくなっている可能性がある。

やっぱり、情報が足りない。どうやって調べればいいかと頭を捻っていたときに、マートが顔を輝かせて報告に来た。

「先ほど、本日中にロイド家の氷冷車が到着すると連絡が入りました」

「なにが届くの？」

実は、すっかり忘れていたのだ。二年前にした約束を。

「もちろん、ナーギ魚でございます。泥抜きは輸送中に済んでいて、到着後、すぐに湖岸の兵舎で解体を始めるそうです」

「解体？　ナーギ魚って大きいの？」

「はい、とても。巨大魚、怪魚の類いです。作業中に暴れ出すことがあるので、氷冷した上で討伐士の手を借りて絞めます。南部では公共の広場で行われ、領民の娯楽になっているくらいです」

巨大魚の解体ショーと聞いて、そばにいたルイスや双子がソワソワし始めた。

「みんなで見に行く？」

そう提案すると、三人の顔がパッと明るくなった。

湖上屋敷での生活は、快適だけど刺激がない。そして、子供は俺たち四人だけ。領民の娯楽らしいし、参加したいよね？

俺たっての願いに、モリ爺の許可が下りた。

その日の夕刻。屋敷の船着き場から小船に乗り込んだ。

「足元にお気をつけください」

小船に移るときの足元のおぼつかなさに、少なからず緊張する。

すっかり日が暮れて暗くなった湖。小船は湖面を滑るように進み、あっという間に対岸に渡った。

実は、これが記念すべき初めての外出だ。ずっと眺めるだけだった景色が、目の前にある。

湖岸にはいくつもの篝火が焚かれ、質実剛健で年季の入った兵舎を明るく照らしていた。ものものしい警備の中、兵舎前の広場で待つことしばらく。

ゴロゴロと重量感のある音が聞こえてきた。

「きた！　でっかい！」

ルイスが早くもはしゃいでいる。

大きな荷台を大型の騎獣が牽引している。それを追走する馬車が二台。

氷冷車が広場に停車すると、後続の馬車から人が十人くらい降りてきて、手際よく作業を始めた。

台座が傾斜して真っ白に霜がついた荷箱が、ゆっくりと地面に滑り落ちてくる。

「絞めるぞ！　足場に乗れ！」

次々と荷箱の上に飛び乗る人々。その多くは皮革製の軽鎧を纏い、長柄の武器を手にしている。

「彼らが討伐士なの？」

「そうです。『巨獣狩り』と呼ばれていて、グラス地方では南部と北部での活動が目立ちます」

大型種専門の狩人ってことか。ルイスを見ると、討伐士の動きを目で追っている。目がキラキラと輝き、両手をギュッと握りしめていた。少年たちの憧れの職業ってわけか。

「氷冷車って、どうやって冷やしているの？」

俺的にはそちらの方が気になった。てっきり精霊の力を借りているのかと思ったが、その姿が見えなかったからだ。

「あの荷箱には水が張ってあり、特殊な魔道具で冷却しているそうです。長距離輸送のために、北部諸国のラグルスから輸入した装置だと聞いています」

知らないうちに『南部料理の真髄』が大事になっていたらしい。

荷箱の上面が開放され、討伐士たちが武器を振るい始めると、荷箱が激しく揺れ始めた。

「急げ！　仮死状態を抜けてきた」

激しい飛沫が上がり、ぬめりを帯びた巨大な頭が、突き上げるように荷箱から飛び出した。すかさず討伐士たちが一斉に攻撃を与え、周囲から悲鳴と歓声があがる。

ギザギザとした鋸歯が目立つ顎は、パッと見でウツボに似ていた。うねるような長い体躯も。

ただし、色がやけにポップだ。なにせ菫色と橙色の縞模様なのだから。

「随分と派手な色の魚だね」

「普段はもっと暗い色をしていて、岩礁に隠れ潜んでいるそうです。興奮すると、あのように鮮やかに発色すると聞いたことがあります」

「じゃあ、あれって、あまり良くない状態なの？」

「おそらく。活きのいい個体なのでしょう。周囲の温度が下がれば大人しくなるはずですが、温度調節が上手くいっていないのかもしれません」

ああ、確かに。荷箱表面の魔素が薄れてきて、霜が溶け始めている。激しい攻防により繰り返し飛沫が上がり、荷箱からミシミシと軋む嫌な音がし始めた。

「あっ！　カイト！」

「ヤバい！　カイトが落ちた」

バシャンという大きな水音と共に怒声があがった。怪魚にその厚い胴体で薙ぎ払われて、討伐士の一人が荷箱の中に落下したようだ。他の討伐士がナーギ魚を食い止めているが、落ちた人が這い上がってくる様子はない。

えっと、この状況は……冷やせばなんとかなる？

魔素の動きを見ると、魔道具はまだ働いている。少し温度を下げてやれば状況が良くなりそうだ。

上空から興味深げにこちらを覗いている、風の精霊たちに声をかけた。

「ねぇ、あれを凍らせることってできる？」

——コオラセル？

——ドウヤルノ？

「えっとね。……こんな感じで。上手く伝わった？」

——ソレナラ　デキル！

——オモシロソウ！

【精霊感応】を使って、精霊たちに直接イメージを送り込んだ。

水を入れたフラスコに真空ポンプを繋ぐと、あっという間に水が氷結する。これは空気圧を下げると水が高速で蒸発し、気化熱が奪われて残った水が凍りつく現象だ。前世で見た気化冷却の実験。そのイメージを、異世界風にアレンジしてみた。

「精霊が動くよ。観客たちを下げてもらえる？」

「ただちに！」

護衛に付いていたハワードに頼むと、すぐに指示が飛んだ。不審げな顔をしながらも、討伐士や兵士を除く全員が、徐々に荷箱から遠ざかっていく。

「ルイスも危ないから下がって」

「ご主君を置いて!?　そんなことできない！　俺が守らなきゃ！」

「いや、でも……」

「ほら、ちゃんと準備もしてきた！」

確かにルイスは武装をしている。でもそれは、訓練用の胸当てと剣でしかなくて、子供の身体能力で怪魚に立ち向かうのは到底無理な話だ。

「ルイス、リオン様を守るという気概は買うが、護衛騎士は、いざという時に自分の身を盾にしなければならない。その覚悟はあるのか？」

ハワードが諭すように言うが、それってルイスには逆効果かも。

「もちろん、そんなの知ってる！」

「知っているが、分かっていない。そんな感じか。……いい機会だ。こっちへ来い！」

これも実地教育なのか、ルイスは前方で警備する兵士たちの端っこに配置された。

「じゃあ、みんなお願い！　怪魚だけを凍らせて！」

合図として手を振り下ろすと、風の精霊たちが一斉に対象へ群がった。怪魚が激しく暴れ、ひときわ鮮やかな色に染まる。

「急に風が！」

「おいっ、見ろ！　みるみる凍っていくぞ！」

水蒸気自体は目に見えないが、激しい魔素の揺らめきが映った。暴れるナーギ魚の体躯に細かい霜が浮かび、動きが鈍り始める。

そのタイミングで、荷箱の中に落下した討伐士が姿を見せた。

「今のうちだ！　かかれ！」

討伐士たちが気勢をあげ、取り囲んで攻撃を再開する。激しい攻勢に抗い、怪魚がもんどり打って倒れ、その衝撃で荷箱が破壊されてしまった。

地面に氷水が流れ出し、飛び出した怪魚が鎌首をもたげるようにして周囲を睥睨した。まるで何かを探しているように。

その視線がピタッと止まった。

コイツ、なんらかの感知能力があるのか？

怪魚は俺を見ていた。周囲を取り巻く武装した討伐士や兵士の頭上を越えて、明らかに俺をロックオンしている。まるで己を凍らせようとした犯人を知っているかのように。

怪魚がズルズルと動き出し、下がった観衆から悲鳴があがった。

「ご主君！」

ルイスが包囲の輪から抜けて走り出すのが見えた。遅れて兵士たちが追いかけるが、ルイスが怪魚の前に飛び出す方が早かった。

「と、止まれ！　ここから先には……」

言葉を言い切る前に、怪魚が再び鎌首をもたげ、その大きな顎を開いてゾロリと牙を剥き出した。

「ひっ!!」

のけぞったルイスが、バランスを崩して転んでしまう。

マズい！　助けなきゃ！

「風の精霊よ、我がもとに集え！【風鳴鳥】！」

以前解析した笛の音を使ったオリジナル魔術【風鳴鳥】。数瞬で招集された数多の小精霊に【指揮】を振るい、気化冷却のイメージを通す。

同時に【並列思考】を働かせ、魔素の転化も急いだ。

「好きなだけ使っていい！　すぐに凍らせて！」

雲霞の如く群がる精霊。数の暴力で怪魚を頭から呑み込み、尾に向かってパキパキと凍らせていく。結果、リアルな氷像ができあがった。今まさにルイスに向かって牙を剥き、襲いかからんとする姿勢のままで。

「……よかった。間に合った。本当によかった」

ルイスはその場に尻もちをつき、茫然自失状態だ。

討伐士と兵士が協力して、氷像と化した怪魚を引き倒した。もはや暴れる様子はなく、急所にと

どめを刺されている。もう大丈夫だ。

「みんな、協力してくれてありがとう。凄く助かったよ」

上空の精霊たちに向かって両手を広げ、感謝の言葉を告げた。

――タノシカッタ
――マタ　アソボウネ
それを契機に、周囲からどよめきと歓声があがった。

「さすが『精霊の愛し子』様だ。風がぴゅうっと吹いてナーギ魚を凍らせちまった」

「やっぱりあれ、精霊の仕業だったんだ！　すげぇ、精霊ってあんなこともできるのか」

暴れる怪魚VS精霊のショーに、皆、大興奮だ。

「ありがとうございます！　おかげ様で仲間が助かりました」

討伐士のリーダーだという人が、わざわざ現場を抜けてお礼を言いに来てくれた。

「落ちた人は大丈夫？　あの中、氷水なんだよね？」

「幸い怪我はありません。今は身ぐるみ剥いで焚火に当たらせています」

「よかった。お大事に」

賑やかな雰囲気の中、怪魚の解体が終わって屋敷へ引き上げることになった。

「リオン様、今日はとても楽しかったです」

「それにリオン様が凄かった！　ね、ルイス」

「う、うん」

ルイスの元気がない。あれだけ楽しみにしていたのに、解体風景をじっと見ながら、ずっと思いつめたような顔をしていた。

なんでだろう？

自分が倒したかったとか？　いや、それはないな。もし原因があるなら、それはきっと俺絡みだ。

ルイスはいつも、俺を守ろうとしているから。

「ルイス。今日はお疲れ様。……俺もルイスも、いろんな経験ができたね」

逡巡しながら声をかけると、ルイスが顔をくしゃっと歪めて、堰を切ったようにボロボロと泣き出した。

「お、俺……な、なんにもできなかった。……目の前に、アイツが……でも、あ、足が……動かなくて、転んで……ご主君を守る、どころか守られて……こ、こんなの全然ダメだ！」

「ダメじゃない！　ルイスはいつだって、俺を守ってくれるじゃないか」

正面から怪魚に襲われて、凄く怖い思いをしたはずだ。なのにルイスは、自分の無力を嘆き、役目を果たせなかったことを悔いている。

「でも、守れなかった!!　俺は弱い！　こんなんじゃ、ご主君の盾になれない！」

ルイスが肩を震わせて叫んだ。まるで全身から吐き出すような悲痛な叫びだ。その小さな両肩にそっと手をのせ、ルイスの顔を覗き込んで視線を合わせた。

「だったら強くなればいい。今は小さな盾でも、ずっとじゃない。強くて、誰にも負けない大きな盾になって、俺を守ってよ！」

「う、うん。……絶対に、絶対になる。なってみせる！　それまで、待っていてくれ……ますか？」

「もちろん！　ルイスは未来の護衛騎士だからね！」

「ご主君……!!」

それから大泣きしたルイスを双子が引き取りに来たが、翌朝には三人とも元気な姿を見せた。これでひと安心。ルイスはやれる子だ。きっと強くなる。


そして、ソワソワしている俺がいる。推しの出待ちをしているファンみたいだ。

だって、気になってさ。匂いがするんだよ。猛烈に食欲を唆るあの匂いが。いやこれダメだろう。脂ギッシュなのに香しい。挙動不審になっても仕方ないって。

めったに食べられない料理なのだ。食べきれるか心配だけど、できれば完食を目指したい。ジュル。ヨダレが出てきた。お口の中が大洪水だ。

「お食事のご用意ができました」

呼ばれて食堂に行くと、既に配膳が整っていた。真っ白なクロスの上に、キラリと光る四角い箱が見える。うわぁ、重箱だ。器まで再現したのか。

黒地に金砂を蒔いたような梨地の容器には、老松と飛鶴が描かれていた。どちらも長寿を象徴する吉祥文様で、とても縁起がいい。

漆器だよね、これ? あるいは漆器に限りなく似せた塗り物。

重箱の隣に置かれた吸物椀は、同じく梨地に正六角形の亀甲文様。これも長寿や吉兆のシンボルだ。他に陶器製の小鉢がいくつか。

異世界でこれだけのものを作るのは、どれだけ大変だったことだろう? その苦労が偲ばれる。

「見事な食器ですね」

「南部の名産で『コウアミ』塗りと申します」

重箱の蓋が開けられた。蓋裏の鮮やかな朱色が目に入る。その瞬間に、なんとも言えない香ばしさがブワッと広がった。

「ナーギ魚の炭焼きでございます。滋養強壮に優れ、疲労回復や食欲減退防止、目にも良いとされています。下に稲の実を炊いたものが敷いてありますが、タレを塗した魚とご一緒に召し上がられると、ちょうど良い塩加減になるかと存じます」

俺の目は料理に釘付けになっていた。

箸はなかったので、見慣れない黒いフォークを手に取る。この軽さは木製かな？

いきなりメインにいっちゃおうかと思ったが、並んだ小鉢の一品に目が留まった。

「鰻ざく？」

「よくご存じで」

あっ、いけない。思わずポロッと言っちゃった。だってこれ、めっちゃ好きだったから。

胡瓜と鰻の酢の物。この世界にも、胡瓜とよく似た野菜がある。ナーギ魚は、見た目はウツボだったが、匂いは鰻だ。きっと美味しいに違いない。

残り二つの小鉢は、鰻巻きとお新香だった。お吸い物は、さすがに肝吸いではなく、三つ葉のような香りがする葉っぱと、お麩みたいなのが入っている。

でも、やっぱり先にメインだよね。熱々のうちに食べなきゃ。

だから他は後回しで、鰻重だーーっ！

『南部料理の真髄』とされる『ウ』料理。『ウ』はウナギの『ウ』だった。

何年かぶりに食べる鰻重もどきは、異世界産とは思えないほど、めっちゃ美味しく感じた。

魚肉の厚みは十分で、それはもうふっくらと焼けていて、噛むたびに滲み出る旨味と甘味が、舌全体を蹂躙する。甘辛い醤油タレ。美味いなぁ。まんま蒲焼きだ。口の中で脂が溶ける。懐かしくも幸せな味。

鰻重は南部料理の中でも特別なものなので、次に食べられるのは早くても三年後だ。それにしても、過去の転生者の活躍が目覚ましい。

南部と食文化交流しただけで、これだもの。領都に行けば、もっと物事が見えてくるかな？

でも、もうここまできたんだ。焦る必要なんてないさ。

だって、もうすぐ七歳になる。そうなれば『授職式』があるのだから。

§ 白蛇

七歳の誕生日を迎えた。

ようやくだよ。やっとこの日が来た。長い軟禁生活から解放される日が。

この世界では、七歳の節目は大きな意味を持つ。行き先は領都グラスブリッジ。目的は、奉職神殿で『授職式』を受けること。行動の自由は……どうだろう？　初めての場所なので、正直言って行ってみないと分からない。

「揺れますので足元にお気をつけください」

「ああ、風が出てるのか。波もいつもより立ってるね」

外に出たら、小精霊が大勢寄ってきた。少し騒がしい。悪戯はしないでね。湖に落ちたら大変じゃ済まないから。

お願いをした途端、風と波が目に見えて収まってきた。

屋敷の船着き場から小船に乗り、湖岸に建つ兵舎前の広場へ。馬は既に厩舎から引き出され、箱馬車や荷馬車が整然と列をなしている。

乗車用ステップを踏み、大きな車輪が付いた四頭立ての大型の箱馬車に乗り込む。背が伸びて体幹がしっかりしてきたから、足取りは軽やかだ。

「リオン様のお席はこちらです」

「思ってたよりずっと広い。馬車の中とは思えないな」

箱馬車の中は快適そうに見えた。高級ホテルのラウンジの縮小版。そんな感じだ。

内装はドアの内側や壁、ラグジュアリーなソファも全てキルティング加工されていて、白い天井には装飾絵画が描かれ、照明まで付いている。

これは、いい意味で予想が外れたな。

「外を見たい」

「では、カーテンをお開けしますね」

箱馬車の窓は大きくて、常より高い視線で見る景色にワクワクが止まらない。ほんと、遠足に行く子供みたいだよね、と口元で小さく笑った。

「では、出発致します。次第に速度を上げて参ります。ご気分が悪くなられたり、お身体に痛みが生じたりするようであれば、すぐにお知らせください」

「分かった。変調を感じたら我慢しないで言うようにする」

小船は以前体験したけど、馬車は初めてだ。

実際に乗ってみた馬車は、車輪が大きいせいか安定感がある。異世界ものの小説では、酷く揺れて尻が痛くなるのが定番だったけど、全然そんなことはない。

「あまり揺れないね」

「グラスブリッジへの街道は整備が済んでおります。また、馬車にも振動を吸収するための仕掛けがございますので、ある程度は揺れが緩和されます」

もの珍しいこともあり、いくつか質問しているうちに、この馬車は公爵家の通常仕様ではないと分かった。最新式でリオン専用の特注品。寝台も付いているし、医療用具も搭載済みらしい。

同乗者は、モリ爺、乳母二人・医師の合わせて四人。ウッド姉弟は、他の勤め人と一緒に別の馬車で移動する。筆頭乳母のエヴァンス夫人は、受け入れ準備のために、先発隊として既に本邸に入っていて、ここにはいない。

今回の移動は、湖上屋敷から大勢の人を伴っていく。主に身の回りの世話をする者や警備担当の武官たちだ。生まれた時から一緒にいる人たちだから、顔も気心もよく知れていて、とても心強い。

なにしろ向かう先は、俺にとってはアウェイだからね。

たまに顔を合わせる父親ですら、会えば結構緊張する。なのに、本邸には大勢の知らない使用人たちがいるのだ。

ちなみに、父親は授職式に合わせて本邸に来る予定だ。ただし、式には間に合わないかもしれないと聞いている。母親と弟妹には会う予定すらない。

母親には、生まれてこの方、一度も会った記憶がない。

理由は分からない。俺が知る限り、ずっと王都在住だ。母親と同居している弟は五歳、妹は三歳になるはず。家族には会ってみたいけど、正直言って、上手く馴染める自信はない。

今世では家族との縁は諦めた方がいいのかな？　前世では恵まれていたのに。

今世は公爵家で広大な領地を治める大貴族。前世は庶民で一般家庭。その違いが大きいのかも。

そう。キリアム公爵家が治めるグラス地方は、実はもの凄く広い。自作した地図によれば、湖上屋敷がある『精霊湖』は、周囲をぐるりと『精霊の森』に囲まれている。

西側に進めば万年雪を被る険しい山岳地帯『赤龍山脈』が聳え、残る三方向には、森と丘陵地や平野が混在している。

南にある広い平野から東南方向に進むと、領都が見えてくる。また、平野からさらに南下すると、三日月湖群と肥沃な湿原が広がっている。

指を咥えて眺めていた領都は、遠景でも大きな都市だと分かった。きっと沢山の人がいて、賑やかに暮らしているはずだ。

上空から俯瞰した景色と、馬車から眺める景色は、同じ場所でも印象が違った。スピード感があるから余計に。今も窓の外で、景色がどんどん後ろに流れている。

これ、時速二十キロ以上あるんじゃないかな？

そう思ったのは、前世で愛用していたクロスバイクが、通学路で加速するとそのくらい出ていたからだ。おそらくもっと速い。

馬車ってこんなに速いもの？　それとも異世界の馬が凄いのか。

やけにクリアな視界。馬車の窓には透明な板が填まっているが、屋敷に使われている窓硝子とは、質感が違う気がした。

「これは硝子？」

「いえ、迷宮水晶を加工したものです」

「迷宮産の素材なのか。その迷宮はグラス地方にあるの？」

「左様でございます。当領地で産出される迷宮水晶は、水晶板だけでなく様々な製品に加工されていて、グラス地方の特産品として有名です」

そう。この世界には迷宮があった。それもいくつも。うちの領地にもあると聞いてはいたけど、産業にまでなっているとは知らなかった。

この特殊加工の水晶板は、透明度が高く気泡が入っていない。物理的、化学的、魔術的な攻撃に対する防御力も高い（割れない、溶けない、跳ね返す）らしい。

さらに、内側からの視認性に優れる一方で、外側からは覗けないというマジックミラー機能を搭載。身分が高い人用の特殊で高価な素材らしいよ。特産品といっても汎用品ではないね。

リオンへの守りが半端ない。馬車の周りも騎乗した騎士たちが並走していて、厳重な警備体制が取られている。

つい見ちゃう。鎧を着て騎乗している姿なんて、いかにも異世界風でカッコいいから。

「鎧馬に乗るのは難しい？」

「はい。簡単ではありません。鎧馬は身体が大きく力も強いです。気性もいささか荒いので、時間をかけて調教する必要があります」

難しいのか。

騎士が騎乗している馬は鎧馬と呼ばれている。いわゆる軍馬で、姿こそ前世の馬と似ているが、もっと厳つい。

馬体が普通の馬よりひと回り以上大きくて、首のあたりや背中が鱗状に変化している。つまり、哺乳類か爬虫類かいまいちよく分からない生き物だ。

鎧馬は戦場に連れていくにはぴったりで、持久力が高く頑健で寿命も長いから、騎士の財産として扱われているらしい。

ところが、キリアム公爵家では、その鎧馬に馬車も牽引させている。こんな贅沢ができるのは、領内に名産地があるから。グラス地方北部で繁殖・調教を手がけているそうだ。

森の中の私道を馬車は快調に進む。少し無理を言って、空気入れ替え用の窓を開けてもらったら、小旋風のような風が飛び込んできた。

気になってたんだよね。バレンフィールドからずっとついてきている、やんちゃな小精霊がいるなって。小旋風はすぐに柔らかい風となり、俺の髪を揺らしたかと思うと、左頬を撫でるように纏わりついてくる。

――ドコ　イクノ？

ちょっとお出かけ。

――ズット　イナイ？

ううん。戻ってくるよ。

――イッショ　イイ？

一緒に来てくれるの？　君がついてきたいなら歓迎するよ。

どうやら好奇心の強い子が、一緒に行ってくれるみたいだ。小精霊は気まぐれだけど、こんな風に人懐こくて可愛い子もいる。

意志の疎通ができるっていいよね。

体質的に精霊に好かれることもあり、初めて小精霊の声を聞いたあの日から、彼らと交流を重ねて、大の仲良しになっていた。


あれ？　なんで俺、走ってるの？　今って午睡の時間だよね？

泳ぐように逃げる蛇を追いかけていた。長い体躯を覆う滑らかな鱗が、真珠色の光沢を放っている。白くてとても綺麗な蛇だ。

周りの景色が走馬灯のように流れていくのに、なかなか蛇に追いつけない。かといって、俺が立ち止まると、蛇も動きを止めてこちらを振り返る。

金色の二つの目が、何か言いたげにジーッと見つめてくるのだ。

視線に逆らえず足を踏み出すと、追いかけてこいと言わんばかりに、また背を向けて逃げていく。

あれ？　蛇がいない。どこに消えた？　そして、俺は何を見ている？

いつの間にか蛇を見失ってしまった。流れていた景色も止まっていて、チラつく視界に一人の見知らぬ少年を映し出す。

『皆で頑張ってきたから、この地では誰も飢えることはなくなった。でも、まだ食べていくのがせいぜいで、とても豊かとは言えない。生活に必要なものすら、高くて手が出ないのだから』

黒髪の少年が、誰かに話しかけている。

『本当の豊かさを手に入れるには、自給自足では限界がある。だけど、この辺境の地までわざわざ足を運ぶ行商人は、とても少ないのが現状だ』

早回しのフィルムみたいに、少年はどんどん成長しながら、変わらぬ想いを語り続けた。

『ねえ、聞いて。イーストブリッジに、人や物が集まり始めている。僕が当主になったら、あそこを大きな街にしようと考えている。その時は、君にもついてきてほしい。そばで僕がすることを見ていてほしいのだけど、どうかな？』

少年の面影を残した黒髪の青年は、交易都市としての発展を目指し、新たな拠点で街づくりを始めた。

『あんな吊り橋じゃダメだ。もっと幅が広くて、頑丈で、人や馬車が安全に行き来できる大きな橋でなければ』

すっかり大人になった青年は、大渓谷に大橋をかけるという一大公共事業に乗り出した。

『君のおかげで、嵐にも負けない立派な橋を架けることができたよ。いくら感謝しても、し足りない。本当にありがとう』

完成した橋を見て、満足げに笑う青年。人の流れが活性化し、イーストブリッジに新風が吹き込んだ。都市に住む人々が一様にそう思った時、異変は起きた。

――タイヘン　オキテ
『何があった？』

――ヒトガ　オオゼイ　ウマモ　タクサン　キタ
『大勢？　いったいどこから？』
――ハシノ　ムコウカラ
成功も束の間、大渓谷の対岸から武装した人馬の群れが押し寄せてきたのだ。
『外部からの侵略者だ。夜襲を仕掛けるなんて、連中の目的は我々の蹂躙だとしか思えない。もし侵入を許せば、奪われ、犯され、街が火の海になる。戦える者は武器を持って立ち上がれ!!』
青年は先頭に立って、昼夜を分かたず外敵と戦い続けた。そして、彼の精霊も。
『ダメだ、キリがない。こちらは籠城しての防戦一方なのに、敵は橋を渡っていくらでも補給ができる。このままじゃ、いずれ物量に押し潰されてしまう』
――ハシ　ヲ　フサグ
『そうしたいけど、大橋の手前を敵が占拠していて、既に陣地形成を始めている。だから、迂闊に近づくわけにはいかないんだ』
――マチノ　ソト　ハシ　ゼンブ　コオラセル
その言葉に違うことなく、人も馬も、生きとし生ける全てのものが、動きを止め氷結した。精霊が死力を尽くして、膨大な力を一度に行使した。不遜な侵略者たちを永遠の眠りに閉じ込めたのだ。
大逆転劇の勝利に、民衆は湧き、力強く復興へと動き始める。しかし、その一方で。
『僕は世界一の愚か者だ。こんな状態になるまで、君に力を使わせてしまうなんて。結局、何もかも全てを背負わせてしまった。僕のせいだ。僕の甘さが、この事態を招いた。そもそも僕が、街を、国を作ろうなんて分不相応な夢を見なければ』

――ナカナイデ

『バレンフィールドは、精霊の楽園。君はそう言っていたね。あそこにいれば君は幸せだった。それなのに、僕の我儘で強引に楽園から連れ出して、このザマだ。君より大事なものなんて、僕にはないのに。何も、何もしなければよかった』

――イッショニ　イテ　シアワセ

『お願いだから、消えないでくれ……君を愛してるんだ。僕を一人ぼっちにしないで!!』

――キエナイ　ココデ　ネムルダケ

――ダカラ　ナカナイデ

『眠るだけ？　本当に？』

――ナガイ　ネムリ　ガ　ヒツヨウ

『それなら、僕は一生……いや、それじゃあ足りない。死んだ後も、眠る君のそばを離れない。毎日うるさいくらいに話しかけて、君が好きな可愛らしい白い花を、辺り一面に咲かせる。そして、朝に晩に愛を誓うよ。だって君は寂しがり屋だから。僕がずっと一緒なら、君も寂しくないだろう？』

映像はそこで止まった。周囲の景色が、先ほどとは逆の方向に目まぐるしく動き出す。

あの蛇はどこに？

真珠色の蛇に道案内されて来たのに、片道だけ案内して放置か。移り変わる情景が忙しなく視界をよぎるが、白い蛇の姿は見えない。

「リオン様、リオン様！」

遠くから耳慣れた声が聞こえてきた。そして、不意に目が覚めた。

目蓋（まぶた）を開けると、そこは移動中の馬車の中で。同乗者四人が、心配そうに顔を覗き込んでいる。

「ああ、よかった。声をおかけしても、ずっとお目覚めにならなくて、どうしようかと思いました」

「大丈夫。気分は悪くない。夢を……そう、長い夢を見ていただけだから」

あれは何だったんだろう？

俺はいったい何を見た。いや、見させられたのか？

あの男性の必死な想いが伝わってきて、何度も感情に飲み込まれそうになった。

今はただ、やけに物悲しい。そんな余韻に、心が引かれていた。

「一時はどうなることかと思ったぜ」

「カイトがコケたときにはヒヤッとしたが、無事でよかった」

大仕事が終わって一息つき、労(ねぎら)いの酒を振る舞われた討伐士の面々。酔いが回った陽気な雰囲気の中で、一人浮かない表情をした青年がいた。

「おい、カイト。落ち込むなよ。やらかしはしたが怪我(けが)はなかった。その幸運を喜べ」

「そうそう。いい経験になったと思えばいいよ」

気のいい仲間たち。『巨獣狩り』と呼ばれることを、彼らは誇らしく思っている。

今回の長距離輸送を担った面子(めんつ)の中で、カイトと呼ばれた青年は最年少の十七歳だ。慣れない仕事に失敗はつきものと、反省を促しつつも、皆が励ましていた。

しかし青年は納得がいかないのか、仲間たちから一人離れて、仮の宿である兵舎を出て、暗い湖を前に座り込んだ。

「くそっ、なにやらかしてんだよ。身軽なことがウリなのに、滑って落ちるとか。こんなんで、一旗揚げるとかできるのかよ」

今はカイトと名乗っているが、少年の本当の名はサリックス・ウィル・スキアといった。

中央大森林東のシクレス騎士国出身で、二年前までは騎士になるための鍛錬に明け暮れていた。

彼は生来より身体能力が高く、なにより、他の人間にはない大きなアドバンテージを持っていた。

だから、簡単に夢が成し遂げられると思い込んでいたのだ。

「せっかく職業が二つもあるのに、肝心なところで役に立たないときた。やっぱりあのとき、早まったかな……って、今さらか」

彼はかつて青く光る門をくぐった。その際にもらった職業がひとつ。七歳の『授職式』で授けられた職業がもうひとつ。

前者は【軽槍士(けいそうし)】で、後者は【軽業師】。二つの職業由来の能力が上手(うま)く噛(か)み合い、ゲームでいえばAGI(素早さ)優位の、身軽で俊敏なスピードファイターになっていた。

実際に、幼年学校では向かうところ敵なしだった。友人たちと切磋琢磨(せっさたくま)する日々。こんな人生も悪くないと思うようになっていた。しかし、騎士を目指す予備学校に入り、騎士候補生になった頃から、将来設計という歯車がずれ始める。

「騎士の真骨頂は重装騎兵だ。金属製の全身鎧(よろい)に身を固めた突撃で、全ての敵を蹴散らし蹂躙する」

騎士に求められるのは俊敏さよりも持久力で、身軽さよりも、長時間重たい金属鎧を身に纏(まと)い、耐久できる頑強さだったからだ。

優遇されるのは愚鈍でも大柄な同級生たちで、しなやかな筋肉がついていても、体重が軽い彼への評価は相対的に低くなった。予備学校を卒業する直前、彼の元に騎士の選抜試験に落ちたという通知が届く。補欠の三番手。繰り上がりに一縷(いちる)の望みをかけたが、この国では誰もが憧れる人気の騎士職だ。結局、席は回ってこなかった。

「スキア家の人間が補欠とは情けない。元々期待していなかったが、騎士になれなかった以上、国軍に入隊するか家を出ていくか選べ」

兄弟の中で彼だけが後妻の子供で、一人だけ体格が劣っていた。総合的な戦闘力で言えば、自分の方が断然強い。なのに、兄たちがなれた騎士に自分はなれない。国軍に入っても使い潰されるだけで、出世の見込みはない。予想される未来が、青年に決断を促した。

「大きな体に産んであげられなくて、ごめんなさい」

そう言って涙する母に見送られ、生まれ育った家を出奔。

幸いにも討伐士になると決めてからは、その身軽さと戦闘力が有利に働き、仕事に困ることはなかった。大森林の魔獣討伐で経験を積み、『巨獣狩り』という響きに惹かれ、ベルファスト王国の辺境にやってきた。それが、つい半年前のことだ。

怪魚の生け捕りのための討伐士の募集を見て即応募。今の仲間に出会った。

「あそこで足が滑ったのは運が悪かった。でも、精霊とやらの力で助かったのは運が良かった。ま、今回の俺の運勢は引き分けだな」

強がりを言ってはいるが、彼は転落時に死を覚悟した。冷たい水の中で身体が竦んでしまい、動くことができなかったのだ。

「あんなチビが化け物を凍らせちまうなんて、チートだよな。あれが大貴族の血ってやつか」

予め、この地方を治める偉いお貴族様のための依頼であり、グラス地方中央までの長距離輸送だと聞いていた。

「貴族のお眼鏡に適ったら、雇用されるチャンスかも……なんて期待したけど、いざ行動に移したらこのざまだ。マジでやっちまったな」

彼には騎士への断ち切れない未練があり、いまだ気持ちを切り替えることができないでいた。

「まあ、済んじまったことは仕方ない。南部に戻ったら『パミチキ』でも食うか。急いで戻れば、もう一匹くらい狩れそうだし、めっちゃ美味(うま)いらしい怪魚丼も食えるかもな。しっかし、この年になるまで誰にも会わねえな。奴ら、いったいどこにいるんだよ？」

転生職【軽槍士】には技能解説書(スキルマニュアル)がついていた。【軽槍士】の固有能力や派生能力についてのガイドブック的なもので、書かれていた能力を全て獲得した今は、参照することはなくなっている。

『**逸(はや)る飛燕(ひえん)が臨むのは　陽(ひ)の光か星の座か**』

己が門をくぐったあとに起きた出来事を、彼は知らない。

§ キリアム家の歴史 1st～5th

馬車に乗っての旅は、ほぼ行程通り順調に進んでいた。

湖を離れてしばらくすると、急に視界が開けて整備が行き届いた広い街道に出た。

「これが精霊街道？」

「はい。道なりに進めば、いくつかの街を経由して、領都グラスブリッジに辿(たど)り着きます」

湖上屋敷はグラス地方の西端にあり、領都グラスブリッジは東端寄りにある。つまり『精霊街道』はグラス地方中央部を横断する大動脈であり、これから相当な長距離を移動する。

生まれてすぐに東から西へ。そして七歳になった今、西から東へ。正確に言えば、異世界で二度目の旅だけど、気分的には初めてに近い。

「次の街で馬替えと馬車を降りての休憩を致します。その間、リオン様には、ご昼食を召し上がっていただきます」

「これでもう、今日の予定の半分を進んだの？」

「はい。このままの天候が続けば、夕刻には『エアノア』に到着しているはずです」

街道沿いには、一定間隔で宿場街がある。

その中でも中継都市と呼ばれる三都市『エアノア』『コナーズ』『セオレスト』には、短期滞在用の公爵家の屋敷があり、そこに宿泊する。

この辺り一帯は、モリ爺の生家であるモリス家が代官を務めているから、準備は万端。少しの手抜かりもなく、一路グラスブリッジへ進んだ。

万全の警備体制のもと、四日間かけて無事に公爵家本邸に到着した。

徒歩の旅なら二十日近くかかると聞いている。それをたった四日で踏破したのだから、驚くしかない。途中で盗賊に襲われたり、崖崩れで立ち往生したりなんて、ラノベテンプレ展開はなかった。

凄い武装集団を引き連れているし、もし盗賊がいても逆に身を潜めると思うけどね。


到着から二日間は、旅の疲れを癒すために完全休養。少なくとも『授職式』までは、面倒な社交はしなくて済むそうだ。

「リオン様専用の居室がございます。この日のために、以前より室内を整えて参りましたが、至らぬところがあればご指摘ください。直ちに手配致します」

モリ爺の言葉通り、専用の浴室・化粧室・衣装室に、寝室と二間続きの居室があった。

待遇凄くない？　ファミリー向けの物件を一人で使う的な贅沢さだ。

家具だけでなく、壁紙やカーテン、照明、下手するとドアや窓枠まで新品に見える。

聞いてみたら、環境が変わることで体調を崩すのではないか？　——という懸念を払拭するために、入念に模様替えをしたんだって。

青を基調とした気持ちが安らぐ部屋。

怪我をしないようにと、角が丸く落とされ、曲線的なラインを描く家具。

天蓋付きだけど、ごく普通のベッドを見て、はしゃいでしまったのは仕方ないよね。

「今日からここで寝ていいの？」

「もちろんでございます」

旅行中も普通のベッドに寝ていた。だけど、あれはホテルと同じで借り物だ。

毎日寝るマイベッドが、六角錐の中央に鎮座する衆人環視仕様ではなく、ちゃんとした壁付けのベッドだった。ただそれだけのことが、やけに嬉しい。

「へへっ。お休みなさいだ！」

清潔で柔らかい寝具にポフン！　枕だけは使い慣れたものがいいと、湖上屋敷からマイ枕を持参した。だから、寝苦しいこともなく、初日から十分に休むことができた。

次の日の朝。さて、今日は何をしよう？

あまりにも暇だ。暇すぎる。いつも一緒にいたウッド姉弟は、グラスブリッジにある自宅に戻っていて、登城するのはまだ先だと聞いている。

城下町へ行くのは無理でも、見晴らしがよさそうな塔から周囲の景色を見てみたかった。でも、天候が崩れそうだから、外出そのものがダメだって。アウェイな環境で手持ち無沙汰。屋内で、ボッチでできることなんて限られている。

「図書室ってどこかな？」

「ご案内いたします」

そう。ここ本邸には図書室がある。常々思っていたことだけど、自分は己を知らなさすぎる。それでも、湖上屋敷にいる間は、精霊は凄いで済んでいた。でも、グラスブリッジの堅牢な城壁を見て気づいた。この地で何があったのか全く知らないことに。

図書室はメゾネットになっていて、下の階には書架が整然と並び、上の階には閲覧用の机やソファがホテルのラウンジのように置かれていた。

「あった、これだ！」

目的の書籍はすぐに見つかった。自分の先祖の記録が、箔押しの装丁本になって並んでいる。初代から十五代までの十五冊。たいした家に生まれたんだなって、改めて思う。

『初代ルーカス卿が、大いなる精霊の力で精霊湖を作られました。これが全ての始まりです』

最初に選んだ『キリアムの系譜Ⅰ　初代ルーカス卿の時代』の見開きには、この文章だけが書かれていた。

まるで創世記のような描写なのは、この地で奇跡が起こったのが真実だから。

不毛の荒野に湖を作り、緑の息吹をもたらした。通常であれば、森の形成には相応の年月がかかる。それが何倍もの速さでなされたのだから、こんな記載にもなるよね。

礼賛的な記述は斜め読みすることにして、二代目、三代目とページを捲った。

開拓時代の始まりと街の形成。三代目当主コナー卿の時代に街道整備が行われ、最初の分家であるキャスパー家の創設により、領土が一気に広がった。

恵みの雨を降らせる稀有な異能。この切り札のおかげで、水利権に関わる争いから解放され、グラス地方では順調に人口増加が続いていった。

でも、外は違ったようだ。

『まだ建国百年に満たない大陸統一王国内で紛争が勃発し、独立の気風が高まっていった』なんか不穏だよね。英雄も英雄と共に戦った人たちも、既に鬼籍に入っている。カリスマを失った人々は、孫の世代で早くも揉め始めた。

幸いにも、グラス地方には統一王国の混乱は波及していない。グラス地方と外を隔てる長大な大渓谷『巨人の一撃』が、天然の防壁になったからだ。

地理的な要因で鎖国に近い状態だったグラス地方は、我関せずでいられた。四代目セオ卿の時代は、平穏そのものだったと締めくくられている。

四代目まで読んでも、グラスブリッジという名称は出てこなかった。まだ領都がバレンフィールドにあるせいかな？　続きが気になるけど、今日はここまで。

領都グラスブリッジは、小高い丘の周囲に展開する城郭都市だ。

その中心部の最も高い位置に、領主の居館であり、行政・軍事の中枢でもある本邸が存在する。本邸と呼ばれているが、その構造は城そのもので四基の高い塔を備えている。今、その塔のひとつに登っているわけです。

「ハワード、重くない？」

「はい。日頃より鍛えておりますので、ご安心ください」

石の階段を登る度に、コツーン・コツーンと、ハワードが履く騎兵用ブーツの踵が音を鳴らす。

不思議なことに、背後からついてきているモリ爺は、なぜか足音がしない。靴の違いなのかな？　あるいは、そういう歩き方なのか。

ちなみに俺は、絶賛ハワードに抱っこされるという羞恥プレイ中です、はい。

七歳にもなって、逞しいハワードの首に縋りつくように腕を回す格好は、いたたまれなくて仕方ない。どう見ても若いお父さんと幼子だ。

でも、自分の足では長い螺旋階段を登り切れるとは到底思えない。それに、ハワードの抱っこが、俺の希望を叶えるための絶対条件だった。

以前、ルシオラが偵察に出ていたとき、この都市を遠景で見たことがある。ここは【感覚同期】の範囲外だったから、中継がギリギリ可能な地点から、望遠で見るのが限界だった。

遠くに小さく霞む、白壁と瑠璃色の尖塔。それが見えたとき、世界遺産になっていた欧州の瀟洒な古城を想像した。

でも、予想は大外れ。間近で見たら全然違った。

垂直に切り立った高い城壁は、巨人の襲来にも耐えられそうなほど厚く堅固だ。防衛のための側防塔や張り出し櫓が林立し、城壁上部の歩廊には、狭間つきの胸壁が備えられている。

遠景で見た何本もの尖塔の正体は、内側だけに開かれた外殻塔であり、近づく敵を警戒するための見張り台。つまり、軍事目的で作られた監視塔だった。

本邸の本質は、戦争を前提に作られた幕壁式の要塞であり、有事の際には最後の砦の役割を担う。

「凄いパ……凄い眺望だね。街が一望できる」

ヤバっ。見事な景観に釣られて、思わずパノラマって言いそうになった。

快晴の今日。

「監視塔の天辺に行ってみたい」という、俺の願いが実現した。モリ爺を落とすために、既に勝ちパターンとなっている「叶えてムーブ」を発動したけどね。

「ご説明致します。本邸は計五区域から成ります。現在いるこの場所が上郭で、あちらに見える壁の向こうが中郭、さらにその奥にあるのが下郭です。上郭と中郭に隣接する二つの区域を、どちらも外郭と呼んでいます」

本邸はとにかく広い。

ロの字型の城郭を三つ並べて連結した上郭・中郭・下郭に、上郭と中郭を守るように配置された外郭。おそらく、敷地面積はドーム球場を余裕で超えている気がする。

公爵家の私的な生活スペースは上郭にあり、今来ているのは、そこから一番近い東塔だ。

正門の近くにある南塔からは、『ジェミニ大橋要塞』が見えるらしい。本当はそちらに行きたかった。でも、南塔があるエリアは、人の出入りが多いからダメだと言われて断念。

東塔から見えるのは、主に城下町だ。馬車の中から見たときは、おとぎの国に迷い込んだような、クリームソーダみたいな色彩に目を奪われた。

しかし、こうして高所から見ると、景観が美しいだけではない。

耐火性が高い漆喰(しっくい)の壁。防水性が高く、日光による劣化に強い陶器瓦製の水色の屋根。統一感のあるデザインの街並みは清潔感があり、井戸や下水などのインフラも整っている。

城郭都市というだけのことはあるな。城壁は高く三重になっていて、一定間隔で城門と望楼が設置されている。

城郭内には、商業地区・工業地区・居住区はもちろん、市街地に緑地が点在していて、耕作地のようなものも見えた。長期の籠城(ろうじょう)にも耐えられそうだ。そのうち、城下町にも行ってみたいな。

ふんわりと、微風が頬を撫でた。

——ミンナ　キテル
うん。沢山いるね。

バレンフィールドからついてきた風の小精霊フェーン（俺が命名）が、耳元で話しかけてきた。

ハワードが、精霊の気配に気づいて目を見張っている。それでも、俺をしっかり抱えたまま微動だにしないのはさすがだ。

古参の家臣であるフォレスター家出身の彼は、キリアムの遠縁にあたり、いわゆる『視える』人だ。血筋の良さと精霊との親和性を買われ、俺のSP的な役目を任されている。

——ミンナ　オシャベリ
フェーンが言うミンナとは、この地の風の小精霊たちを指している。俺が見晴らし台に出たら、すぐに気づいて徐々に包囲網を狭めながら近づいてきている。それぞれが、無秩序に喋りながら。

「リオン様」

「大丈夫。何か話があるみたいだから、しばらく黙っていて」

心配げなモリ爺を制して、注意深く耳を傾けた。でも、小さな小さな囁きがいくつも重なり合い、何を言っているのか聞き取れない。

——ネ……ヨ　……キ……ト　マ……ル……ヲ
一生懸命、何か伝えようとしている気がするのに、途切れ途切れにしか言葉を拾えない。

フェーン、あれはなんて言っているのか分かる？

——ココ　ジャナイ　アッチ　ダッテ

あっちって中郭の方？　それとも下郭？

各城郭を隔てる壁の向こうに視線を移す。

フェーンが示す方向にあるのは、中郭の中央にある円筒形の建物だ。一見すると小城あるいは塔のようにも見える。

あれ？　あそこにはどうやって行くんだ？

その建物は、屋根や外壁を緑で覆われ、環状の深い堀に囲まれていた。まるで切り立った崖の上にあるかのように、高く積まれた盛土の上に建っている。

よく分からないけど、精霊たちがこれだけ訴えているのだから、何かありそうだ。また、モリ爺におねだりして行ってみるか！


なんて、意気込んでみたけど、翌日は朝から雨が降っていた。そして、このタイミングで明かされた新事実がある。

この城にいるのは『授職式』を受けるまでの短期滞在だと思っていたが、俺の体調次第で本格的な転居になるという話だった。当然、周囲の大人たちは知っていたし、そのための大移動だったわけだ。

はっきり俺に告げなかったのは、ガッカリさせないためだって。「健康に差し障りがなければ」が絶対条件なので、もし湖から離れて少しでも体調を崩すようなら、その時点で湖上屋敷にトンボ返りする手筈（てはず）だったとか。

従って、当面のスケジュールはあえて空白になっている。

「図書室に行かれるのですか？」

「うん。本の続きを読もう思って」

「キリアム家の歴史にご興味がおありで？」

なぜか、当主に関する本を読んでいたことがモリ爺にバレていた。モリ爺と一緒に図書室へ。当主本を使って、個人授業をしてくれるらしい。

「五代目ヒューゴ卿の治世は、キリアム家の歴史における最初の転換点と言えます。人口が増え続けた結果、ある問題が生じたからですが、何だと思われますか？」

人口が増えて困ること？　地球だったら食糧問題かなって思うけど、当時のグラス地方は飢えとは無縁だ。水や森林資源も十分で、仕事も沢山ある。じゃあ、いったい何だ？

『本当の豊かさを手に入れるには、自給自足では限界がある』

ふいに、誰かのセリフが頭に浮かんだ。自給自足では手に入らない。だったら外から輸入すれば……あっ、交易か！

「生活物資の不足かな？」

「正解です。日用品や嗜好品の絶対数が不足し始め、市井で領外との交易を求める声が大きくなりました。それ故に、ヒューゴ卿は遷都という大きな決断をされたのです」

バレンフィールドはグラス地方西端にあり、他領から遠すぎる。だから、思い切って都を東に移した。交易が盛んになれば、人や物の流れが急激に変わる。それを発展のチャンスと捉えたんだね。

「交易のため、大渓谷にジェミニ大橋が架けられました。それが、思わぬ外敵を呼び込んだのです」

「戦争が起こったの？」

「そうです。官民一丸となった大奮戦の末、外敵の撃退には成功しました。しかし、豊かなグラス地方を狙う勢力は他にもいたのです」

橋が作られて、鎖国状態が解かれた途端にこれか。

「こちらは平和的な交易を求めているのに、奪おうとするのはなぜ？」

「ひとつには、時期が悪かった。そう言えるかもしれません。既に乱れを見せていた統一王国が、建国百年を過ぎて一気に瓦解し始めていたからです」

統一前の国が復権したり、新興勢力が台頭したり。雨後の筍のように内乱が起きて、離反者が出るたびに統一王国はスリム化し、現在のベルファスト王国まで縮小していくことになる。

統制を失った諸侯たちは、互いに争うだけでなく、グラスブリッジを狙うハイエナになりかねなかった。そんな時代。

「防衛の強化。それが喫緊の課題でした。ヒューゴ卿は残りの人生をかけて、グラスブリッジの城郭都市化と、ジェミニ大橋の要塞化に着工します」

なるほど。遷都から要塞化された現在に至るまで、ヒューゴ卿がグラスブリッジの礎を築いた。

「大事業は一代では終わらず、次代当主である甥のメイソン卿――後のメイソン王に引き継がれて、ようやく完成をみます。ここまでの歴史で、何かご質問は？」

「初代ルーカス卿と、統一王国を建国した英雄は、かつては志を同じくする仲間だったんだよね？一人、不毛の荒野に向かうルーカス卿を、誰も引き止めなかったの？」

以前から疑問に思っていた。英雄を中心に国を興した人々にとって、ご先祖様はどんな存在だったのかって。

「建国には大勢が関わったと聞きます。その中には、国王の朋友を目障りに思う者もいたでしょう」
「政治的に邪魔だったってこと？」
「戦いに次ぐ戦いで、彼らは精霊の攻撃的な一面しか見ていませんでした。戦後、統一王国の人々にとって、偉大なる精霊の力は脅威として映ったはずです」

平和な治世に戦乱時の英雄はいらない。だから、切り捨てた。

精霊の恩恵の真価は、極質から自在に魔素を作り出す転化能力にある。その事実に気づいていなかったから、安易に手放した。あくまで想像だけどね。

不毛の荒野が豊かな森林や平野に変わるのを見て、彼らは仰天したはずだ。外の人間にとって、グラス地方は宝の山となった。隙が見えたら、奪いたくなるほどの。

精霊の恵み溢れる豊穣の地。この宝を守るのが、将来の俺の務め……なんだよね。

責任重大すぎだって。

……強くなろう。何があっても、この地を、皆を守れるように。誰にも負けないくらい強くなりたい。改めてそう思った。

はい。本日は行動範囲を広げて、東塔から見下ろした円筒形の建物――旧本邸にやってきた。案内＆解説（お目付け役ともいう）はモリ爺にお任せだ！

「旧本邸は大円塔とも呼ばれ、五代目当主であるヒューゴ卿が建築されました。当初は、あの建物と周囲の堀を囲む城壁しかなかったそうです」
「それを丸ごと囲む形で中郭を作ったのか」

木橋と、それに続く跳ね橋を進み、建物の正面入口に向かった。眼下に広がる薬研堀は、今は空堀で緑に覆われているが、建設当初は水堀だったらしい。

建物内は空気が冷んやりとしていた。薄暗い通路を抜けて、正面奥の曲折れ階段を登っていく。

「途中の階層は長らく使われておりません。屋上だけが利用されています」

階段を登りきると、短い柱廊に出た。柱の間から陽が差し込んでいて、急に明るくなる。

「ここを抜けると屋上に出ます。四季の花が咲き、水路や水盤が配されているため、いつの頃からか空中庭園と呼ばれるようになりました」

「思っていたよりずっと広いね。それに、風が気持ちいい」

屋上の外周は無骨な胸壁ではなく、列柱がアーチ状に連なっている。蔓性や匍匐性の植物がアーチの上から枝垂れ、そよぐ風でユラユラと揺れていた。

所々、列柱に巻き付くように大蛇の彫刻が這っていて、蛇の口から、いく筋もの白糸状の滝が吐き出されて、モザイク模様の床を巡る水路に流れ落ちている。

「屋上なのに水路や滝がある。この水はどこから来て、どこに行くの？」

「地下から汲み上げられ、この滝壺に落ち、水路から床下の水道管を経由して中央にある水盤に流れ込んでいます」

「地下水なんだ。飲めるの？」

「水盤の底に浄化装置があると聞いています。浄化後の水は、昔は生活用水や堀を満たす用途に使用されていたらしいです」

昔は？　堀はすっかり緑で覆われている。草だけでなく低木も生えていたし、長い期間、空堀だったに違いない。

「ここには水が流れているのに、空堀なのはなぜ？」

「理由は不明です。中郭の城壁を築いた頃には、既に空堀だったと言われています」

「それだと、だいぶ前だね」

中央に向かって歩くと、真っ白な幅広の縁石で囲まれた、フラットな正六角形の水盤が見えてきた。結構大きくて、一辺が四メートルくらいある。

あれ？　六角形の水盤？　一瞬既視感が湧くが、すぐに掻き消えてしまった。どこかで見た気がするんだけど、それが思い出せない。

水盤の中心には、白く滑らかな石で作られた彫像が飾られている。咲き誇る大輪の花に囲まれ、鳥や蝶と戯れる少女と一角獣の像が。

細部まで写実的な彫刻は、華やかで優美なモチーフだ。なのに、どこか憂いを帯びているように見えた。陽光が生み出す陰影も、計算のうちなのかもしれない。

「見事な造形だね。本物の花や人が、そのまま石になったみたい。あの石は何？」

「雪花石です。縁石にも同じものが使われています。本来は床材に向かない石なので、魔術的な強化が施されています。しかし、何があるか分かりませんので、踏まないようにお気をつけください」

「うん、分かった。ねえ、あの台座の上って、掃除はどうしてるの？　真っ白だから大変じゃない？」

「それも魔術的な処理で対応しています。あれらは全て王家が所有する特殊な技術で作られているそうで、自浄作用があります。設置してから一度も掃除しなくても、あの状態です」

それは凄い。苔どころか塵ひとつないのはそのせいか。もっと普及していてもよさそうなのに、特許料が高いとかかな？

「なぜあそこだけ色が違うの？」

彫像がある台座の上に、金色に光っている場所がある。しかし、日差しを反射していて、ここからではよく見えない。

「あの場所には碑文が埋められています。水盤に近づけば文字が読めると思います」

近づいてみると、なるほどだ。少し手前に、傾斜した正方形の板が埋められている。一辺が三十センチくらいの金色の板に、二行にわたって文字が刻まれていた。

『我が唯一』

『高貴なる貴女に　永遠の愛を誓う』

うわぁ、キザ。シャイな日本人には絶対に言えないセリフだ。いやでも、貴族だったら、こういう口説き文句は当たり前なのか？

熱烈な愛の誓いに、ある意味感心しながら、目線を下げて水面を覗き込んだ。

「深いので、近づかれると危のうございます」

「これ以上近づかないよ。落ちたら困るからね」

あれだけの水量を受けるのだから当然かもしれないが、水深はかなりありそうだ。大人でも足がつかないんじゃないの？　柵がないから、子供が誤って足を滑らせたりしたら大変だと思う。

気持ち腰を屈めて、恐々と水盤を覗き込んだ。ときおり漣を立てる水面を通して、彫像が載っている台座を支える何本もの脚柱と、脚柱に囲まれた水底にある、淡い燐光を放つ球が見えた。

「あれが浄化装置？」

「おそらく。少なくともあの部分が、吸水口の役割を果たしていると言われています」

吸水口ねぇ。あの中に何かいそうなのに。

周囲にプクプクと気泡が立ち昇っている。あんな風に、風の小精霊が群れているのは、なぜだ？

残念ながら、見ただけでは判断がつかない。いったい何がいるんだろうね？　そして、なぜあんなところに？

——タリナイ
「えっ？」

不意に声が聞こえた。フェーンのでも、他の小精霊のでもない。もっと存在が大きい何かの。これって。

足りない？　何が足りないの？

——ヤクソク　シタ
約束？　誰と？

——タリナイ
一方通行で、全く意味が分からない。

いったいこの声は、何を求めている？

§　神殿詣

『授職式』に臨む前に、済ませておかなければならないことがある。ここにきて、そう告げられた。

「そもそも『神殿詣』とは、どういった位置付けのものなの？」

「『授職式』及び『顕盤の儀』の前に、職神以外の神々へ祈りを捧げに行くことです。生家にご縁があるか、個人的に加護を望む神に参拝するのが習慣になっております」

『授職式』では、当人の適性を鑑みた職業を職神が授けてくれる。「適性がある」＝「素質が大きい」とも言い換えられ、職業に付随する能力によって、強みをさらに底上げしてもらえるわけだ。

でも、まだたった七歳でしかない。自分がどんな職業をもらえたのかなんて、大抵の子供は自覚なんてできない。そこで、『顕盤の儀』が抱き合わせになっている。

「『顕盤の儀』を受ければ、職業の他に加護や盟約も判明します。それにより、結果を人生設計に反映することができるのです」

いわゆる鑑定やステータスオープンの簡易版らしい。参考にはなるだろうけど、それだけで将来が決まるとも思えない。

「人生設計に反映するとは？」

「たとえば、技術系の職業であれば師匠に弟子入りをする。商売の素質があれば商家に奉公に上がる。といった具合に、七歳から受け入れ先を探すのが一般的です」

「七歳で将来を決めてしまうのは、早すぎない？」

現代日本生まれの自分にとっては、もう？　って感じがする。

小学校低学年。一、二年生の時点で、人生のコースが決まるなんて。そんな例は、伝統芸能の継承家くらいしか思い浮かばない。だが、人生効率を考えれば、無駄な寄り道が少なくて済むのは確かだ。何か一つのことを極めるなら、より多くの時間を充てられる。

だけど、授けられた職業が、必ずしも自分の夢と一致するとは限らない。反発する子もいるんじゃないかな？

「能力は間違いなくあるのです。当人の心がけ次第ですが、低年齢での修行開始は、若い年齢での一人立ちを可能にします。男子であれば妻帯し、家族を養っていくことも十分にできるでしょう」

ああ、そうか。この世界は、結婚年齢が早いのか。社会保障もないし、親がいつまでも養ってくれるわけじゃない。夢がどうのとか自分探しなんて、二の次なのかも。

「グラス地方では、社会的な需要と利益が大きいという判断から、七歳時の『顕盤の儀』は、領民であれば誰でも無料で受けられます。しかし、二度目以降は有料になり、希望しても受けられるとは限りません」

「無料なのは、グラス地方だけ？」

「グラス地方は、儀式に関する神殿への寄進を、領民の代わりに領主が全額納めています。しかし、他の領地では、一部負担があるところが多いと聞いています」

「いつから、無料になったの？」

「二代目当主ノア卿のときに始まった制度です。収穫量が増加し、この地で生まれる者が増えてきました。街が形成されていくにつれて、様々な職種に携わる者を育てる必要があったからです」

なるほど。開拓村から始まったグラス地方ならではの制度なのか。それにしても、費用全額持ちだなんて、きっとノア卿は、進取的な政策を採れる為政者だったんだね。

「個人で寄進するとなれば、庶民には少なくない負担になります。ですから、『授職式』と共に『顕盤の儀』も、庶民にとっては人生に一度の特別なものと言えるでしょう」

ちなみに、貴族にとっても、我が子が後継者に相応しい資質を有するか否かを把握する、重要なイベントになっている。だから、式には子供だけでなく親も参列するケースが多い。

「『授職式』の前に神殿詣をするのはなぜ?」

「加護は生まれつき備わっているもの。そう聞いていらっしゃると思いますが、実は後天的に授かることもあります」

へぇ。それは初耳だ。どんな状況でもらえるのだろう?

「実例があるんだ?」

「はい。ただし、数は少ないですし、若年のうちに限ります」

家の存続に加護の継承が関わっていれば、みんな必死になる。なんとかして加護を得ようと、藁にも縋る思いで数え切れないくらい試されて実証されてきた。

幼少期の『神殿詣』が特に効果的で、新たに授かるというよりは、生下時に何らかの理由でもらい損ねたものを改めて授かる。そんな感じらしい。

万一加護が付けば『授職式』で良い職業を授けられる。あるいは職業選択の幅が広がる。

そんな期待を込めて、懐に余裕がある家は『授職式』と『顕盤の儀』の前に、験担ぎ的に『神殿詣』に行かせるのが慣例になっている。

「それなら、『神殿詣』で加護を授からなくても、気にする必要はないんだね?」

「はい。気負われる必要はございません。ただし、公式に表に出られるわけですから、領主家のご嫡男として相応しい作法を身につけていただかなくてはなりません」

はい、作法ですね。貴族は体面がとても大事。たとえそれが子供であっても容赦ない。

はぁ、面倒くさい。だけど仕方なくもある。抵抗しても無駄だし、必要なことでもあるから、ちゃっちゃとやってしまおう！　俺だって人前で恥をかきたくはないからね。

「また、神々や神殿についても、何も知らないは通用しません。あまり時間はありませんが、ひと通り学んでいただきます」

というわけで、宗教的な知識を詰め込まれた。

領都グラスブリッジには、人の生活への関わりが大きい十二柱の神々と、四大神のうち、海洋神を除く三柱の分神殿あるいは教会が揃っている。

前者は、職神（職業三神）・闘神・農耕神・生命神・美神・狩猟神・撃神（槌鎚二神）・醸造神・伝令神で、後者は天空神・大地神・幽明神である。

このうち、俺が詣でるのは幽明神の分神殿だけだ。

幽明神は四大神の一柱で、鎮魂と魂の再生を司る。でも、目的は幽明神ではなく別の神様にあった。分神殿には幽明神の眷属神が共に祀られていて、その中に例の織神が含まれていた。

加護：織神【糸詠】
　固有能力：【織神の栄光】
　派生能力：【万死一生】

以前から加護の存在は知っていたが、能力の使い方や御利益は一切分からなかった。なぜ俺がこんな加護を持っているのか？　今回分かったのは、主にその理由についてだった。

「織神は、運命を司る三人の姉妹神の総称です。非常に特殊で、かつ珍しい加護と言えます。スピニング伯爵家が、王家から保護血統に指定されているのは、それ故です」

特定の加護の出現率が一般より高い血統は、継承家系と呼ばれている。織神【糸詠】の継承家系がスピニング伯爵家で、代々加護持ちを輩出してきた。

また、保護血統とは、貴重な加護の血統を後世に残すために、王家が主導して政略結婚を成立させるベルファスト王国の制度らしい。

「織神の加護は女性特有のものだとされています。男性に加護が現れる例は少なく、もし生まれても、成人を迎える前に亡くなられているようです」

「加護持ちの男性が亡くなった原因って分かる？」

「いろいろと推測されてはいますが、外部には公表されていません」

俺、謎の成人前死亡説が浮上した。全くもって嬉しくない。で、ここで気になるのが、派生能力の【万死一生】だ。

アイによれば、【固有能力】は先天的に備わっている能力を指す。一方の【派生能力】は、後天的に得たものだ。それも、自らの能動的な行動により獲得したユニーク能力なのだとか。

俺なんかしたっけ？

字面通りに受け取れば、到底助からない死の瀬戸際で辛うじて命を拾う――といった行動を、どこかでしているはず。

記憶を探ったが、思い当たる節が出てこない。能力開発の際には、何度も死にそうになり生還した。でもあれは、不思議パワーで一方的に助けてもらっただけで、能動的な行動とは言えない。

この件は、いくら考えても分からなかった。だから、当面は保留にせざるを得ない。織神の加護がある理由。そこに舞い戻ると、端的に言えば、会ったこともなく顔すら知らない母親に原因があった。

スピニング伯爵家は、織神の加護がアイデンティティになる家で、その能力故に王家の相談役に就いているそうだ。従って、女性上位な家であり、当主も女性が務める。

現当主は俺の母親の祖母で、俺にとっては曽祖母に当たる。そう、つまり織神【糸詠】の継承家系が、母親の生家だったのだ。

ただし、母親本人に加護はない。あったら他家に嫁として出さないからね。

次期当主には母親の妹、つまり叔母が予定されている。そして、叔母は二代ぶりに現れた加護持ちらしいです。

「二代ぶり？　継承家系なのに、なぜそんなに少ないの？」

「加護を持って生まれた者は、次期当主候補として、婚姻までは神殿で祈りを捧げて過ごします。しかし現状では、有能な方ほど王家から婚姻の許可が下りません。そういった事情が影響しているかもしれません」

「早く婚姻して、子供を沢山産んでもらった方が良さそうに思えるのに」

「織神の加護は婚姻により能力が弱まる、あるいは消えてしまうと言われています。加護がなければ、王家の相談役としての務めを果たせません。従って、現役能力者の確保が必須とされます」

現在は加護持ちが減っていて、一人でも多く増やしたい。でも相談役は続けたいから、当主の婚姻が遅れる。そんなジレンマに陥っているのだとか。

「王家の相談役になるなんて、どんな加護なの？」

「そこは定かではないと申し上げるところですが、上位貴族であれば概要は把握しています」

「公然の秘密ってやつ？」

「はい。あくまで非公式な話であり、眉唾ものだと言う者もいます。そういった前提を踏まえて、お聞きください」

「うん、分かった」

やっと訪れた機会だ。能力の片鱗でもいい。確定情報でなくても知っておきたい。

「先ほど申し上げたように、織神は運命を司る女神です。神話では、運命の模様を描くために、機織りをすると言われています」

運命を司るって聞くと、タロットカードのイメージしかない。カードには運命の輪が描かれていて、車輪あるいは運命を操る舵を表していた。この世界では機織りなのか。

「織神【糸詠】の加護を持つ者は、女神たちが織り上げる運命の糸に触れることができる。能力の程度は人によりますが、過去・現在・未来のいずれかを『視る』ことができると言われています」

「それは凄いね」

もし本当に運命が読めるなら。それも個人レベルではなく、国勢レベルにまで及ぶなら、有用なんてものじゃない。国が抱え込むのも当然か。

相談役とやらを辞退する。それすら許されない立場なのかも。

「保護血統においては、加護の有無や性別にかかわらず、直系から三代までの子孫は、加護の発露を期待して『神殿詣』をする決まりがあります」

直系本家に生まれた者を一代目とするので、俺は二代目に相当し、少なくとも俺の子供までは参拝義務が発生する。なんか面倒だね。

そんなわけで、幽明神の分神殿にやってきた。

分神殿とはいえ、キリアム公爵領という大領の領都にあるくらいだから、神殿の建物は荘厳(そうごん)で格式が高そうに見える。

といっても、幽明神の加護には保護血統の指定はないし、加護を希望する者も、神官を輩出する家系以外にはまずいない。

なにしろ、神殿詣はタダじゃないからね。それなりの金額のお布施がいるので、希望者は収入に直結しそうな加護をくれる神様に集中する。

人気なのは、闘神、醸造神、伝令神らしい。闘気を操ることで戦闘力を底上げしたい武家が闘神へ。酒蔵や茶園など高額の発酵食品を扱う生産者は醸造神へ。そして、商家は旅人と商売の神である伝令神へ参拝に行く。

ちなみに、王都やスピニング伯爵家の領地には、織神だけを祀る神殿がある。伯爵家の関係者は当然そこに詣でるので、幽明神の分神殿で織神目当てに『神殿詣』をするのは、超レアケースだ。

従って、領主家からの依頼に、分神殿の神官たちは俄然(がぜん)やる気になっていた。

「お待ちしておりました。これより祈祷(きとう)終了まで、我々が責任をもって、ご令息をお預かり致します。他の皆様は控室にてお待ちください」

入口を入ってすぐ、気合い十分の神殿長及び神殿スタッフに迎えられ、神官たちにドナドナされる。そして、七歳児にガチ説法だ。

「内面的な欲求、中でも過度な欲望や感情は、邪悪なる思考に繋がり、人を罪へと導きます。罪業により穢れた魂は再生が叶わず、そのままでは再び地上に戻ることはできません」

単調な語り口による眠気を必死で我慢し、背筋を伸ばして粛々と拝聴した。

その後は、お祈りされたり、清めの水とやらを頭上から振り撒かれたりして、ちょっぴり濡れている。↑イマココ
「では、貴賓祈祷室にご案内致します」

どうやら、上客用の特別な祈祷室に案内されるらしい。

「床が光ったら祈りを捧げてください。光が消えたら終了です」

背後で静かに扉が閉まり、一人きりになった。祈祷室は十畳間くらいの個室で、光源は入口に置かれた燭台だけだ。室内は薄ぼんやりしていて、外よりも室温が低い気がした。

目を引くのは、正面中央にある大きな金環日蝕のレリーフだ。金環日蝕は幽明神の象徴だと、さきほどの説法で言っていた。

漆黒の真円を縁取る黄金の象嵌が、蝋燭の炎を映してユラユラと水面のように揺れている。外の音は全く聞こえない。静けさの中に、自分の息づかいと衣擦れの音がするばかりだ。

周囲の壁には、眷属神たちが彫られていると聞いたが、今は暗くてよく分からない。目が慣れてくれば見えるのだろうか？

一歩ずつ確かめるように、部屋の中央まで進んだ。そこで足を止める。しばらく待っていると、足元の床が蛍の光のような淡い黄緑色に光りだした。

聞いていた通りだ。

どんな仕組みかは知らないが、光が明瞭になるにつれ、二重の同心円とその中の八芒星が浮き上がる。ここが、祈る定位置らしい。

正面に向かって両膝をつき、膝立ちのまま両手を胸の前で交差させて祈りの姿勢を取った。

まずは、幽明神への祈りから。

「名乗ることをお許しください。リオン・ハイド・ラ・バレンフィールド・キリアムと申します。幽明を司るキルクルス大神に我が祈りを捧げ……えっ!?」

まだ祈りの途中だというのに、驚きすぎて言葉が止まってしまった。

なぜなら、目の前の空中に、忽然と金色に光る三本の矢が現れたからだ。全長十五センチ程度。弓で引く矢ではなく、手投げ用の矢。即ち、ダーツというやつだ。

《神の領域が展開されました。リンクが直接繋がりそうです》

へっ!?　いきなりなんなの？　これどういった状況？

《お伝えします。――中間評価は『敢闘賞』。よってチャンスは三回――以上です》

立て続けに、アイの意味不明なアナウンスが入った。敢闘賞？　チャンスって何？

「アイ、どういうことか説明して！」

《特殊な転生の経緯から、マスターは神々の監視対象になっています。同時に、付帯する使命の達成度に応じて、任意に評定が開かれて評価を受けるそうです》

「それが『敢闘賞』なの？　どのあたりが評価を受けたか分かる？」

《功績：身を挺して同源世界を繋ぎ留める碇となり、世界の揺らぎを抑え、安定に貢献した／キルクルス》

そこかぁ！　死にそうになったとか、痛いのを我慢して改造を乗り越えたとかじゃないんだ。それにキルクルスって、この神殿の主神かつ大神じゃないか。

《褒賞は評定に参加した神々から与えられます》

それがこの矢なの？

《景品獲得の方法は単純です。的に向かって矢を投げる。当たれば何か頂けるそうです》

「的って？　あ、あれか！」

いつの間にか、金環日蝕のレリーフに星座のような模様が浮かんでいた。一等星のような強い輝きを持つ光点を中心に、少し弱めの光点が取り巻いていて、それがいくつもある。

「あの星座みたいなのに矢を当てればいいの？　でも、あれだと何が景品が分からない」

《そこは当たってからのお楽しみだそうです》

幽明神だけに闇ダーツか。遊び心のある神様なのかな？

ダーツは、前世の縁日でちょっとやったことがあるくらいで、自信なんて全くない。的がデカいから、なんとかなる？　まあ三本あるし、気楽にいこう。

宙に手を伸ばして矢を一本手に取った。予備動作を数回してから、思い切って投げる。紙飛行機を飛ばすような感じで。

「あっ、惜しい！」

狙いが上すぎたのか、最初の矢は金環のすぐ上に当たって弾(はじ)かれてしまった。

「二本目」

筋力がないから矢のスピードが出ないと思い、さっきは放物線を描くイメージで的の上を狙った。

でも、一本目はほぼ真っすぐに飛んでいった。これなら、下手に角度をつけない方がいいかも。

投げる向きを修正しての二投目。

より直線的なイメージで投げたら、黒い円の中にパシュッと矢が当たって、そのまま沈むように吸い込まれていった。

「今の当たったよね？」

《加護：響導神(きょうどうしん)【悉伽羅(シュリガーラ)】を獲得しました》

響導神？　知らない神様だ。

《的中おめでとうございます。響導神は幽明神の眷属神で、珍しい加護だそうです》

よく分からないけど、新しい加護をもらえた。こんな簡単でいいのかな？　ご褒美らしいから、ありがたくもらっておくけどね。

では、ラスト三本目。

三本目は、狙い通りに飛んで的の中央付近に刺さるかと思ったのに、急に角度を変えておかしな方向に曲がり、向かって左手の暗闇に吸い込まれていった。

《加護：織神【糸詠】を失いました。加護：織神【糸詠】を獲得しました》

は!?　いったい何が起きた？　失った直後に獲得してる。それも同じ名前の加護だ。

《どうやら物言いがついたようです。協議に入ります》

物言い？　つまり、異議の申し立て…って、大相撲かよ！　話の流れ的に、物言いも協議も神様たちがするんだよね？

投げた矢が不自然に曲がるという、おかしなことが起こった。加護が消えたり戻ったりした。俺は何もしていないけど、相手は神様だ。粛々と待つしかないね。

《協議の結果をお知らせします。これまで所有していた織神【糸詠】の加護は、マスターが不正な手段で入手したものであり、没収されます》

えっ⁉　不正した覚えなんてないよ。あれって、母親の血筋から来たんじゃないの？

《こちらの世界に転生する際に、無理矢理手に入れたとか。神の御使い(みつか)いを強引に取り込んだことにより、御使いの持つ性質が加護として顕(あらわ)れていたそうです。今回の措置は、その御使いを回収・保護し、褒賞として改めて【糸詠】の加護を授けたそうです》

心当たりはないなぁ。ちなみに御使いってどんな姿か分かる？

《金光を放つアピスです。姿は花蜂に似ています》

花蜂？　金色の光……あーーっ‼　あれか！

アイツだ。命綱である大切な大切な糸をブチブチ削ってきた嫌な奴。確かに掴(つか)んだ。オマケに掌(てのひら)に食い込ませるまでした。でもあれは、妨害に対抗しただけだ。

つまり正当防衛でしかなくて、加護を狙ってやったわけじゃない。

《当時のマスターの状況と、この度の抽選が『敢闘賞』の褒賞であることを鑑みて、この場で新たに授けた加護は、より祝福が大きいものになりました。派生能力はそのまま据え置きになります。以前の加護は一部機能不全に陥っていたので、交換するメリットは大いにあります》

あ、ちゃんと考えてくれたんだ。

加護は没収ではなく新品に交換。御使いを引き取ってくれて、ちゃんと対応もしてくれた。それなら、お礼を言わなきゃ筋が通らない。

まずは審査委員長的な幽明神にだね。

「『敢闘賞』と評価してくださった情け深きキルクルス大神に、心より感謝を捧げます」

次に、今回ご縁を得た嚮導神に。

「新たに加護を授けてくださった嚮導神に、深い感謝を捧げます」

そして、最後は。

「寛大なる織神の三女神よ。知らぬこととはいえ、御使いを拉致してしまい申し訳ありませんでした。改めて加護を下さった恩情に厚く御礼を申し上げます」

本当にありがたい。慈悲深き神々に、心の底から祈りを捧げよう。

俺の拙い祈りが神様に届いたのか、金環が眩い光を放射して室内を黄金色に染めていく。

束の間浮き上がった壁面には、織神と思われる三人の少女をはじめとして、年齢が様々な男女の姿や、獣や鳥の浮き彫りが垣間見えた。

わずかな時間。でもそこに、確かに本物の神々がいるような気配がした。その感覚が消え去ると同時に、光が一斉に消えた。金環だけでなく床面の蛍光も消えていて、光源が揺らめく燭台の灯りだけになる。退室の合図だ。

もう一度、金環日蝕に向かって深く頭を下げ、俺は床から立ち上がった。

――生体サーチ結果――

リオン・ハイド・ラ・バレンフィールド・キリアム

年齢　７歳
種族　〆Ψ
肉体強度　体力中等度
一般能力　痛覚制御／精神耐性＋＋／飢餓耐性／不眠耐性／速読／礼儀作法／写し絵
特典　自己開発指南

転生職　理皇
固有能力　究竟の理律
理律　理壱／理弐／理参／（理肆）
派生能力　魔眼＋＋＋／超鋭敏／並列思考／感覚同期／倒懸鏤刻／式使い／並列起動／幽体分離／俯瞰投影

盟約　精霊の鍾愛
精霊紋　水精王／精霊召喚（封印中）
固有能力　精霊感応＋／愛され体質
派生能力　指揮／水精揺籃／甘露

加護　織神【糸詠＋】
固有能力　織神の栄光／枢蛇／蚕蛛／明晰翅
派生能力　万死一生

加護　嚮導神【悉伽羅】
固有能力　裂空／幽遊

備考
転生／前世記憶

§　炎舞

幽明神殿では、ダーツに協議と予想外のことが起こった。

祈ったら出てくるはずの子供が、なかなか出てこない。それも、虚弱だと念を押されている子供がだ。さらにその子は、大領を治める大貴族の嫡男でもある。

祈祷室に籠っている時間が長くなるにつれて、神官たちの顔に焦燥が浮かび、相当に慌てていたらしい。

「あ、開いた！　開いたぞ！」

「無事か!?　ご無事なのか？」

俺が祈祷室の扉を開けた途端に、叫び声が聞こえてきた。扉の前には、いかにも待ち構えていましたって様子の神官たちが勢揃いだ。

抱えるように控室へと連れていかれて、同行した医師による診察を受けたり、中で体調を崩したのではないかと確認されたり。付き添いの人たちにも、かなり心配をかけてしまった。

祈祷室の中での出来事については、もちろん秘密だ。祈祷室でダーツをしてましたなんて、さすがに信じてもらえない。

それより早く解放されたい。初めての城下町なのに遅刻だよ。そう。実はこのあと約束がある。なのに、待ち合わせ時刻はとうに過ぎていた。


「マイラ、エマ、待たせてごめん」

「リオン様！　お久しぶりです」

「今日はお誘いいただき、ありがとうございます」

待ち合わせの相手はウッド家の双子姉妹だ。今日はモノトーンのお仕着せではなく私服姿。淡い色のワンピースとタブリエドレスの組み合わせは、年齢相応で可愛らしく見えた。

「結局ルイスは来なかったか」

「すみません。鍛えて強くなる、の一点張りで」

「やせ我慢なんですよ。本当はリオン様に会いたいのに」

ナーギ魚の一件のあと、ルイスは強さを求めるようになった。

怪魚が暴れて襲われかけた。その際、同い年で護衛対象でもある俺が率先して対処したのに、自分は何もできなかった。それが凄く悔しかったらしい。

今は自宅で父親から基本的なことを叩き込まれているが、そう遠くないうちに正式な騎士見習いとして本邸に上がると聞いている。

「ルイスに言っておいて。期待してる。将来、俺を守ってねって」

「はい！　必ず伝えます」

「きっと凄く喜びます」

「じゃあ、行こうか」

今日の『神殿詣』は非公式な訪問なので、街中用のスリムな馬車数台に分乗してきた。そのうちの一台に双子姉妹と一緒に乗り込み、目的地へと向かう。

「噴水広場ってどこにあるの？」

「同じ下区中街です。近くなので、すぐに着くと思います」

グラスブリッジは本邸を中心に外へ外へと拡張していった街で、三重の城壁に囲まれている。城壁の間にある市街地は、外側から外街・中街・内街と呼ばれていて、本邸の西側にあれば上区、東側にあれば下区というように、東西が区別されていた。

下区は商取引が盛んで、人の出入りが多く活気がある。神殿や宿泊施設があるのもこの地区で、高層建築が比較的多い。

石畳の道を馬車はゆっくりと進んだ。武装した騎兵が露払いをしているので、モーゼの海割れのように道が開けていく。

「広場に到着しましたね」

「馬車寄せで降りていただいて、そこからは徒歩です」

馬車の扉が開くと、雑多な音や匂いが一斉に押し寄せてきた。盛んに呼び込みをする露店や物売り。色とりどりの果物や新鮮な野菜を積み上げた箱。大勢の買い物客の姿が目につく。

「活気があって賑やかだね」

「広場は二つの区域に分かれていて、手前側のこちらでは市が開かれています」

「大道芸人や辻芝居などの興行も行われるので、こんな風に人が集まるんですよ」

「例の噴水はどこにあるの？」

「奥側の広場です。そこでの商いは禁止されていますので、もっと静かな雰囲気です」

マイラとエマが言う通り、奥に進むにつれて人の姿が減っていった。

「あれです！　あそこに見えるのが『精霊の橋』です」

「へぇ。大きいとは聞いてたけど予想以上だ」

噴水の広さはパッと見で五十メートルプールくらい。その中に、見上げるほど大きなアーチ状の橋と、下から橋を支える女性たちの立像がある。

橋の上部から水が滝のように噴き出し、小さな虹ができていた。水の落下点周囲にひれ伏すのは、折れた槍や剣を持つ異形の生き物たちだ。この大噴水は、過去の戦勝を記念するモニュメントであり、精霊の功績を後世に伝えるために作られた。

五代目ヒューゴ卿は、精霊の力を借りて一夜にして透き通る橋を作った。その仮初の橋を足がかりに頑強な石橋を造成し、都市の名前を改めた。そんな伝説に基づいている。

橋は外敵を呼び込んでしまったが、イーストブリッジと呼ばれた小さな集落が交易都市グラスブリッジへ発展を遂げたのは、外部とグラス地方を繋ぐ橋があったからにほかならない。

ただこの街では、伝説主のヒューゴ卿よりも、「産めよ増えよ」を座右の銘とした六代目メイソン王の人気が高い。

なぜなら、メイソン王はグラスブリッジを城郭都市として完成させた人物で、盟約【精霊の恵み】を持つ三人の子供の父親でもあり、強さや豊かさの象徴的な存在とされているから。

噴水見学を終えて、そういった話をしながら来た道をゆっくり引き返す。すると、進行方向から耳慣れない音楽が聞こえてきた。

「さあさあ。見なきゃ損する聞かなきゃ損する。はるばる北のオルニストから、舞姫たちがやってきた。世にも珍しい炎の舞だ」

少し先に進むと、派手な色合いの衣装を着た一団が視界に入ってくる。

「オルニスト？」

「確か、ベルファストの北にある国です。巡業舞踊団のようですね」

「この近くに芝居小屋があるので、夜の興行のための宣伝かもしれません」

男女ともに、衣装はエキゾチック・アラビアンな感じで露出度は高めだ。人の輪の中に二人の男性が進み出てきて、両手に真っ黒な長剣を構えた。

えっ⁉ あんな剣、初めて見た。合計四本の長剣は、濃い火属性の魔素を纏っている。あれって魔剣？ 凄く気になる。

「面白そうだ。ちょっと見ていこうか」

太鼓が打ち鳴らされ、ドォーンドォーンと重低音が響くと、長剣の先端からユラユラと陽炎のごとく魔素が立ち昇り、ボンッと噴き出した炎が宙を焦がした。まるで火炎放射器だ。

「うおぉおっ！　火だ！」

「剣が燃えてる⁉」

人々から歓声があがると、太鼓が激しく打ち鳴らされ、炎の剣舞が始まった。演者二人が剣を打ち合い、円弧を描くように剣を振れば、火花と熱気が辺りに散った。

火属性の魔素を消費して火という現象を起こしている。見た目は派手だけど、剣の性能が上がるわけじゃなさそうだ。実用的な剣じゃなくて炎舞用の魔道具なのかも。

それでも珍しいのは確かだ。身の回りにある魔道具は家電製品的なものばかり。燃費が重視されるから、こんな風に無駄に魔素を消費することはない。

そう感じたのは俺だけではないようで、観客の数が増えてくるとともに、この場を取り巻く精霊たちの気配が濃くなってくる。

「あっ、舞姫たちが出てきました！」

「若いですね。私たちと同い年くらい？」

曲調が柔らかなものに変わり、男性二人が下がって、大きな双扇を携えた五人の少女が進み出た。

ひらひらとした縁飾りが目を引く双扇は、一見すると、どれも同じに見える。しかし、真ん中の少女のものだけが違った。先ほどの剣以上に、濃い魔素が纏わりついている。

ちょっとよくないかな。あんなに目立つと、精霊の関心を引いてしまう。

蝶が舞い花が開く。巧みにフォーメーションを変える躍動的な扇舞に、観客から盛んに拍手が起こる。

再び曲調が変化し、中央にいる少女だけを残して他の四人が後ろに下がった。

少女は蠱惑(こわく)的な動きで双扇を操り、観客に見せつけるように掲げるといったん動きを止めた。そして、可愛らしく少し口を尖(とが)らせ、まるでバースデーケーキの蝋燭を吹き消すように、扇に向かって長く息を吹きかけた。

直後。少女が両腕を真横に広げ、それと同時に双扇が燃え上がる。扇に張られていた布がメラメラと焼け落ち、あっという間に武骨な黒い骨が露出した。

周囲から湧き上がる悲鳴。それはすぐに歓声に変わる。

なぜなら、燃え盛る扇を手にしたまま、少女が嫣然(えんぜん)とした表情で踊り始めたからだ。華やかな踊りから危うい炎扇の舞への変貌。四人の少女が群舞に加わると、人々は興奮して再び大きな拍手を送った。

——ヒトツダケ?
——ヒガ　タリナイネ
——アッチモ　モヤソウ!
——エイッ!

「ちょっと待った!!」

精霊たちのはしゃぐ声が聞こえて、「ヒトツダケ」が燃える扇を指すと気づいたときには、群舞の少女たちが手にする八枚の扇が、一斉に激しく燃え上がっていた。

「きゃーーっ!」

「やだっ!　なんで!?」

——アッチニモ　モエルノ　ミツケタ

——ミンナ　モヤシチャエ！

「うわっ！　いきなり火がついた！」

「ヤバいぞ、逃げろ！」

舞踏団員がいる辺りから次々と火の手が上がり、周囲に混乱が生じていく。

「こんなことしちゃダメだ！　すぐに火を消して！」

——キャハハハ

——タノシイ！　モエロモエロ！

——モットモット　イッパイ　モエチャエ！

火属性の魔素が堰（せき）を切ったように野放図に生み出され、吸い込む空気に熱が混じり始める。

止（や）めさせたくて精霊に呼びかけるが、興奮状態で声が届かない。

これって、精霊暴走の兆しじゃないか!?

「リオン様、すぐに退避を!!」

護衛の騎士が退去を促すが、この状況を放って逃げるわけにはいかない。

「待って！　あの子たちを——暴走しかけている小精霊たちをなんとかしないと！」

「しかし、ここは危険です！」

自然と共に常在する光や風、水の精霊と違い、火の精霊の棲（す）み処（か）は偏在している。その多くは火を利用する知的生命体——人間が集まり生活する場所にいて、興味津々で人々が火を扱う様を眺め、ちょっかいをかける隙（すき）を狙っている。

今がまさにそれで、もの珍しい燃える道具と、視線を奪う見事な演舞に、火の小精霊たちはお祭り騒ぎだ。もし街中に棲む火の小精霊が、あちこちに火種をばらまいて延焼でもしたら、街が大変なことになる。

一時しのぎでいいから、火の小精霊たちを鎮めたい。俺の声が届きさえすれば。

精霊湖で【指揮】の訓練はしていた。でも街中で、こんな人混みの中で同じようにできるのか？　いや、やらなきゃ。それもすぐに。今は考える時間すら惜しい。

「風よ、水よ、俺に力を貸して!!」

――ミンナ　アツマレ！　リオンガ　ヨンデル！

――イイヨ！

――ナニヲスレバ　イイ？

「フェーンたち風の精霊は火の勢いを抑えに行って。水の精霊は……えっと、こんな感じにできる？」

――マカセロ！

――ヨロコンデ！

極質(プリマ・マテリア)を転化(チャージ)して水属性の魔素を生み出していく。この場にある火の魔素を圧倒するには、拮抗(きっこう)できるくらいの沢山の魔素が必要だ。

腕を振り上げ天を指さした。既にこの場には、大勢の水の小精霊が集まっている。

「親愛なる水の精霊よ！　雨を！　火を鎮め、大気と大地を潤す雨を降らせて!!」

俺の呼びかけに、精霊たちが迅速に意気揚々と応えてくれたのは、言うまでもない。

しとしとと雨が降っている。

火が消えた後に残った余剰な魔素を、精霊たちが雨に変えていた。先ほどのゲリラ豪雨と違い、優しい雨だ。

「このような騒ぎを起こしてしまい、誠に申し訳ありません。場を収めていただいたことに深く感謝を申し上げます」

目の前で平伏するのは、騒ぎの原因になった巡業舞踊団の面々だ。俺の周りを護衛騎士が固め、その前に露出度が高い衣装を着たままの団員たちがいて、周囲を野次馬たちが取り囲んでいる。

団長だという壮年の男性が、真っ青な顔をしながら謝罪とお礼の言葉を述べているが、ぶっちゃけ早く引き上げたい。

俺の横にはモリ爺がいる。別の場所に待機していたが、彼らに仮の裁定を下すため急遽この場に呼ばれた。俺じゃ判断がつかないし、護衛騎士が決められることでもないからね。

「あの火がつく魔道具は危険なため没収とする。火を用いた演目も全面的に禁止する。今回の騒動を起こした処罰は追って知らせるが、それまでは謹慎処分とし、興行は許可できない」

いつもは柔和なモリ爺が厳しい表情と口調で彼らに告げた。

「ははっ！　承知しました。『精霊の国』だと聞き及んではいましたが、このような事態は想定外でして。何卒、何卒温情ある……」

「禁止!?　そんなの酷いわ！」

「こ、これ！　ミラベル！　無礼な発言は止めなさい！」

炎扇を扱っていた少女が半身を起こし、ひとり抗議の声をあげた。十歳以上、十五歳未満。おそらくローティーンの舞姫は、気丈にも訴え続ける。

「うちは炎舞が看板演目なの。それを取り上げられたら、お客さんがこなくなっちゃう」

「君たちに同情はするが、街中で火事を起こすようなものは看過できない」

「今までこんなことは一度もなかった。この土地がおかしいのよ！　魔道具じゃない普通の扇に火がつくなんて。他にも大事な商売道具が沢山燃えちゃった。夢が叶って『プロのダンサー』になれたのに。なんでよ。なんでこんな目に遭うの？　ここまでくるのに、すっごくすっごく頑張った。なのに……『もうやだ！　酷いよ!!』」

ん？　おい、今なんて言った。『プロのダンサー』？　しかも最後のセリフは日本語じゃないか！

消えそうなほど小さかったけど、悲鳴のような声がハッキリ聞こえた。

こいつは誰だ？　日本人ならクラスメイトである可能性が高い。こちらが身バレしない程度に探りを入れておきたい。でも、このまま謹慎されたらそれは難しい。さて、どうする？

「異議申し立てがあるのは、この子だけか？」

「無礼な真似をして大変申し訳ありません！　世間を知らない子供です。どうかご容赦を！」

その場の緊張がいやでも高まった。その雰囲気を壊したくて、ツンツンとモリ爺を突いて注意を引いた。

「リオン様、どうされましたか？」

「ねえ、モリス。その子の話を聞くのは構わないけど、場所を変えない？　ほら、服が濡れている者もいるし、次の予定もあるしね」

「なるほど。リオン様のご恩情に感服するばかりです。仰る通りに致しましょう」

というわけで、転生者確定の少女ミラベルと副団長だという女性を連れて、予約していた店に向かった。あえてあの場から連れ出したのだ。

無礼な態度とはいえ、少女の訴えには同情すべき点があった。このまま興行許可が下りなければ、路頭に迷いかねないのも事実で。果断に処罰するのは忍びない。モリ爺もそう思っていたはずだ。

なので、俺が温情を与えるという形で場を収めた。

連れ出した当初、ミラベルは不安そうな顔をしていた。ところが、メイソン王御用達だったという洒落(しゃれ)た菓子店に着くと、パッと目を輝かせ期待するように俺を見た。

それに鷹揚(おうよう)に頷(うなず)いてみせたら、俺に向かって合掌した。言葉にすれば「感謝!!」なのだろうけど、いかにも日本人らしいポーズだ。見た目がエルフなので違和感が半端ない。

そう。ミラベルは耳の先が尖っている。金色の髪に碧色(へきしょく)の虹彩。センターを張るだけあって大層な美貌で、容姿だけ見れば物語から抜け出てきたエルフそのもの。でも、この世界にエルフっていたかな？　違う種族の可能性もあるよね。

菓子店の上階にある半屋外のテラス席に座る。フロア貸し切りで、ミラベルたちと店員を除けば身内ばかりだ。

「メメント・モリモリのクレムを使った贅沢(ぜいたく)ユタージュでございます」

これが評判のお菓子か。金茶色(パリパリ)に焼き上げられた薄い生地。ぽてっと重そうなクリーム。その二つが交互に重ねられ、縞々(しましま)になっている。

「あっ、美味(うま)い」

鼻腔(びこう)にふわっと広がるのはバターの香りだ。口の中は濃厚なクリームで溢(あふ)れ、脳を占拠する圧倒的な刺激を送ってくる。一瞬でやられた。これは降参だ。バターとクリームには逆らえない。これってパイだね。異世界風ナポレオンパイ。

生地も美味(おい)しいがクリームがなんとも言えない。くっ、これがメメント・モリモリか。正確に言えば、その卵を使った橙色(だいだいいろ)のカスタードで、とろける・濃厚・ふくよかを全て備えた爆撃機だった。

さらに、継戦能力を高めるためか、パイ全体に黄金の蜜が回しがけされ、余白的なお皿の上には赤い果汁ソースが敷かれている。トッピングは、酸味があるベリーと搾った生クリーム、それに香ばしい木の実だ。味だけでなく彩りも素晴らしい。

「ほわぁぁぁぁ～美味しい。なにこれ。『この世界』にも、こんなお菓子があったんだ！」

モグモグと無言で食べていたミラベルが、感極まって声をあげた。

おいっ、転生者匂わせのセリフをやめろや。

「オルニストには、こういったお菓子はないの？」

「ないない。あの国は内乱続きで、庶民の生活はカツカツだもの。巡業舞踏団に入ったのは、踊りたかったのが第一だけど、外国に出られると聞いたからよ」

目論見(もくろみ)通り、甘いものを食べて気が緩んでいる。攻撃的な言動はすっかり鳴りを潜めて、近くにいるマイラとエマと和やかに談笑している。

双子姉妹は護身術の心得があり、軽い戦闘ができる侍女として育成中だ。同じテーブルで食べたかったけど、ダメって言われて、俺は少し離れた場所からミラベルを観察している。

あの喋(しゃべ)り方は杵坂(きねさか)じゃないな。

抗議をしているときは、遠慮ない物言いと強い眼差しに乾井(いぬい)かと思ったけど、こうしてリラックスした姿を見ると違う気がした。

残るは左坤か御子柴だ。この両者とは、それほど親しくなかったので、若干猫を被った姿しか知らない。だけど「踊りたかったのが第一」——この言葉が決め手になった。

最有力候補は御子柴だ。彼女は帰宅部だったけど、タレント養成所系列のダンススクールに通っていた。すらっとして姿勢が良く、所作が綺麗だという印象が強い。

他の三人の女子は国際交流部という、陽キャサークル的な部活に入っていた。募金活動やボランティアに始まり、パーティイベントの企画など、その活動は多岐にわたる。

「『ご馳走様』でした！」

「不思議な言葉ですけど、どういう意味ですか？」

だからそれ！　転生者であることを隠す気がないのか？

「素材となった動植物や作り手に対して感謝を表す言葉……だったかな？　言うのが習慣になっていて、日頃はいちいち意味を考えたりはしてないけどね」

「素敵な習慣ですね。それはオルニストの？」

「違うわ。あの国にはそんな余裕はなかった。ここでは、いつもこんなお菓子を食べてるの？」

「今日は特別です。リオン様のお供でなければ、お店の予約自体が取れませんから」

「あの男の子って、そんなに偉い人なの？」

「はい。いずれこの地を治める方です」

「それだけでなく、存在自体が尊いです」

「マジ？　だったら、さっき文句を言ったのってまずいよね？」

「リオン様は若年ですがとても聡明です。舞踏団の現状や困っている状況を伝えれば、無駄にはならないと思います」

「ただし、強引な発言や自分勝手な要望を押し付けるのはダメですよ？」

「そうね。誠意と謝罪、もし可能なら手を貸してもらえないか、お願いをしてみる！」

その後、舞踏団の処分は行政に任されることになったが、路頭に迷われても困るので、モリ爺になるべく救済してあげてと頼んでおいた。

「結局、舞踏団はどうなったの？」

「幸いにも街に被害は出ませんでしたが、火の魔道具は全面禁止ですね。グラス地方に滞在中は行政が預かります」

「そこは絶対に譲れないよね。でも、あの魔道具ってなんだったの？」

「今回の騒動は、我々にも意外なものでした。通常の魔道具は自然魔素を利用しています。あのように自ら魔素を作り出す魔道具は大層珍しく、少なくとも一般には売られていません」

「それをなぜ巡業舞踏団が持っていたのか分かった？」

「問い質したところ、巡業先の街で譲ってもらったそうです。それも、グラス地方で興行することを条件にです」

「えっ、それって……精霊暴走を企む誰かに利用されたってこと？」

「可能性はあります。従って、舞踏団をグラスブリッジに留め、領外からの接触がないか監視することにしました。キリアム家の後援を与えておけば、何か釣れるかもしれません」

「あっ、じゃあ興行はできるんだ？」

「はい。今頃は必死に新しい小道具や衣装、それに演出を考えているはずです。もし間に合えば、その最初の公演はリオン様の七歳を祝う場になります。よい余興になりそうです」

今日は朝から邸内がザワザワしている。使用人たちが、いつになく忙(せわ)しそうだ。

「リオン様。ご親族の方々が順次到着されています。全員が揃(そろ)った時点で、大広間でご対面いただくことになります」

「分かった。念のため、名簿を見直しておくよ」

慣例として、『授職式』と『顕盤の儀』は、キリアム一門の子供を一堂に集めて行われる。七歳を迎えた子供がいるのは、今年は十一家族。この数は例年よりも多いらしい。

来客予定者の名簿を開いて、上から順に再確認し始めた。まずはリハイド御三家と呼ばれる、分家の代表たる家から。彼らは、セカンドネームにハイドに次いで格式が高いリハイドを有している。

まずは、北部を治めるキャスパー家から。

『当主：アーサー　夫人：ブリジット　長男：アーチー　次男：アーロ　長女：エルシー』

儀式を受ける七歳児は次男のアーロ。リハイド御三家は、どの家も暗めの髪色なのが特徴で、典型的なキャスパー家の色は暗赤色(カシスレッド)。

次は、南部を治めるロイド家。領内で稲を生産していて、料理長を派遣してくれた。

『当主：サミュエル　夫人：アヴリル　長女：ミラ　次女：クレア　三女：シンシア』

三姉妹なんだね。七歳児は次女のクレアで髪色は濃灰色(グレイパール)。

最後は、モリス家だ。公爵家本家が治めるグラス地方中央部の代官をしている。

『当主：ネイサン　夫人：クリスティーナ　長男：ジャスパー　次男：ジェイク』

七歳児は長男のジャスパーで、髪色は濃紺色（ネイビーブルー）。モリ爺は前当主の弟で、現当主にとっては叔父（おじ）に当たるそうだ。

ちなみに、三人の乳母のうち、筆頭乳母のエヴァンス夫人がキャスパー家の出身で、オコナー夫人がロイド家から分かれたクラーク家の縁戚なのだそうだ。そして、傅役（もりやく）の爺がモリス家出身。

俺って、御三家の関係者に養育されていたんだね。とても大事にしてもらっているから、この人事に全く不満はない。だけど、リストを見て溜息（ためいき）が出そうになった。

一族の数が多いのだ。これで全部じゃないのに、近縁・遠縁合わせて十一家族。御三家だけで十四人、それ以外の分家が八家族三十八人も来ているから、合計五十二人。八家族のうちには、乳母たちが含まれている。

その来客全員の挨拶を受けなければならない。父親が来るのはまだ先なので、援護射撃は期待できない。それを知ってから必死で名簿を覚えた。


さて。いよいよ大広間に大集合だ。

入室は俺が最後なので、皆さん既にスタンバイ状態。内心はドキドキしながら、でもなるべく面（おもて）に出さないように、姿勢を正してゆっくりと入場した。

赤・灰・青・緑・その他。髪色の濃淡はあるが、血縁関係が分かりやすい。大人たちは縁戚関係が近いグループに分かれ、その前に小さな子供たちが落ち着かない様子で横一列に並んでいた。

——悲報。七歳児の中で俺が一番小柄に見える。あれって年長の兄弟姉妹じゃないよね？

「今年も授職式の季節がやって参りました。キリアム一族の子供たちが健やかに七歳を迎えられたことを、こうして一堂に会して祝い、歓談を楽しんでいただけたら幸いです」

開会の挨拶をしたのはモリス家当主のネイサンだ。この会の準備をしたのも彼。

すぐに家格が高い順に、家族単位での挨拶が始まった。

御三家のキャスパー家は、夫婦揃って美男美女だ。正統派の美形って感じで、二人とも映画スターみたいな華がある。

そして、彼らの三人の子供たちは、両親の遺伝子を如実に受け継いでいた。フォーマルな服装が似合う、目鼻立ちが整った美少年&美少女。家族写真を撮ったら美術館に飾れそう。

十歳だという長男のアーチーは、俺を見てちょっと目を瞠った後、卒なく挨拶を終えた。ところが、次男であるアーロの様子が変だ。

「アーロと申します。本日はお……おっ……お前なんて認めない！　……で、でも、こんなに光って。凄くて。なら、エルシーは……いなくなっちゃう？　そんなのやだ！」

彼は挨拶もそこそこに、顔をくしゃっと歪めて泣き出してしまった。

「アーロ！　なんだその態度は。リオン様に失礼じゃないか。申し訳ありません。この子は、こういった場が初めてで、気が昂ってしまったようです。アーロ、こちらへ来なさい」

「大変失礼致しました。後ほど言って聞かせます」

アーロ君は父親に引きずられて退場になった。そして、兄が泣いているのもどこ吹く風で、俺の目の前に来て首を傾げているのは、三人目の子供であるエルシーだ。

ひとつ年下らしいけど、目線はほぼ同じ高さ。……嘘です。たぶん、エルシーのがちょっとだけ高い。でも、見下ろされるほどじゃないから！

エルシーは無言のまま、右に傾けていた首を、今度は左にコテっと傾けた。仕草はとても可愛いらしい。だけど、視線がずっと俺の上半身に固定されているので、妙に落ち着かない。

なんでそんなにマジマジと見るの？

「……ない。どこにあるの？」

「えっと、なにが？」

「すっごい精霊紋」

「精霊紋ならこのあたりだけど、それがどうかした？」

俺が左の肩峰（けんぽう）を中心に大きく円を描くと、大胆にもペタペタ触ってくる。

「キラキラを『視（み）たい』のに、エルには無理なのかなぁ」

えっと。どう答えたらいいだろう？　盟約があれば『視える』。ない場合は、精霊との親和性が高ければ『視える』こともある。君にはどっちもなさそうだね、なんて言えるわけがない。

「エルシー、リオン様を困らせてはダメよ。残念だけど、女の子は『視る』ことが難しいの。そう言ったでしょ」

「良い職業をもらえたら『視える』ようになる？」

「どうかしら？　さあ、ちゃんとご挨拶して」

母親に促されて、エルシーが改めて綺麗なお辞儀をした。

「エルシーと申します。リオン様にお会いできて光栄です。……これでお終（しま）い？」

「まだ続きがあるでしょ！」

「あっ、そうだ！　草板を持ってきたの。一緒にやるなら、エルは得意だから教えてあげる」

草板？　よく分からないけど、遊びに誘ってくれたのかな？

「そうなんだ。じゃあ、今度よろしくね」

次に挨拶に来たロイド家の子供は全員女の子だ。

「ミラと申します。お会いできる日をずっと楽しみにしていました。年上ですが二歳しか違わないので、仲良くしてくださると嬉しいです」

二歳違いってことは九歳か。清楚で慎ましい印象のせいか、もっと大人びて見える。

「クレアと申します。リオン様は南部の文化にご興味をお持ちだと伺いました。知っていただきたいことが沢山あるので、話しかけてもいいですか？」

「もちろんいいよ。いくらでも機会はありそうだしね」

クレアは最初に俺の目をじっと見つめてきたと思ったら、花が咲いたように微笑んだ。「えくぼが可愛い子」という意味が、異世界に来て初めて分かった気がする。末娘のシンシアは、まだ二歳だから今日は顔見世だけで終わった。

ふう。ベルトコンベアー式に受け答えして、早くも疲れてきた。今日は名前と顔を一致させるのが目的だから仕方ないか。

さて。御三家最後のモリス家の子供は男子二人だ。

長男のジャスパーは、最初は呆けた顔で俺を見ていたが、父親に促されてハッとしたように挨拶を始めた。

「申しわけありません。美しさに言葉が出ませんでした。ジャスパーと申します。一刻も早くリオン様のお役に立てるよう、誠心誠意、努力して参ります。お見知り置きいただけたら幸いです」

えっ!? 美しさ? ちょっと言葉が変だけど、礼儀作法は完璧で俺への好意も感じる。そして、控え目な感じで俺を見る目が、やけにキラキラしていた。

「リオン様。どうやらジャスパーには、精霊紋がはっきりと見えているようです。本人が強く希望しておりますので、お眼鏡にかなうようでしたら、いずれ側仕え(そばづか)としてお目見えさせていただきたいと存じます」

モリ爺の説明に、ジャスパーの態度が腑(ふ)に落ちた。なるほど、俺の側近候補なのか。おそらく将来は本邸の家宰として、キリアム公爵家の内政を取り仕切るに違いない。彼の父親のネイサンのようにね。

「ジェイクです。おねがいします」

次男のジェイクは、挨拶するとすぐに、兄の背後に隠れてしまった。両親と兄は恐縮していたが、四歳の男の子なら挨拶できただけで上出来だと思う。

分家の当主夫妻が揃って若いのは、本家に合わせて代替わりしたからだ。子供たちの年齢からすると、子供を作るタイミングも計算してそうだ。

そんな風に、概ね(おおむ)友好的に御三家との対面が終わった。


次は、序列的に乳母たちの家族だ。

筆頭乳母のエヴァンス夫人には、息子が一人いる。本来なら乳兄弟として育っていたはずだが、実際にはそうはならなかった。生後半年の息子を家に置いて、母親のエヴァンス夫人だけが、俺に付いて湖上屋敷に移り住んでしまったからだ。

「お前なんて嫌いだ」

だから、赤毛の少年に睨まれて、面と向かってそう言われても、全く怒る気にはならなかった。あれだけ情が深い女性だもの。自分の子が可愛くないわけがない。もしそばにいたら、沢山の愛情を注いだはずだ。

仕事とはいえ、彼から母親を取り上げてしまった。それを知った時、申し訳ないと思う気持ちが湧いた。かといって、立場上、謝るわけにもいかない。だから、偽善的なのは分かっていても、ゴメンネって心の中で呟くしかなかった。

慌てたのはエヴァンス夫妻だ。彼らが俺に謝罪をしている間も、益々興奮して「嫌いだ、嫌いだ！」と繰り返すハーヴィを連れて、部屋から退出してしまった。

周囲の大人たちは、苦笑したり、呆れたような雰囲気だったりで、どうしたものかと思案していたら、残り二人の乳母のオコナー家とウッド家が、二家族連れ立って挨拶にやってきた。

この両家は共に武官だ。ウッド家が湖上屋敷に移るまでは、母親不在の家庭同士で日頃から交流があり、子供たちも仲が良かったらしい。

「ヘザーと申します。リオン様や将来の奥方様をお守りできるように精進致します」

「ジーンと申します。わたしも姉と共にリオン様の盾となれるよう励みます」

目の醒めるような橙色の髪を編み込み、キリッした表情で挨拶したのは、オコナー家の姉妹だ。二人とも騎士を目指しているらしい。次女のジーンが俺と同い年になるが、七歳とは思えない凛々しさである。物理攻撃だけで戦ったら秒で負けるかも。

そして、ウッド家だ。

「リオン様、先日はありがとうございました」

「夢に見るくらい美味しかったです」

「喜んでくれてよかった。また行こうね」

「ヘザーとジーンが盾なら、俺は槍も磨いてご主君を守りたいです！」

「ルイス！　会えて嬉しいよ。ちょっと見ない間に日に焼けた？」

「基礎体力をつけろと毎日走らされているから……あっ、いますから。あいつらには負けません！

特にジーンには」

ルイスはオコナー姉妹にライバル心を燃やしているようだ。ガンを飛ばすのはやめようね。

「ルイス、喧嘩腰はダメよ！」

「そうよ。ヘザーも、ジーンも、リオン様をお守りする仲間でしょ」

「外に出て競争する？　また私が勝つけど」

「今はそうだけど、すぐに追い抜いてやる」

あっ、もしかしてマラソン仲間なのか。切磋琢磨する相手がいるっていいよね。

「あの二人、いつもこんな感じなの？」

一人傍観しているヘザーに尋ねると、こんな返事が返ってきた。

「そうですね。なにかにつけて競争しています。まあ、最後に勝つのは私ですが」

「そっか。みんな凄いね」

脳筋ってこうして作られていくのか。まあ、将来の護衛騎士だと思えば頼もしいことこの上ない。

正面舞台では、異国風の衣装を着た舞踏団が華やかな舞いを披露している。ベルファスト王国の辺境に位置するグラス地方では、めったにお目にかかれない珍しい演舞だ。

しかし、その見ごたえのある舞台に夢中なのは、子供たちだけであった。

周囲の大人たちは、別の場所に熱い視線を送っている。彼らの注目を一身に集めていたのは、客席の最前列中央に座る少年（リオン）だった。本日の主役である七歳児のひとりで、彼らにとっては不世出の特別な存在でもある。

初対面の挨拶時は、期待に胸が震える一方で、不躾（ぶしつけ）にジロジロ見るわけにはいかなかった。目前の子供は、最上に尊い証（あかし）を持っているだけでなく、将来の主君となるのは確実なのだから。従って、彼らは滾（たぎ）る欲求を抑え込み、不自然でないタイミングで観察できる機会を待つしかなかった。

そして今、彼らの意を汲（く）むかのように、演舞場に場所を移しての余興が催されている。

この絶好の機を逃すまいと、少年をガン見している大人たちがいた。『視（み）えるはず』『視えたらいいな』『どうにかして視えないものか』。それはもはや、神々に捧（ささ）げる祈りに近かった。

「本家のリオン様に精霊紋が現れた」

三年前にもたらされた一報は、主要なキリアム一族に大いに衝撃を与えた。生存すら危ぶまれていたのに、一転して『精霊の愛（いと）し子』という得難（がた）い主君を頂く未来が拓（ひら）かれた。

「精霊紋を確認したのはモリス家のグレイソンだが、フォレスター家、ファウラー家、ウォード家、エヴァンス家の細君にも精霊光が『視えた』らしい」

この続報で、彼らはさらに目の色を変えた。

リオンの精霊紋は、極めて強い精霊光を放っている。それ故に、御三家に近しい者だけでなく、遠縁の武官にも『視る』ことができた。だったら自分もと。

キリアムの血縁者が期待するのは当然で、我も我もとリオンへの面談希望が相次いだ。

精霊との親和性は実益を伴う。また、その資質は子孫に受け継がれる傾向が高かった。従って、精霊に由来する光を視ることができるか否かは、明快な指標であると同時に、一族内での立ち位置にまで影響を及ぼした。婚姻や就業まで左右するほどに。

残念ながら、病弱を理由に湖上屋敷での面会許可は下りず、彼らにとって精霊紋は近くて遠い存在になっていた。

それが三年間待って、ようやくお目通りが叶うのだ。

果たして『視える』か『視えない』か。彼らの最大の関心事に、明確な答えが与えられた。

生まれて初めて『視る』精霊光に興奮する者。なぜ自分には『視えない』のかと悲嘆にくれる者。彼ら自身がリトマス試験紙になったかのように、それぞれが一喜一憂し、明暗が分かれた。

大人による確認がひと通り終われば、今度は子供の素質へと関心が移った。

精霊への親和性には男女差があり、男性が女性より高い傾向がある。従って、もし女性で精霊光を『視る』ことできれば、一族内での縁談は引く手数多になるのは確実で、本家との縁組すら叶う可能性があった。

親たちは、万が一の可能性をかけて娘たちに囁いた。

「リオン様のお首のあたりになにか『視える』？」

そして、御三家や乳母を務めた家――いわゆる主家の近縁に当たる家の様子をも窺(うかが)っていた。どうやら、御三家の年齢が近しい令嬢たちは違うようだ、乳母の子供たちもハズレだろう。そんな風に、答え合わせをしていたのだ。

「もう一度、よく見てご覧なさい。『視える』かもしれないわ」

遠縁の子供たちは、リオンを遠巻きに見る位置にいたが、何度も親から確認をされていた。

子供よりテンションが高い大人によって、余興会場には常にない熱気がこもり、静かなのに雄弁な空気が流れていた。

「ねえ、モリス。さっきから、凄(すご)く視線を感じるんだけど、なんで？」

「尊き精霊紋をひと目『視たい』と、期待している者が多いのです」

「そうなんだ。なら、わりと好意的な視線ってことかな？」

「もちろんです。皆がリオン様にお目見えしたいと望んで、やっと面会が叶ったのですから。少々煩わしいと思いますが、どうかご容赦ください」

「まあ、そういう理由なら仕方ないね」

リオン少年は気づいていなかった。噴水広場で精霊暴走を収めた一件が、キリアム一族はもとより、城下町で大層な噂(うわさ)になっていることを。

キリアム家の次期後継者に対する評価は、本人の預かり知らぬところで、底辺から天井へと一気に駆け上っていた。

§ 奉職神殿

親族の子供たちと馬車で奉職神殿に向かう。同乗者は子供だけ。果たして、どうなることやら。

「華やかな馬車だね。このあいだ乗ったのと随分違う」

「先日の『神殿詣』は私的な訪問であり、ああいった馬車を仕立てることが可能でした。しかし、今回は公式な行事です。街路を走る以上、序列を示す必要があります」

「序列って？」

「この場合は優先順位です。互いに不本意となる事故を避けるため、身分を明らかにして道を空けさせる。上に立つ者には、そういった配慮が必要です」

大勢の人や馬車、荷車などが行き交う街路では、不幸にも接触事故や衝突事故が起こることがある。その際に罰せられるのは、きまって、より社会的な立場が弱い方だ。封建的な身分制度がある以上、このルールは覆らない。

だからといって、強者が弱者を身勝手に踏み躙(にじ)っていいわけではない。上の立場の者には、事故を未然に防ぐ配慮が要求される。

従って、公式行事では、高位者になるほど赤裸々に身分を明らかにする。お偉いさんの団体が通るから避けてねと、周知するために。

もちろん、貴族としての体面を保ち、どこの貴族家か明らかにする意味合いもある。公式行事用の馬車は、高い技術とそれに見合うお金が使われていた。

馬車の外装は、艶めいた黒い塗装に青白い銀の装飾が施され、四つの大きな車輪は、放射状に伸びる輻の部分が、目の覚めるような瑠璃の青だ。

扉に輝く大きな紋章は、キリアム公爵家を表す『九首水蛇』。九本の長い首をうねらせる銀の巨蛇が、湖面に映る月を抱いている。その意匠の浮き彫りが、睥睨するような威圧感を放っていた。

キャビンの外側、前方の高い位置にある御者席に、二頭の鎧馬を操る御者が一人。後方の外装シートに、従僕が二人立っている。

御者と従僕の衣装や、御者席を飾るハンマークロス、鎧馬の装飾に至るまで、色や意匠が青・黒・銀で統一されている。また、銀糸の刺繍や派手な房飾りによる装飾は、豪奢な印象を与えると共に、多ければ多いほど身分の高さを表すらしい。

そして、ここグラスブリッジでは、『九首水蛇』の紋章があれば、最優先で道を譲られる。

品格がある美麗な馬車なんだけど、馬体が大きい鎧馬が引いているから、冥府の住人が乗っていても不思議ではない雰囲気を醸していた。

一方の客席部分はというと、座席は向かい合わせのソファタイプでゆったりしていて、大人なら定員は四人だ。

で、なんでこうなった？

最初に予定していた同乗者は、モリス家の兄弟、ジャスパーとジェイクの二人だった。側近候補のジャスパーはともかく、なぜジェイクが？　と疑問に思い、モリ爺に理由を尋ねた。

「率直に申し上げると誘拐対策です。親戚の子供たちの中で、今現在、背格好や髪色が最もリオン様に似ているのがジェイクだったからです」

ジャスパーとジェイクの兄弟は共に濃紺の髪色をしている。この世界は前世ほど照明設備が発達していないから、夜間なら黒髪に見える。

そして髪色は、誘拐犯が獲物を狙う際の目印になりやすい。実際に本邸では「黒髪の小柄な男子」と伝えるだけで、俺だと特定できてしまうらしい。

「それって影武者ってこと？」

「いえ、そこまでの扱いは致しません。あくまで、移動時の危険を分散するための一時的措置です」

影武者未満だけど囮にはなりうる。俺の代わりに危険な目に遭うかもしれない。そういった役柄をジェイクが？

「まだ四歳なのに？」

「代々モリス家が担ってきた役目です。リオン様が気にされる必要はありません」

「キリアム家の子供って、そこまで狙われるの？」

「いつの時代も、邪な心を持つ者はいます。精霊との盟約の本質を理解せず、安易に悪事を企む者が多いのです」

「じゃあ、なぜ今なの？　グラスブリッジに転居したから？」

湖上屋敷は立地が特殊な上に、肝心の俺が屋敷の外へは出なかった。ほぼ人目に触れることがなかったから、外部の人間にとっては、存在自体が疑わしかったはずだ。でも今は。

「それは理由の一端に過ぎません。主な理由は『顕盤の儀』の後に、キリアム公爵家の後継者を、正式に王家へ通達するからです。それは即ち、ベルファスト王国の全貴族家に知れ渡ることを意味します」

「それだと、誘拐を企む者がベルファスト貴族みたいに聞こえる」

「過去の事例をもってすれば、最大の警戒対象は彼らです」

「そうなの!?」

キリアム家の後継者は当主に相応しい盟約を所有している。それが世間の認識であり、事実でもある。そして、精霊の恵みは大地を潤し豊穣を約束する。言い換えれば、攫って生かしておくだけで効果がある農業チートだ。

そんな特殊能力を持つ相手が非力な子供なら――奪ってしまえばいい。そう考える者が、ときに湧いて出てくるらしい。

もし領外に連れ去られたら、通信手段に乏しいこの世界では、誰も行方を追うことができない。まず間違いなく、どこかに軟禁されて一生を終えることになる。

そんなわけで、互いの存在に慣れる目的もあって、モリス家の兄弟が俺と同乗することに決まった。そしたら、別の方面から待ったがかかった。

「席に余裕があるなら、モリス家だけでなく他家の子供も乗せたらどうだ？」

「御両家のお子様全員は無理です。乗れても数人が限度かと」

「では、キャスパー家は、年が近いアーロとエルシーにしよう。貴様の家はどうする？」

「ロイド家も同じ理由でミラとクレアです」

「これで仲良く二人ずつだ。よい塩梅じゃないか」

物申してきたのは御三家のうちの残る二家だった。結局、七人が同じ馬車に乗ることになった。下は四歳から上は九歳まで。スペース的にはなんとかなる。問題は配置だ。

俺の席は進行方向に顔が向く側の中央に確定。その両隣に一人ずつ。向かい側に四人詰め込む形になる。

「ジェイク。リオン様の右、扉側に座って」

「兄様は？」

「僕はジェイクの前に座る」

「なんで？　兄様の隣がいい」

モリス家はこんな感じで。

「じゃあ、エルがリオン様の左に座ってあげる！」

「ダ、ダメ。エルシーはダメ！　そこに座っちゃダメだから」

「なんで？」

「だって。だって、エルシーはいつも僕の隣に……」

「エルは一人で座れるのに、いつもアーロがくっついてくる」

「エルシー、酷いよ！　生まれたときから一緒だったのに！」

「それは年子だから」

キャスパー家も兄妹の意見が合わず決まらない。

「リオン様、お隣よろしいですか？」

「うん、どうぞ座って」

クレアが魅力的なエクボを浮かべながら、ふんわり俺の隣に腰かけた。

「あっ、そこはエルの！」

「それなら、私はクレアの向かいにするわ」

これで奥側の席が決まった。ロイド家の姉妹は、話し方も立ち居振る舞いも一見おっとりしているのに、決断と行動は早かった。

「いい子だ、ジェイク。さあ、そこに座って」

どうやらモリス家は話がついたようで、ジェイクが壁に張り付くようにして俺の右に座り、ジャスパーがその正面に腰かけた。

残るは向かい席中央、正面だけだ。こうなると、どちらもたいした差がないので、ミラの隣にエルシーが、ジャスパーの隣にアーロが座ることになった。

外から扉を閉める際に、馬車の中に向かって風が吹き込んだ。

「えっ、なに今の……？　なんか変な感じがした」

アーロが一瞬身を竦めると、不思議そうな顔でキョロキョロと車内を見回す。

なるほど、これは一目瞭然だ。アーロは初対面のときも妙な言動をしていた。ジャスパーも気づいている。その一方で、女の子たちとジェイクは反応している様子はない。

扉が閉まり、馬車が動き出した。付き添いの大人たちや、他の子供たちも、順次馬車に乗って移動し始めるはずだ。この際だから、彼らに紹介しておくか。

「変な感じがしたのは、風の小精霊が入ってきたからだよ」

そう言うと、彼らは一斉にキョロキョロし始めた。

「えっ⁉　馬車の中に？」

「どこにいるの？」

「えっと、この辺り。バレンフィールドからついてきた子で、フェーンっていうんだ」

「リオン様が名付けを？　契約精霊なのですか⁉」

フェーンの名前を教えたら、ジャスパーが驚いて確認してきた。

「うん。情熱的な子だから『熱風』っていう意味を込めた」

「これほどの水の精霊紋があるのに、風の小精霊にも愛されるなんて」

「小精霊なら小さな精霊紋？」

俺が「この辺り」と言った中空をジーッと見つめながら、エルシーが聞いてきた。

「まだ『存在』が小さいから精霊紋はないよ。精霊としての格からいって精霊紋を刻む理由がないからね」

精霊紋には世界を繋ぐ碇としての役割がある。将来的には分からないが、今のフェーンにとっては負担にしかならない。

「大きな精霊と小さな精霊……二股？」

こらこら、エルシー。六歳児がなぜそんな言葉を知っている⁉

「精霊と盟約者の関係には様々な形があるからね。二股とは言わないんじゃないかな？」

念のため否定しておく。精霊は嫉妬深いと言われているが、俺と水精王様の盟約は恋愛抜きだ。庇護愛や親愛。そういった類いだと思うんだよね。

「ねえ、せっかく同じ馬車に乗っているのよ。リオン様に私たちのことを知っていただくような話をしない？」

うん、賛成。話が変な方向に行きそうなのを察したのか、クレアがストレートに切り込んできてくれた。この子、空気が読める？

「私たちのこと？」

「そう。好きなものや、憧れ。日々どんな暮らしをしているか。あるいは生まれ育った場所の特色でもいいわ」

「北部はなんでも大きい。馬も魔獣も」

「あら。南部にも大きな魔獣はいるわよ。たとえば……ナーギ魚とか。リオン様はナーギ魚を直に御覧になりましたよね？　いかがでした？」

「確かに大きかった。あれで三年ものなんだよね？　それに『ウ』料理は凄く美味しかった」

「でも、南部料理じゃ全然足りないって、お母様が言ってた。栄養たっぷりの北部の料理も紹介するって」

「北部料理って、たとえば？　ゲゲント・モリモリとか？　卵は栄養価が高いと聞いているけど、要は鳥肉でしょ？」

「ゲゲントの段瀑蒸しは、筋肉を作るには最高だって叔父様が言ってた！　それに滋養をつけるなら、ゲス・エグィス・マズィナを探すって」

なんか凄い響きの名前が出てきたぞ。いったいどんな滋養だよ!?

「北部料理といえば、ヤクタ・ターズナ・チュボスの火刑肉球も有名ですよね」

北部VS南部。舌戦の気配が漂う中、勇者ジャスパーが参戦した。さりげなく話題を広げているから、俺へのレスキューなのかもしれない。

それにしても。貢ぎ物？　あるいは餌付け？　変わった響きの名称ばかりで、どんな食材なのか想像もつかないや。

まだまだ学習が追いついていない。グラス地方は南北に広く多様性に富んでいる。いずれは、そこを治めることになるんだけどね。様々な思惑による結婚も提案されるに違いない。

俺の遺伝子の半分は、グラス地方とは無縁の母親から来ている。従って、この場にいる誰よりもキリアム家の血は薄い。ところが、初代ルーカス卿をはじめ、力の強い当主が持っていた精霊紋が出たことで、俺個人の価値が爆上げされた。

その一方で、いまだに影が薄い俺の両親。分家の大人たちは、『授職式』という子供の節目に家族で参列する。なのに俺の両親は不参加で、誰もそのことに異論を挟まない。つまり、いなくても構わないってことだ。

両親の結婚は望まれたものではなかった？　血族結婚が多いというこの地で、遠隔地のスピニング伯爵家から嫁を迎えた父親と、病弱な長男に会いにすら来ない母親。顔も知らない弟妹。なんか複雑すぎる。

前世は至って平凡な家庭に育った。両親と祖母と姉と妹がいて、改めて確認しなくても、愛情に満たされた生活だった。今にして思えば、凄く恵まれていたのが分かる。無条件で愛された記憶。それがあるから、今の状況でも冷静でいられる。

愛情どころか、家族との触れ合いにすら縁遠いリオン。ずっとこのままなのかな？　自分ではど

うしようもないことだけど、依然変わらない状況が、もどかしかった。


さて。奉職神殿に着いた。ナーバスな思考はいったんリセットだ。

神殿前広場で馬車から降りて、家族単位で固まった。俺は付き添い人のモリ爺と一緒だ。『授職式』は一度に参加する人数が多いから、個室ではなく主拝殿で行われる。

主拝殿は神像を収めた巨大な立方体の建物に、参拝客用の建物を繋げた形をしていた。爺と一緒に長椅子に腰かけ、まずは正面上方にある天井を見上げた。

見事な薔薇窓が嵌め込まれている。精緻な模様を描くそれは、窓のひとつひとつに意味があり、様々な職業を表しているらしい。

その薔薇窓の真下には、大きな職神の立像が据えられている。おそらく十メートル近くありそうだ。職神は職業三神とも呼ばれていて、三柱が背中合わせにくっついた一体の立像の形をしていた。正面が鳥頭の男神、向かって右に顔があるのが、鮫のような上半身の性別不明の神、そして反対側には、豹頭の女神の姿が。

「【職業】は、神々から与えられる公職です。私たち人間は、職業と共に様々な優れた能力を授けられます。神々が作られた職業の数は、数え切れないほどあります。いまだに詳細が不明なものもあり、果たして全部でいくつあるのか？　その全体像は計り知れません」

式の冒頭は説法から始まった。子供が聞くには難しい。もっと噛み砕いて話せばいいのに。

「どのような職業を授かるかは、神々が公平に判断してくださいます。しかし、職神はこうも仰っています。『職業に甘んじることなく、能力を糧にして邁進せよ』と。要は何を授かったかではなく、手に入れた能力をどう使うか、また、どう伸ばしていくかであり、それは我々自身で考え、努力していかなければなりません」

……いや、この内容からすると、同席している親向けの話なのか？

最も適性がある職業を授かると言われている。しかし、それが必ずしも、当人や親が望むものとは限らない。多くの場合、失望するのは誰か？　おそらく子供自身ではなく、親なのだろう。職業で全てが決まるわけではない。この神官は、切にそう伝えようとしている気がした。

「飛神アリゥス、蹴神パルドゥス、游神ストリークゥスにお願い申し上げます。今日ここに集いし幼子に、等しく祝福を授けたまえ」

長い説法が終わり、説法台が片付けられると、立像の足元が見通せるようになった。像の前に子供の背丈ほどの柱がある。方尖柱、いわゆるオベリスクに形が似ている。柱自体は透明だったが、先端部分の四角錐が、天井のステンドグラスを映したように、赤や青を交えた光を放っていた。

その柱の前に、順番に一人一人呼ばれるらしい。

「名前を呼ばれたら、この柱の前に立ち、合図があるまで両手で先端を軽く握ってください」

呼ばれる順番は、分家の人たちが先で、続いて御三家、最後が俺になる。

ほぼ同じ間隔で、次々とテンポ良く名前が呼ばれていく。終わった者は別室で『顕盤の儀』を受けるので、家族と一緒に退室していった。

あっという間に俺の番がやってきた。少し緊張しながら前に進み、両手を先端にのせた。ところが、いつまで経っても合図が来ない。まだ手を放しちゃダメ？

チラッと合図係の神官を見るが、しっかり触っていろとジェスチャーをされた。

《神々が協議中です。マスターに関わりのある神が多いため、イレギュラー対応になります。授けるべき職業について、意見が割れているようです》

またもや協議中か。『神殿詣』に続いて二度目だ。

仕方なく、そのままじっと待った。合図係の神官さんの、まだだよジェスチャーが繰り返されるが、なんか居た堪（いたたま）れない。悪党や奇天烈（きてれつ）な職業でなければ、もはや何でもいい気がしてきた。

ちなみに何が問題なの？

《現在候補として挙がっている、適性がある職業は五つです。そのうち、どれが最も相応しいか決めかねているそうです》

その候補って教えてもらえたりは？

《以下の五つになります。

・虫使い（インセクトマスター）
・先見者（シアー）
・門番（ゲートキーパー）
・隠者（ハーミット）
・地図職人（マッパー）》

なんか見事にバラバラだ。でも、地図職人（マッパー）いいじゃん！　趣味と実益を兼ねられるよ。

《地図職人（マッパー）が外され、候補が残り四つに絞られました》

えーっ！　なんで？　マッピングは結構好きなんだ。あの中では一番いいと思ったのに。

《今のままのが面白……適性が少し足りなかったようです。続いて隠者（ハーミット）も、隠れ住んでいた経緯が

虚弱で強制的だったという点を突かれ、少し根拠が弱いと外されました》
なら、残りは三つだ。どれになるんだろう？
《協議が終了しました。最終候補の三つは、いずれも既得能力との重複が多く、再編という形で全て組み込んでくださるそうです》
それなら地図職人（マッパー）が欲しい。交換ってできないの？
《終了案件として提案は却下されました》
そんなぁ。気前がいいのか渋いのか。残念。グッバイ地図職人（マッパー）。
マッピング画は、現状のまま自己満足止まりか。まあいいや。紙も絵具も追加で沢山買ってもらえた。だから、いつでも気ままに描ける。
拠点をグラスブリッジに移したから【感覚同期】が及ぶ範囲が変わっている。これで新しいエリアに行ける……といっても、諸々（もろもろ）の儀式が終わったらだね。

またしても、長々と時間がかかってしまった。

他の子供よりだいぶ遅れて、『顕盤の儀』を受ける部屋に移動する。今度はさすがに個室みたいだ。一応は個人情報保護的な配慮をしてそうだ。

「付き添いの方は、このまま通路を真っすぐ進んで、突き当たり奥にある待合室でお待ちください」

部屋の前で爺と分かれて一人、中へ入った。

室内には神官が二人いた。一人は正面にある石柱の脇に立ち、もう一人は、その向かって右隣にある長机の向こう側に立っている。

「この台座に顕盤が置かれています。台座の前までお進みください」

手招きされて石柱に近づいた。

丸い凹みのある石の台座と、そこにぴったり嵌め込まれた金属製の装置が見える。

「これが顕盤ですか？」

「そうです。正確には、その金色の円盤が顕盤です」

近くで見た装置は、直径が二十センチくらいの地球ゴマといった見た目だ。

微妙に大きさが異なる銀色の円環。それが二つあり直角に重なっている。

外側の円環の中に、ひと回り直径が小さな金色の円盤があって、円盤の中心と内側の円環の両方を透明な心棒が貫通していた。

「顕盤を台座に置いたまま、左右に飛び出している棒を、両手でしっかりと掴んでください」

言われた通り、台座から拳ひとつ分ほど飛び出している棒を握りしめた。その瞬間、手に微量な魔力が流れ、身体を一周して棒に戻っていった。

魔力を使ってサーチされた感じ？　これって魔道具の一種なのかな？

「まず、右手だけ棒から離します。次に、左手は棒を握ったまま、外側へゆっくりと引いて、円盤から棒を抜き去ります」

言われた通りに棒を引き抜くと、顕盤が円環と共に回転し始めた。

二つの円環とひとつの円盤は、台座の凹みの中で不規則に回転していたが、円盤を水平に保つ位置でその動きをピタッと止めた。

「これで顕盤に結果が記録されているはずです。その記録を転写板に写し取ります」

神官が白い手袋を嵌めた手で、上から銀色の円環を掴んで持ち上げた。すると、金色の円盤がその周囲の円環ごと、くす玉のようにパカッと二枚に割れた。

台座に残った方の円盤と、持ち上げた方の円盤とを共に見れば、鏡合わせのように文字が浮き出ている。

「どちらの円盤にも、同じ内容が記されていますが、こちらを記録用に用います」

たとえるなら大きな印章。つまり、判子(はんこ)みたいだった。

隣の机に置かれた四角い黒い板に、持ち上げた円盤をのせると、円盤がピカッと光った。

神官が円盤を台座に戻す間に、もう一人の神官から説明を受ける。

「お名前をご確認ください」

黒い板に、金色の文字が浮かんでいる。

個体名：リオン・ハイド・ラ・バレンフィールド・キリアム
年齢：7歳
種族：〆Ψ
職業：【理皇(りおう)】【門番(ゲートキーパー)】
盟約：【精霊の鍾愛(しょうあい)】
精霊紋：【水精王】
加護：織神(しきしん)【糸詠(いとよみ)＋】
加護：嚮導神(きょうどうしん)【悉伽羅(シュリガーラ)】

「はい。確かに自分の名前です」

「では、この結果を記録紙に転写します。転写前後の内容に相違がないか、ご確認ください」

顕盤と記録紙の記載を見比べて、同じ内容であることを確かめた。

「大丈夫です。間違いはありません。あの、ひとつ質問してもよろしいですか？」

ずっと気になっていたことを、思い切って聞いてみようと思った。

「はい。私に答えられることでしたら」

神官さんの表情が、ちょっと緊張して見える。質問慣れしてないのかな？

「ここの種族のところには、なんと書いてあるのですか？」

「ああ、これですか。私も実物は初めて見ました。記録上では、人並み外れた加護に恵まれた者に表れる印とされています。神々に愛されている証です。おめでとうございます」

「あ、ありがとうございます」

よかった。文字化けが神殿的にはアリで。本当によかった。異端認定とかされなくて。

「お疲れ様でした。こちらの台紙に挟んでお持ち帰りください」

貴族用なのだろう。箔押しで飾り模様が入った台紙を渡されたので、転写した紙をそっと挟んだ。

これでおしまい？

爺や他の皆が待つ待合室に向かいながら、先ほど見た結果を思い浮かべる。

名前、年齢、そして一番心配していた種族は、とりあえず大丈夫だった。

盟約と精霊紋は、ちょっとした騒ぎになりそうだけど、ある程度は予想されているはずだ。

だから、問題は二つの職業と二つの加護になる。通常の倍。珍しい加護であることを考慮すれば、それ以上か。これが、大人たちからどういった反応を引き出すか？

それと、あれっ？　と疑問に思ったことがある。みんなと合流する前に、チラッと確認するか。

さっきの『授職式』で、職業を三つ分もらえたはずだ。【門番（ゲートキーパー）】はあった。しかし、【虫使い（インセクトマスター）】と【先見者（シアー）】は、どこに消えてしまったのだろう？

アイ、生体サーチをお願い。

《了解です》

リオン・ハイド・ラ・バレンフィールド・キリアム

年齢	７歳
種族	〆Ψ
肉体強度	体力中等度
一般能力	痛覚制御／精神耐性＋＋／飢餓耐性／不眠耐性／速読／礼儀作法／写し絵
特典	自己開発指南
転生職	**理皇**
固有能力	究竟の理律
理律	理壱／理弐／理参／（理肆）
派生能力	魔眼＋＋＋／超鋭敏／並列思考／感覚同期／倒懸鏤刻／蟲使いθ／並列起動／幽体分離／俯瞰投影
職業	**門番θ**
固有能力	施錠／開錠／哨戒／誰何
盟約	**精霊の鍾愛**
精霊紋	水精王／精霊召喚（封印中）
固有能力	精霊感応＋／愛され体質
派生能力	指揮／水精揺籃／甘露
加護	**織神【糸詠＋】**
固有能力	織神の栄光／枢蛇／蚕蛛／明晰翅
派生能力	万死一生／先見者θ
加護	**嚮導神【悉伽羅】**
固有能力	裂空／幽遊
備考	
転生／前世記憶	

時間がないから、どこがどう変わったのか説明してくれる？

《新たに職業の項目が増え【門番θ（ゲートキーパーシータ）】とその固有能力が追加されています。【虫使い（インセクトマスター）】が【理皇】の派生能力に組み込まれ、【式使い】と統合されて【蟲使い（むし）θ】に変化しています。また、【先見者（シアー）】

が織神（しきしん）【糸詠＋】の派生能力に組み込まれ、【先見者θ（シアー）】に変化しています。以上です》
ありがとう。消えた二つの職業は、既存の職業や加護の派生能力に組み込まれていた。そういえば、既得能力と重複するから再編すると言っていた。θ記号のやつが再編を受けたものらしい。
【門番θ（ゲートキーパー）】にあるθ記号や、新たに組み込まれた能力は、幸いにも顕盤には表示されなかった。
それにしても、俺みたいな子供が門番（ゲートキーパー）だって。十分な適性があるはずで、将来は「グラスブリッジへようこそ！」が似合う屈強な男になれるかも！　そうなればいいなぁ。

§　キリアム家の歴史　6th−10th　アレクサンダー

節目の儀式を受け終わり、グラスブリッジに残ったのは、御三家と、この街に住居がある乳母たちの家族だけになった。

彼ら親族は、俺に対して友好的な態度を隠さない。

一方で、俺の母親に関しては、まるで存在しないかのように振る舞う。不自然なほど、話題にすら出ないのだ。両親の結婚自体が、歓迎されていないのが丸分かりだった。

それはなぜか？

答えはグラス地方とキリアム家を取り巻く状況、そして歴史にあった。

「復習になりますが、五代目ヒューゴ卿はグラスブリッジを交易都市として発展させた功労者であり、ジェミニ大橋の要塞（ようさい）化とグラスブリッジの城郭都市化を推し進めた人物でもあります」

今日は、モリ爺（じい）によるキリアム家の歴史学習の続きだ。

「『巨人の一撃』での戦いに勝っても、危うい状態が続いたんだよね？　その後どうなったの？」

統一王国内の動乱の影響で、グラス地方を狙う勢力は他にもいた。計画された公共事業の規模を見れば「身内以外は全て敵」といった当時の厳しい状況が推し測れる。

「ヒューゴ卿は生涯独身を貫いたため、実子がいませんでした。そこで甥のメイソン卿が後継者となり、ジェミニ大橋の要塞化を進めながら、幾度も外敵を追い払ったのです」

統一王国で諸侯の脱退と再編がなされる中、粛々と版図を広げていたキリアム家に、ベルファスト王家から臣従を促す手紙が届く。

メイソン卿は決断した。どの勢力にも与せず、相互不可侵の独立国として立つことを。グラス地方内外に向けて、キリアム王国の立国が宣言されたのである。

「後に城塞大公と呼ばれるメイソン王は子沢山でした。盟約を持つ男子三人のうち、一人が後を継ぎ、他の二人は分家を立てます。それがロイド家とモリス家です」

ロイド家は南部の開拓に乗り出した。労働力不足解消のため、紛争地から入植者を受け入れ、支配領域が一気に拡大する。

「八代目のルイス王の時代に、遥か東方のイグニス大火山が噴火します。日差しが遮られ、降灰が広範囲にわたったことにより、大陸東部に五年以上にわたる大飢饉が発生したのです」

大量の流民の発生、食糧を巡っての私掠戦争。統一王国の崩壊は、もはや止めることはできないと誰もが考えた。

「そこに登場したのが、ベルファスト王国中興の祖と呼ばれるロジン・ベルファストです。その類いまれな求心力で、中央大森林西側の勢力をまとめ上げ、中央集権国家であった統一王国から、領邦国家ベルファスト王国へと姿を変え、再起復興を遂げます」

　ロジン・ベルファストは決断力があり、人心掌握や対外的な交渉が巧みだった。キリアム王国へも自ら足を運び、食糧の大量輸出を実現している。

「ところが、ロジン・ベルファストが亡くなり世代交代が起こると、我々の豊かな土地を狙う領邦貴族との諍いが頻発します」

　ベルファスト王国は、その成り立ちから諸侯の独立性が高い。統一王国からベルファスト王国へと相互不可侵の原則が引き継がれたが、それを不服とする者たちが現れたのだ。

「キリアム王国を僭称しているが、あの土地は元々、統一王国の一地方に過ぎない」

「不毛の荒野だから見逃していたが、開拓が進んだなら我々が支配するのが当然である」

「流民として移住した民は我々から奪ったものだ。従って、利益を還元すべきである」

　彼らの主張を要約すると、不毛の土地はいらないが、豊かになったなら分け前を寄越せ、だ。

　傲慢な彼らは、こうも言った。

「【精霊の恵み】の独占は許し難く、あの地だけが豊作を約束されるのは不公平極まりない」

　随分と勝手な言い草だと思う。そもそも【精霊の恵み】は、ルーカス卿を祖とするキリアム家の私的な盟約だ。

　そして建国当時、立役者の一人であるルーカス卿を、統一王国関係者は煙たがり放逐した。

　隠棲のために、単身、不毛の荒野へ向かうルーカス卿。彼を引き止めたのは、アーロン・ベルファスト唯一人。【精霊の恵み】の独占もなにも、自ら進んで手放したのに。

　また、キリアム王国への入植希望者には、老人や子供が多かった。彼らは戦争で荒廃した土地で家族も財産も食糧も根こそぎ奪われ、着の身着のまま大渓谷を越えている。

しかし、戦争の元凶である諸侯たちは、自らの主張を譲らず実力行使に出た。キリアム王国への圧力として、輸出品への高い関税、検閲と称する商品の没収、通行税の大幅な値上げなど、物資の荷止めが公然と行われ始めたのだ。

このまま物流を封鎖されたら立ち行かない。いや、むしろ鎖国した方がいいと、キリアム王国内で意見が二分し、議論が紛糾していた最中、天が嘲笑うかのように、再びイグニス大火山の大噴火が起きたのである。


金色の双眸がこちらを見ていた。

目の前では、依然として授業が続けられている。それなのに、二重写しのように異なる映像が流れ始めた。

映し出されたのは一枚のタペストリーだ。壁一面を覆うその景色には見覚えがあった。まだ色褪せていない、鮮やかな色彩で織り上げられた新緑の森と、木々の間から覗く清涼な湖。美しい風景に見入っていると、不穏な会話が聞こえてきた。

『子供がまた攫われました』

『今度はどの家だ？』

騎士姿の男性が、恰幅の良い壮年の男性に向かって、何か事件が起きたと告げている。

『クラーク家です。家屋に火をつけ、家人が消火に奔走している隙にやられたようです』

子供が何人も襲われ行方不明者が出ている。捜索と警戒体制を強化したが、誘拐犯たちの暴挙はエスカレートし、次第に手口が悪質になってきた。そんな内容の報告だった。

「大飢饉への恐怖から、大陸全土で食糧の価格高騰や買い占め、また強奪などの犯罪が増加し、戦争の気配に巷が騒然としていきます。ただでさえ不安な世情の中、国内で子供の拉致誘拐が相次いで起こりました。狙われたのは【精霊の恵み】を持つ可能性がある、キリアム家の血を濃く引く者たちです」

視界だけでなく音声も多重放送になっていた。主音声と副音声を同時に流したときのように、モリ爺の声が少し距離感を伴って聞こえてくる。

映像が映画の場面転換のように切り替わり、血相を変えた年若い青年の姿が映し出された。

『病床に臥っていたオーレリアが襲われました。今すぐ助けに行きます』

『待ちなさい。一連の誘拐は組織的なものだ。お前が出ていけば格好の標的になる』

『婚約者が攫われたというのに、自分だけ安全な城に籠って震えていろと言うのですか!? 止めても無駄です。これで廃嫡されても、私は一向に構いません』

周囲が制止するのも聞かず、青年は武装した人々を引き連れて城を飛び出していく。

「ウィリアム王の元に、また一人、年頃の分家の娘が賊に攫われたと連絡が入ります。卑劣な罠でした。救出に向かった王太子アレクサンダーは、待ち受けていた賊に捕まり、一族の者と共に人質とされたのです」

妙に符牒が合っていて、目の前の映像をモリ爺が解説しているみたいに感じた。

『正体不明の武装集団が、人質を盾にジェミニ大橋要塞の明け渡しを求めています。紋章は確認できませんが、身につけている武具の質や交渉の仕方、統率が取れている様子から、一介のならず者ではなく、訓練を受けた軍隊のように見えます』

「緊迫した状況に追い討ちをかけたのは、グラス地方の外で起きた大規模災害でした。その影響で領邦諸侯からの圧力がいや増し、誰もが戦乱は避けられないと覚悟しました」

『ベルファスト王国が動きました！　キリアム王国へ逃げ込んだ逆賊の討伐という大義名分を掲げ、諸侯軍と合流しながら進軍してきます』

二重になった映像と音声。

【並列思考】のおかげで、バラバラな映像や音声入力を処理できている。だけど、こんなのをずっと続けていたら眩暈（めまい）がしそうだ。

「ウィリアム王は苦渋の決断をしました。ベルファスト王国に助力を求め、王太子を含めた被害者全員の救出、主権の保有、宗教の自由、領邦諸侯への牽制（けんせい）及び物流の回復、及び軍事勢力の撤退等を条件にして、キリアム王国は領邦国家（ベルファスト）の傘下に入ることになったのです」

ここでようやく、異常な状態が解除された。

ホッと息を吐き出す。視界のどこにも、既に金色の目は見当たらない。あの蛇め。まさか、こんな形で授業に割り込んでくるなんて。なんとか処理が追いついたけど、頭の芯が鈍く痛む。結構無茶な情報処理をしたのかも。

「王国への臣従と同時に、アレクサンダー卿が十代目当主に就任します。キリアム王国は廃され、キリアム家は公爵家へ叙爵されると共に、国王から王女の降嫁を許されました」

なるほどね。

良い方に解釈すれば、婚姻政策による穏やかな融和を試みたと言える。だけど、傘下に入った経緯を考えれば、強引な取り込み、あるいは乗っ取りが目的だと見做さざるを得ない。

「アレクサンダー卿は、王女との結婚に素直に応じたの？」

婚約者を助けに行ったのに自分も人質になって、その結果国を失った。ベルファスト王家の女性と結婚するなんて、嫌だったんじゃないかな？

「キリアム家の者としては、答えるのが難しい質問ですね。少なくとも見かけ上は、国を挙げて盛大で華やかな結婚式が執り行われました。降嫁された姫君は、引き続き生まれ育ったベルファスト王国の王都に住むことを強く望まれたそうです。しかし、アレクサンダー卿は頑として譲らず、新郎新婦は、グラスブリッジで新たな生活を始めました」

王家との最初の確執ができたのは、間違いなくこの時だろう。キリアム一族を狙った誘拐劇と、領内への武装勢力の侵入、諸侯軍とベルファスト王国軍の進軍は、あまりに出来すぎていた。示し合わせたとしか思えない。

ウィリアム王も当然そう考えたはずだ。それでもなお、ベルファスト王国への臣従を選択せざるを得なかった。当時の情勢が、それ以外の道を許さなかったのだ。

二度目の大噴火にもかかわらず、キリアム王国には豊富な食糧があった。耕せば稔る土地が広がっていた。少なくとも数年以上の大飢饉が予想され、一度目の噴火で過酷な飢えを経験した人々の目に、それがどう映るかを知っていたから。

結果として、事態は迅速に収束した。人質になっていた一族の子供も、ほぼ無事に戻ってきたらしい。でも、もしベルファスト王家が主導して、一連の筋書きを描いていたのなら、とんだマッチポンプだ。

大噴火と、それに続く厄介な災害で、アレクサンダー卿の治世は困難を極めた。その中で行われた降嫁には、政治的な意図が多分に含まれていたはずだ。新郎新婦が最初から住む場所で揉めているし、二人の気持ちが通じ合っていたとは到底思えない。

皮肉なことに、次世代以降、天災はぷっつりと鳴りを潜めた。キリアム家は王国貴族として順調に代を重ねていくことになる。

「十四代目のグレイソン卿の時に、再び降嫁が行われます。持参金の一部として、王都近郊にある王家直轄地を分領として下賜され、そこに王女を迎える新居を構えることになりました」

ああ、ここでまた婚姻政策が繰り返されるのか。今度は領地付きだって。

「新居の場所は王国側に指定されたの？」

「はい。分領の下賜には反対の声もあったそうですが、王女殿下のたってのご希望で決定されたと聞いています」

そこまでする目的が透けて見える。キリアム家当主をグラス地方から切り離し、王家に取り込むためだ。そしてそれは、成功しつつある。

「グレイソン卿と、妻となった元王女は仲睦まじく、六人の子供に恵まれます。しかし、盟約を持っていたのは、末子のライリー卿ただ一人。そして、十五代目当主ライリー卿と、分家の女性との間に生まれた唯一の子供が、十六代目当主エリオット、即ちリオン様の父君です」

三傑が生きていた時代から約三百年。

第一世代の末と呼ばれる、開拓期から根付く人々。彼らは長年にわたり、精霊の恩恵に浴してきたせいで精霊信仰がとても厚い。

それに引き換え、ベルファスト王国の傘下に入った後に外部から移住してきた人々は、彼らほど精霊を身近には感じていない。風習や文化、そして信仰においても、王国の影響がより濃く反映され、様々な神々を祀る神殿の誘致を望んだ。

ここ数世代は、公爵家本家も意識が中央寄りになったと囁かれている。特に俺の父親は、その傾向が顕著らしい。年若い頃から社交界で持てはやされ、本人も華やかな生活が性に合った。観劇会や夜会、船遊びや狩猟に精を出し、一年のうちの多くを王都や分領の屋敷で過ごすようになった。

聞くところによると、俺の両親は恋愛結婚なのだとか。父親のエリオットは、親族との婚姻を嫌がり、王家主催の舞踏会で出会った母親と、ロマンチックな恋に落ちた。

分家は盟約【精霊の恵み】が薄まるのを懸念して、血族結婚をしているのに、肝心の本家当主が、王家と血縁関係が深いスピニング伯爵家の娘を妻に選んでしまった。

領地経営をどうしているのか？

その点を疑問に思って調べたところ、代官にほぼ丸投げだと分かった。面倒なことは家臣に任せて、遊んでいると思われても仕方ない。

盟約者である領主が領地にいない。どういうつもりだと、分家の人たちは憤り、叱り、ついには呆れて匙を投げた。

生まれる子供の資質次第だと、彼らは様子を見ていた。そうしたら、最初に生まれたのが死にそうな俺だ。母親は産褥が終わると、赤子を置いて王都の別邸に戻り、そこで下二人を産んでいる。

弟妹は俺と違って健康体だった。しかし、こと盟約については、どちらも見込みが薄いと早々に判断されたそうだ。次の当主をどうしようかと、分家の人たちは悩み、親族から側妻を娶るようにと父親に迫っていたらしい。

　ところが、急転直下。俺に精霊紋が出て方針が変わった。そして、次世代は王家に横槍を入れられないようにと、俺の身辺をガッチリ警戒中というわけだ。

§ 花冠

　ドロドロした歴史を見聞きしたせいか、気分転換がしたくなった。窓の外に広がる青空。お散歩日和なのを幸いに、空気を吸いに外に出ることにした。

　やってきたのは、先日行った中郭だ。今日は旧本邸ではなく、その周囲を取り巻く空堀や、長閑に広がる原っぱで遊ぼうと思っている。

　すり鉢状の空堀に、丈の低い草が芝生状に広がっていた。一方の原っぱは、転んでも柔らかい緑の絨毯が受け止めてくれる。おまけに、所々に生えている木は、手が届く高さに太い枝があった。

　うん。子供の遊び場にはぴったりだよね。

「俺は木陰で休んでいるから、みんなは気にせず遊んできてよ」

「では、我々が先に行って安全性を確認してきます」

「うん。アーチーもみんなも、怪我をしないように気をつけてね」

　一緒に遊ぶ子供の中で、最年長はキャスパー家の長男アーチーだ。彼が抱えているのは、反らせた木の板に持ち手になる紐を付けたもので、雪板、あるいは草板と呼ばれている。

　いわゆる芝そりだね。

草原や丘陵地が広がるグラス地方北部では、草板はメジャーな遊具なのだとか。見れば、女の子の中では、エルシーだけがズボンをはいている。滑る気満々ってわけだ。

他の女の子——ロイド家の三姉妹は、お淑(しと)やかに花を摘(つ)んで遊ぶらしい。

足元には、既視感があるようで微妙に違う植物が沢山生えている。

見通しは良くて、吹き抜ける風が気持ちいい。でも、日差しは若干強めだ。従者に促されて、木陰に敷かれた厚手の敷物の上で、大きなクッションを背にして座った。

野原を元気に駆け回る子供たち。世界は変わっても、平和を象徴するのはこういった光景だよね……おっと、油断すると、すぐに感傷的な気持ちに引きずられそうになる。でも今はダメだ。気分転換以外にも目的があるのだから。

先日、噴水広場で精霊暴走が起こりかけた。その際、精霊たちに力を借りたが、事態を速やかに収束するのに魔素の転化(チャージ)が一役買っている。

俺が転化(チャージ)した魔素を使って、精霊たちが雨という現象を起こした。実はこれが注目すべきことだと、アイから指摘されて初めて気づいた。

《マスターが転化(チャージ)して作り出す魔素は、どうやら精霊に対応した型のようです》

「魔素に型なんてあるの？」

《はい。ひと口に魔素と呼んでいますが、厳密に言えば構造異性体が存在します。世界が自律的に生み出す世界型——いわゆる自然魔素ですね——と、精霊が作る精霊型、人間が作り出す人間型の三つです》

「構造異性体って、分子式は同じなのに結合の仕方が違うやつ？　それでなにか変わるの？」

《どの型も、この世界に生きる生命の恒常性維持に働く点では同じです。ですが、こと現象を起こす上では扱いが異なります。世界型は精霊と人間が共に利用可能です。しかし、精霊型と人間型には互換性がないはずです》

「精霊も人間も相手が作り出す魔素では現象を起こせないってこと？」

《そうなります》

「えっ、でも。俺が転化（チャージ）した魔素を使って、精霊たちは沢山雨を降らせたよ」

《マスターにおいては、予め（あらかじ）用意されていた設計図通りに『印紋（フラクタル）』を構築しました。その設計図が精霊対応だった。そして、世界型ではない。今言えるのはそれだけで、精霊型そのものなのか、精霊型に近い第四の異性体なのかは判断が難しいです》

転化（チャージ）、即ち属性転化は、この世界を覆う極質層（プリマ・マテリア・ラミナ）に接続し、極質（プリマ・マテリア）を引き出して、魔素に変換する作業を指す。変換の仕方は、ざっくり言えば構造変換（モデリング）。イメージ的には、分子の立体モデルを組み替えるのに近い。

実際の構造変換には『印紋（フラクタル）』を用いる。『印紋（フラクタル）』は属性ごとに基本図形があり、それに回転や拡大・縮小、分割などの操作を加えて配列し、連続した模様を構築する。

組み上がった印紋（フラクタル）に極質（プリマ・マテリア）を通せば、属性転化が生じて魔素に変わる。その際の変換効率は、図形の歪み（ゆが）が少ないほどよい。

魔術を行使する際の律速段階だから、とても重要になる。そして、高い転化（チャージ）能力は【理皇（りおう）】の職業特性のひとつだ。属性転化に関わる全ての工程で速く、そして正確に行える。変換効率は世界最速と言っていい。

従って、行使する魔術の規模が大きくなり、消費する魔素が増えるほど、魔術を繰り出すスピードで俺に敵(かな)う者はいなくなる。それだけでも凄(すご)いと思っていたけど、精霊対応だって。

先日は意図せず精霊との連携プレイになったが、精霊暴走なんてものもある。練習するに越したことはないよね。

さて。じゃあ、実践だ。

まずは、属性転化のうちで最も簡単とされる「光」から。

「光」は三転化(チャージ)を必要とし、その基本図形は三角形で『印紋(フラクタル)』は頂印と呼ばれる。頂印を通して「光」の魔素をあえて日向(ひなた)に放出すると、早くも光の小精霊が寄ってきた。

——イッパイ　デテル

——アソブ？

無邪気な小精霊にとって、魔素は泥団子を作るための泥みたいなもので。それが自ら掘らずに湧いて出たら。

——キレイ

——ピカピカ

うん、そうだね。凄く綺麗(きれい)で、ピカピカも凄いね。こんなことできるんだ？

ちょっと光らせるだけのつもりだった。今日はよく晴れているから、明るい日差しの中なら目立たない。そう思ったのに。なぜか光が分光して七色に明滅している。色がハッキリ分かるから、目立つことこの上ない。

大人たちがガン見してる。そりゃあ見るか。木陰でぼんやりしていた子供の周りが、突然キラッキラに光ったら。うん。「光」はここまでだ。花火擬(もど)きがパパーンと打ち上がったら困るから。

次に易(やさ)しい属性転化は四転化(チャージ)の「火」で『印紋(フラクタル)』は方印。でも、今回はパスだ。火の精霊には馴(な)染(じ)みがないし、扱い自体が難しい。

じゃあ次は「風」。

風なら目に見えない。今日は少し風が吹いているし、少しずつ転化(チャージ)すれば紛れてくれそうだ。

「風」は五転化(チャージ)。『印紋(フラクタル)』は星印。基本図形は、いわゆる五芒星(ごぼうせい)の形をしていて、ひとつの五角形と五つの三角形から成っている。

身体を通り抜けて生み出される「風」の魔素。周囲の魔素濃度が上がってくると、今度は風の小精霊が寄ってきた。

草地を滑るように風が吹き抜け、渦を巻いて草を散らし、逆スライダーのように空高く駆け上がる。小さくても、さすが精霊。魔素を苦もなく現象に変え、自由自在に操っている。

感心して見ていると、風の小精霊たちが一か所に集まり始めた。その数はどんどん増えていって、数多(あまた)の風の小精霊が、まるで一体の大きな生き物のように動き出す。

薄水色の空を泰然と泳ぐ、若草色の魚群。パステル調の精霊視だと、そんな風に見えた。

小精霊の群体行動は精霊湖でも見たことがあったが、こんな大規模なのは初めてだ。

——リオン　ミンナ　ヨンデル
「フェーン!?　どこにいるの?」

——ミンナト　イッショ
よく見れば、群体の中に他より大きな精霊がいた。バレンフィールドからついてきたフェーンは、グラスブリッジに来て目覚ましい成長を遂げている。『存在』がひと回り以上大きくなり、風の小精霊の中ではリーダー的な格を得ていた。

精霊湖周辺は、割合として「光」や「水」の小精霊が多かった。それに比べて、本邸周辺は「風」の小精霊が明らかに多い。そんな環境が影響したのかも。

「フェーン、君を見つけたよ。そこで遊んでいるの？」

──チガウ　ミンナ　マッテタ

「待ってたって何を？　あるいは誰を？」

──ワカラナイ　ミンナ　ムリ

んん？　分からないのはこっちだ。彼らは何を伝えようとしている？

──ミテタ……ズット

──……カラ…ヨ……イル

──ジャマ……ル……キレ……イ……

──……ケテ………ソウ

またこれか。一斉に喋られると全く分からない。フェーン、彼らは何を言って……あっ⁉

フェーン？　……返事がない。行っちゃったか。群体が崩れて小精霊たちが散り散りになった。

風の小精霊との意思の疎通は、いつもこんな感じだ。彼らは基本的に気まぐれで、言うだけ言って消えてしまう。

風がすっかり凪ぐと、元の穏やかな原っぱの風景に戻った。空堀から、キャスパー兄弟妹が元気よく走ってくるのが見える。

「リオン様。そろそろ、ご一緒にいかがですか？　落ちていた石や木片などは、全て撤去しました」

「ありがとう、アーチー。じゃあ、行ってみようかな？」

「せ、精霊と遊ぶのもいいけど、草ぞりもした方がいいよ！」

アーロは、初対面では突っかかってきたけど、あれは双子みたいに育ったエルシーと離れ離れになると勘違いしていたからだ。誤解が解けた今は、こんな風に話しかけてくる。

「うん。そうだね。初めてでも、大丈夫そうな場所ってある？」

「ある！　あの辺りが傾斜が緩くて滑りやすい」

「エルが先に約束したのに」

さて。この身体で初めての芝そりだ。

「この辺りに座ってください。はい、そんな感じで。紐をしっかり持って。手を離しますよ」

アーチーの指示に従って、身を乗り出してスタートした。木製の板は曲がるのが難しい。だから、いったん動き始めたら、あとは直滑降で進むしかない。空堀は傾斜がそこそこある。案外スピードが出るぞ、これ。ひゃっほう！

「リオン様は、思い切りがいいですね。とても初心者とは思えないです」

「そう？　でも、みんなほど速さが出てないよ」

「それは、体重と慣れだと思います」

こんな風に遊ぶのなんて、この世界じゃ初めてだ。滑走するのが楽しい。童心に帰るのって悪くない。思っていた以上にワクワクして、爽快な気分だった。

青々とした草の匂い。少し湿った土の香り。日頃運動不足だから、すぐに頬が上気して、息が上がる。ちょっと休憩かな？

草むらに座り込んでいると、ロイド家の三姉妹がやってきた。

「滑るのも楽しそう。着替えてこようかしら？」

「クレア、わざわざズボンを持ってきたの？」

「エルシーが服を貸してくれるって」

「そういうことね。じゃあ、私がシンシアを見てるから、いったん部屋に戻る？」

どうやら、クレアが芝そりに参加するようだ。お嬢様然とした見た目だけど、案外活発なのかもしれない。

「ほっぺあかい。だいじょうぶ？」

「えっ？」

いつの間にかシンシアがすぐそばにいて、俺の顔を覗き込んでいた。

ち、近い。俺がしゃがんでシンシアが立っているから、幼児に上から見下ろされる形だ。

「おねつ、ないないね」

「えっと。これは、熱があるわけじゃなくて……いや、うん、ありがとう」

シンシアの小さな手が、俺の額にそっと当てられた。二歳児に労われる七歳児。勘違いだけど、ここは素直に気持ちを受け取ろうと思った。

「ないないのおはな、あげる」

シンシアはそう言うと、自分の頭の上にある花冠を外して、なぜか俺の頭にのせ替えた。

「もらっていいの？」

クレアと話していたミラが、こちらの様子に気づいて声をあげた。

「あっ、シンシア！　なにしてるの？」

「うん」

「おねつ、ないないなの」

「まあ大変！　リオン様、お加減が優れないのですか？」

おっと。ここはちゃんと否定しておかないと、せっかくの外出が台無しになる。

「少し汗をかいただけだから、ちょっと休めば平気」

「それならいいのですが。ご休憩をお邪魔したようで、申し訳ありません」

「構わないよ。それよりシンシアが、ないないのお花だといって、この花冠をくれたけど、どういう意味か分かる？」

「はい。その花冠の花は、星花（ステラ）という名前で、水辺でよく見かけます。おまじない的なものですが、身近に置いておくと熱冷ましになると言われています」

「花を置いておくだけで、そんな効果があるの？」

「星花（ステラ）は特別です。水の精霊に好かれるので、寄ってきた精霊が身体の熱を逃してくれるそうです」

へぇ。こんなところにも精霊の御利益（ごりやく）があるのか。精霊が好む花だって。いかにも野草らしい、白くて小さな……満開の花。水辺に咲くこの花を、俺は見たことがあるはずだ。

空堀の中央に立つ旧本邸を見上げた。

水盤、水の精霊に好かれる白い花。あそこにいるのが俺の予想通りの存在なら、何かがおかしい。どこで歯車が狂った？

周りの大人たちに聞いても、なぜか歯切れが悪くて、大抵は何かを恐れているように話題を避けてしまう。

ほぼ答えは出ているのに、欠けて埋まらないピースがある。それが見つからないと、解決への糸口が掴めない。あの場所で何があったのか？　それを確かめるために、俺は何をすればいい？

天気のいい日は外で遊ぶことが多くなった。最近は気が滅入ることも少なくなったな、なんて思っていたら、理律の獲得状況についてアイから報告が入った。

《『理肆』の埋刻に終わりが見えてきました。これまでは私が担当していましたが、以降の理刻は第三の理蟲に引き継ぐ形になります》

俺の身体には、理蟲という生命体が宿っている。

真の性別は不明。言語的なコミュ力は、まだまだ発展途上。でも、その能力は間違いなく秀逸で、俺と共生しながら、能力を大幅に底上げしてくれる。

大切な運命共同体である理蟲には、三つの基体がある。そのうち、既に二体が孵化済みだ。

一体目は、蠱弦「アラネオラ」。

魔導軌道の作成や修繕担当。俺との関係は、幽体を介しての二心同体で、アイと共に【理皇】の能力開発における相棒的な存在でもある。

二体目は、蠱式「ルシオラ」。

この子は分体として、主に情報収集や偵察に活躍している。俺と一体化する時は、メッシュのエクステみたいな見た目だけど、分離した時は、虫、鳥、蛇などに擬態することが多い。

そして三体目。

随分と時間が空いたけど、いよいよ最後の理蟲を孵化させる時が来たらしい。

アイ、三体目には何をしてもらう予定なの？

《機能的には魔装甲と破壊槌。つまり、攻撃と防御担当です》

魔装甲は理律の説明を受けたときに聞いた言葉で、魔術版の身体強化だったはず。

具体的には、どんなことができるようになる？

《ひとつには、自動迎撃システムを搭載し、死角からの攻撃に対応する役割を考えています》

それは凄い。ぜひ採用したいね。全方位で隙がなくなれば、奇襲を回避して仕掛けられた罠にも気づきやすくなる。アイの言う通り、安全性は飛躍的に高まるはずだ。将来、迷宮に潜る機会でもあれば、とても役に立ちそう。

他には？

《もうひとつは、魔獣、あるいは人の魔力パターンを登録して、データとして蓄積・参照します》

ふむ。それって、セキュリティ・システムとして利用できる？

蓄積したデータの運用方法は？

《種族識別や個人識別を迅速に行い、位置検索や遠隔からの奇襲攻撃を可能にします》

へぇ。思った以上に用途が広い。遠隔攻撃なんて便利すぎるよ。

でもそれって、今じゃなくてもよくない？

なにしろ七歳になったばかりだ。だいぶ健康になってきたけど、身体への負荷が心配だ。

それに、俺には結構な数の護衛が付いている。戦闘訓練を積んだ大人たちが守ってくれるから、今すぐ自衛機能が必要とは思えない。

《いえ。今だからこそです。『理伍』より先の理律の扉には、強力な守護者がいます。それを撃ち破るのに必要です》

おっと、初出情報じゃないか。そういう大事なことは、真っ先に言ってくれよ。

守護者？　それ、初めて聞くけど。

《守護者という言葉を出したのは、今回が初めてです。これまでは「一筋縄ではいかない」「試練」といった表現をしています》

あっ、なるほどね。それなら確かに聞いたことがある。『理伍』――いわゆる超級魔術と、それ以降の理律には、厄介な守護者がついているのか。

撃ち破るというからには、俺たちの妨害者として相対することになる。それも、必ず戦闘を伴って。そりゃあ難易度が高いわけだ。

第三の理蟲なら、その試練を乗り越えられる？

《『理伍』『理陸』『理漆』までは、育成に時間をかければ、確実に乗り越えられると予想しています》

おっ、そこまで行けるならいいじゃん！

それ以降は難しい？

その先の『理捌』以降は、災厄レベルの魔術だと聞いている。迂闊には使えないから、もし獲得できなくても困る事態にはならないはずだ。

ただ「できるけど使わない」のと「できない」は、同じようで違う。【理皇】は、魔術職の最高峰に到達できる潜在能力を秘めている。そのせいか俺の魂が、何もしないで尻尾を巻いて逃げるな、上を目指せと訴えかけてきていた。
《『理捌』は極級、あるいは竜級とも言いますが、マスターの成長次第では取得可能だと考えています》
竜級？　竜ってドラゴンと同じ意味？
《概(おおむ)ね、そう解釈していただいてよろしいかと思います》
ドラゴンって実在するの？
《はい。人里には出てきませんが、この大陸には、様々な形態の竜種が存在します》
まためた追加情報だ。この世界にはドラゴンがいた。『精霊の森』の西に赤龍山脈と呼ばれる山岳地帯があるから、ドラゴン的な存在がいてもおかしくないとは思っていた。
空想上の生き物、あるいは地球と同じで古代に生きた巨大生物だという可能性もあったが、ここにきて実在することが確定した。
修得すれば、ドラゴンブレスみたいなのができたりは？
《口からは吐きませんが、類似の現象を起こせるはずです》
そいつは凄いや。チャンスがあれば挑戦してみたいね。
《『理玖(りきゅう)』は天級と呼ばれ、神の領域に手が届くかもしれません。『理拾(りじゅう)』は世界級で、世界機序に干渉できる可能性があります》
な、なるほどね。最後の二つはヤバいなんてものじゃない。どう考えても、人間が触っちゃいけない。触ろうとしてもダメなやつだ。
だって、この世界の神様は、稀少(きしょう)な加護をポンポン付け外しできるような存在だ。下手に神の領域に踏み込んだら何が起きるか分からない。神罰とか速攻で落ちそうだ。
だいたいは理解した。要は『理伍』対策を始めた方がいいってことだよね？　分かった。第三の理蟲を孵化させよう。
《では、孵化の準備に取り掛かります。今回は、孵化自体がゆっくり進行するので、相応の時間がかかります》
アイに任せた。ちなみに、三体目の名前は？
《蟲甲（ここう）「スカラ」です》
アラネオラ、ルシオラ、スカラ。どれもいい名前だね。
《マスター、もう一点お知らせがあります。少し先の話ですが、ルシオラの機能拡張（アップデート）を行います。その際には、一定期間、本体からの分離を控えていただくことになります》
偵察や情報収集するなら今のうちってこと？
《はい。この場所は何かと騒がしいので、周囲の状況を把握しておくことをお勧めします》
教えてくれてありがとう。助かるよ。用心に越したことはないから、ちょっと調べてみる。

間章五　アイ・ベル・アイン

私の名はアイ・ベル・アイン。マスター・リオンの指南役を拝命している。

マスターは地球という近接異世界からの転生者で、因果に導かれた、稀有(けう)な人物の一人である。

私の役目は、共生体である理蟲(りちゅう)を開発段階に応じて孵化(ふか)させ、マネジメントしながら、計画的に自己開発を推し進めることである。

自己開発に当たり、マスターと私は「互いに円滑な意思疎通を図る」という共通見解に達していた。それ故に、私への擬似(ぎじ)人格の付与は、可及的速やかに行われた。

マスターが私に求めたのは、第一に知性だった。思慮深いマスターが異世界知識を駆使し、斬新でハイブリッドな名称を登録したことで、私に適応進化(アップデート)への道が開く。

バージョンアップにより、異世界の知識や概念という意外な副産物まで吸収できた。

そこには、マスターが所有していた個人的な記憶はもちろん、長い年月をかけて異世界から取り込まれ、世界記憶(アカシックレコード)に蓄積されていた、膨大な知識の積層も含まれていた。

地球人類史上に輝く天才二人の名を導線とし、私は科学的な方面への知識に触れた。

天才は言う。

『想像力は知識より重要である。知識には限りがあるが、想像力は世界の全てを内包する』

実際、想像力が生み出した空想を、地球人は絵空事で終わらせず、科学へと発展させている。その原動力は、彼らの柔軟な頭脳だけでなく、空想という不確かなものへの強い欲求にあった。

それは、マスターの個人的な記憶にある現代日本の文化・娯楽などにおいても顕著で、彼らは知的好奇心の赴くまま、空想や深い思索に長い時間を費やす。

そういった地球人にあった奔放さが、この世界には足りない。不確かなものへ手を伸ばす人が圧倒的に少ないのだ。

物心がついたばかりの年齢で、職業という明瞭な形で未来が提示されれば、多くの者は与えられた役割に盲目的に従う。結果的に、職業特化の効率が良い生き方を選ぶのだ。

マスターの記憶に効率厨（ちゅう）という概念があった。短い時間、少ない労力で、目に見える成果を望む考え方で、遠回りや無駄を嫌い、現在と直近の未来を重視する。

効率厨は、限られた時間で利益を量産するのに適した方針と言えるが、効率を追求しすぎると、誰もが似たような手法を繰り返すことになる。

そして、世界を変えるような知の転換点は、効率重視の社会では生まれ難（がた）い。

停滞しがちな文明を変えるのは、大抵はマスターのような地球からの転生者だ。複数の転生者が現れた時代は、転生者同士、あるいは転生者を抱える勢力が衝突し、乱世となった後に文明が刷新された。そして今、この世界には少なくとも八人の転生者がいる。

そのうち一人は、先日キリアム家が監視下に置いた。よって、マスターを除けばあと六人。

彼らはどんな能力を持っているのか？　与（くみ）している勢力も明らかでない以上、マスターには強くなってもらわなければならない。

そして、その強さは直接的な攻撃力に限らない。たとえばマッピング。地球では、これも娯楽の範疇（はんちゅう）に入るらしいが、実に有用な能力である。

当然、それを理解しているマスターは、奉職神殿を訪れた際に地図職人を渇望した。未知の領域を目に見える形にしたいという強い欲求を、より高い水準で満たそうとしたのである。

地図職人の固有能力は、作画力や方位及び距離感覚の向上といった地図作成補助だ。作画力を除けば、既にルシオラが似たようなことをしている。それが神々に却下された理由かもしれない。

ただし、職業は成長する。ものによっては進化もする。であれば、ルシオラのアップデートも視野に入れておくべきだ。マスターへのサプライズ。喜んでくれるだろうか？

マスターは弱音を吐くが逃げない。忍耐強く貪欲で、私に信頼を寄せて改造を任せてくれた。その厚い信頼に応えるためにも、マスターが心から望むことは叶えてあげたい。幸いにも、【理皇】やその片翼である理蟲の能力には柔軟性がある。

理蟲といえば、そろそろ三体目を孵化させねばならない。なぜなら、次の攻略対象から、理律の扉前に『神の試練』が立ち塞がっているのだから。

以前、私とマスターは一蓮托生だと告げたことがある。私という存在はマスターの魂を拠り所としていて、転生時に生じた魂の欠損をカバーする役目も負っている。

だから、マスターという個が死亡すれば私も死に、もし私が自死あるいは消滅すれば、魂は砕け、マスターという人格も失われる。

運命共同体、死なば諸共。この世のどんな存在よりかけがえのない、私の唯一のマスター。未成熟で危うい世界で、誰よりも強くあってほしい。真にそれを希う。

§　英雄の血

世俗的な厄介事がやってきたときに、たった七歳の子供の身で何ができるだろうか？

答え——なす術（すべ）がない。

だからといって、流されるままでいるのは非常に危険だ。大人たちの意見が分かれたときに、誰に助けを求めるのが正解か？　最低限、それを判断する材料くらいは欲しい。

ということで、蠱式（こしき）ルシオラの出動となった。

父親が本邸に到着し、旅の汚れを落としたのも束の間（つかのま）。手ぐすね引いて待ち構えていた分家当主たちと、親族会議という名目の争議に突入した。

ルシオラが可愛（かわい）らしい迷彩蜥蜴（とかげ）に変態し、談話室への潜入に成功。ちょうど今、その映像と音声を中継し始めたところだ。

開始してすぐの映像には、分家の当主たちが、回覧板みたいに何かを回し読みしている姿が映っている。瞠目（どうもく）してフリーズしたかと思えば、歓喜に顔を輝かせ、興奮した様子で拳（こぶし）を握りしめたり、何かに祈りを捧（ささ）げたりと、かなり大袈裟（おおげさ）なリアクションに見える。

ちょっとそこズームで！

やっぱり！　俺の個人情報である顕盤の写しだ。今日の議題は俺自身。変わった職業や加護を持っていることが、彼らの目にどう映るのか？　その反応をリアルタイムで知ることができる。

キリアム一族の首脳陣が一堂に会しているが、今このときまで『顕盤の儀』の結果を知るのは、俺以外には傅役であるモリ爺だけだった。

実父のエリオットはもちろん、キリアム家代官のネイサンや、南北の分家当主にも秘匿したのは、あの結果なら順当な判断だよね。職業・職業・盟約・加護・加護。どう見ても普通じゃない。

「なるほど。叔父上が秘密保持を理由に情報を伏せていたのも納得です」

最後に顕盤の写しを手にしたネイサンの発言に、全員が賛同して会議は始まった。

まずは父親が口を開いた。三対一の構図のせいか、少し表情が硬い。

「アーロン・ベルファストとルーカス・キリアム。あの子は二大英雄の血を色濃く受け継いでいます。今回の『顕盤の儀』で、正体不明だった生来の職業が、王家の血によるものだと確認できました。さらに、母方の稀少な加護まで授かっている。その点を、よくよく理解していただきたい」

分家当主たちに対して、やけに丁寧な口調で話す父親。身分的には、この中で一番偉いはずだ。でも、実務丸投げじゃあね。

分家同士の結束は固そうだし、彼らの背後には先代や先々代の当主たちもいる。いずれも長年本家に尽くしてきた人たちであり、彼らがいなければ領地運営は回らない。

父親の発言で「正体不明だった生来の職業」という表現が気になった。生まれた直後は生きるのに必死すぎて、周囲の状況なんて二の次だった。あの時期に、ある程度の個人情報を把握されていたのか!?

それに、王家の血だ。降嫁があったのだから、俺が王家の血を引くのは当然で。でも父親は、そういう意味で言っているのではない気がした。

「素晴らしい精霊紋だと思っていたが、まさか水精王のものとはな。間違いない。あの子はルーカス卿の真の後継者だ。いや、生まれ変わりだと言っていい。他家に渡すなんてもってのほか。奴らへの配慮？　エリオット、なんの冗談だ？　そんなの魔獣の糞でも食わせとけ！」

「言葉はアレだが、アーサーの言う通りだ。王家の血であれ、その小判鮫の血であれ一切関係ない。我々キリアムにとっては全く無意味なものだ。当然、奴らの言い分に耳を貸すなどあり得ない」

「私も二人と同じ意見です。我々の次期当主に上位盟約があり、原点回帰を示唆するような精霊紋まである。その事実が、他の全てを凌駕します」

分家当主たちは、口を揃えて王家なんて知らんと言い切った。それにしても、小判鮫って？　話の流れからすると、母親の実家のことかな？　酷い言われようだ。

「しかし、王家や伯爵家に対して、一生隠し通すわけにもいきません。事実を知らせれば、間違いなく強い関心を寄せてきます。幸いにもリオンは男です。いかようにもやりようがある」

やりよう？　男だからなんだって？

このイケメン親父は、分家当主たちとは違う考えみたいだね。いったい俺の処遇をどうするつもりなのか？　そして小判鮫は、やはりスピニング伯爵家を指していた。

「エリオット。貴様は大事な跡取りを、みすみす淫婦の群れに投げ込むつもりか？　間違いなくやり殺される。小判鮫の家には男が育たない。奴らは隠しているつもりらしいが、その理由を王国中の貴族が知っている。それが噂ではなく事実であることもだ」

「やり殺すとは酷い。そんな無体なことを、あの子に強いるはずがありません」

「どうだか。その程度の気構えじゃ、お前の嫁に手玉に取られるだけだ。あの恥知らずな女は、産み捨てた息子が高く売れるとなったら、喜んで実家に差し出すだろう。使い捨ての種馬としてな！」

「産み捨てたなど……言いすぎです。初産で育てるのが難しい子供だった。だから彼女も仕方なく……」

えっ、そっち!? 種馬の方は否定しないの？

「仕方なく？『こんな子いらない』と言ったのも仕方なくか？ あの女が後足で砂をかけるように王都へ逃げた後、誰がお前の息子を育てた？ 目を離せば即、息も心臓も止まってしまう赤子を、必死に育ててきたのは我々分家だ。今さらあの女が母親面しても、絶対に渡しはしない！」

うわっ！ 北部のアーサー卿がガチギレだ。そして、ここで衝撃の事実が発覚した。マジか!? 母親にとって、俺は『いらない子』だった？ それが本当なら、一度も会いに来なかったのが腑に落ちる。分家当主たちが、剣呑さを隠さない理由も。

「よくよく気をつけなければ。奴らは狡賢く、王家への切り札となる加護は枯れかけている。我々が少しでも隙を見せたら、平気で人攫いくらいはするはずだ。なにしろ、小判鮫の地位に縋りつこうと、なりふり構わず必死だからな」

「攫われたら戻ってこない。十重二十重に隠されて、精通を迎えた途端に種を搾られ、女の腹の上で早死にだ。我々は将来の当主を、全身全霊をかけて守らなければならない」

ふぇっ？ 母親の実家に捕まると腹上死コースなの？

次から次に、子供が聞いちゃいけないヤバい情報が出てきた。俺って、そんなに危険な立場にいるのか。うわぁ、聞いておいてよかったよ。

「皆さん、少し冷静になってください。スピニングには、れっきとした後継者がいます。ですから、そこまで過激な行動はしないはずです」

「エリオット、まさか本気で言っているのか？　貴様にそう思い込ませるのに成功しているのなら、益々あの女は油断できない」

「あの女のことだ。田舎貴族は中央の情報に疎いと馬鹿にして、騙せると思っているのだろう」

「それはどういう意味ですか？」

「王都にいるくせに知らないとは。思った以上に耳に蓋をされている。例の娘は長いこと『視えない』そうじゃないか。過去は蛇、現在は蜘蛛、未来は蜂が導くと言われているのに、その娘は何も喚べない。そう聞いているが？」

「なぜいまだに後継者扱いなのか疑問ですね。無能ではスピニングの当主は務まらないはずなのに」

「『視る』ほどの力がないのか。あるいは、織神の加護はあっても、肝心の【糸詠】ではないのかもしれない。そんな噂も流れている」

おっと！　ずっと謎だった【糸詠】の情報が出てきた。過去・現在・未来のいずれかを『視る』能力だと聞いていたが、担当する生き物を呼び寄せる必要があるらしい。

蛇だって。めっちゃ心当たりがある。えっと、蛇は過去だっけ？　だったら、あの映像は予言的なものじゃなくて、既に起こった出来事なのか。

【織神の栄光】の情報も欲しいが、御三家の面々に聞いて回るわけにもいかないしなぁ。

「そのような噂……虚言や流言の類いではないのですか？　妻からは何も聞いていません」

「伯爵家の人間だぞ？　自ら弱みを言うはずがない」

「あれだけ社交とやらに励んでいるのだから、貴様の耳元で囁こうとした者だって、少なからずいたはずだ。エリオットが本当に知らないのなら、あの女が巧みに遠ざけているに違いない」

父親は情報隔離されている可能性が大きいってことか。なんか騙されそうだものね、この人。

「あの若さで既に三人も子供を産んでいる。キリアム家の後継が決まったと分かっても、おそらくもっと産みたがるはずだ。実家がそれを願っているだろうからな」

「確かに次の子供を希望していますが、当主の妻として、盟約者を一人でも多く産もうという強い責任感からです。決して、実家の利益だけを考えているわけではありません」

「じゃあ、なぜこの場にいない？　そもそも、精霊紋が出たときも無関心だったじゃないか。本当に責任感があるのなら、あの時点で、確かめに駆けつけてくるはずでは？」

「あの時は、娘を産んだばかりでやむなく……」

「あれから三年間、ずっと産褥か？　着飾って夜会には行けても、ただの一度も、息子の顔すら見に来られない。王都の生活というのは随分と難儀だな」

父親は母親を庇い続けていたが、四面楚歌でノックアウト状態だ。

最終的に『顕盤の儀』の結果については、当面の間は外部に伏せることが決まった。キリアム公爵家の後継者であることを先に届け出て、正式に発表してしまうらしい。その裏付けとして、改めて盟約と精霊紋の持ち主であることを公表する。

その一方で、他家に横槍を入れられないように、職業と加護については箝口令を敷くという。俺の母親にも、加護について決して漏らしてはいけないと、父親は厳重に注意されていた。

「それにしても、盟約以外に職業が二つに加護が二つとは。随分と贅沢だな」

「それも珍しいものばかりだ。【理皇】はもちろん、【門番】というのも初めて聞く。これは、【守衛】や【門衛】とはどう違うのかね？」

「近縁職では？　次期当主に門を守らせるつもりはないから、気にする必要はないさ」

「門といっても様々だ。目に見える門ではなく、家門のようなものを指しているのかもしれない」

「なるほど。キリアムの番人。そう考えると最適職ですね」


翌日、父親との久しぶりの対面となった。

「だいぶ健康的な顔色になったな。少し身体も大きくなったか？」

公的な衣装を着て上品に微笑む姿は、パリッとした貴公子に見える。

「父上もご壮健そうでなによりです」

口から出たのは、礼儀作法で習った型通りの挨拶だ。他人行儀なのは自覚している。愛想笑いが無理だったから、さぞ素っ気ない顔をしていただろう。可愛げなんてないはずだ。

でも、昨日の今日だ。親愛の気持ちなんて、ちっとも湧かない。結局、種馬云々の会話で、この人は母親を庇うだけだった。あれで、元々遠かった父親との心の距離が、さらに開いた気がする。

それに、身の安全という観点から見ると、俺の味方はキリアム一族だけだ。この人は、いつでも敵になりうる。その事実に気づいてしまったから。

「なかなか会いには来られないが、不自由をさせるつもりはない。必要なものは何でも言いなさい」

「ありがとうございます。王都から画材を沢山送っていただいたので、今は特にありません」

「そうか。絵を嗜むと聞いているが、どんな絵を好んで描くのだ？」

「どんな？　そうですね。遠くから見た……風景です」

上空からの俯瞰。真っ赤だけど、俺的にはハートフルで癒される風景画だ。

「お時間です。お名残り惜しいとは思いますが、正面玄関まで移動をお願い致します」

短い対面の後、父親は領内の視察へと旅立った。

このタイミングでの視察を決めたのは、代官であるモリス家だ。久しぶりの視察とあって日程は長め。もちろん拒否権はない。放り出して王都に戻るのは原則不可だ。

視察旅行中に、お口にチャックを徹底教育するらしい。主に母親や関係各所へのリーク対策だ。日頃の信用がないからね。万が一にも漏らさないように、何重にもしっかり脅し……じゃなくて、状況の深刻さを正しく理解してもらうとネイサンが言っていた。

それに今回、公爵家当主として知っているべき情報に、穴が開いていることが露呈した。父親に危機感がなさ過ぎると、分家当主たちの警戒心は否応なく高まっている。

いったん投げた匙だから、無害であれば放っておかれた。だけど、無自覚に害を撒き散らすなら話は変わる。よって、今回は時間をかけて認識のすり合わせもするらしい。


難しいことは大人に任せて、子供は子供らしく写し絵タイムといこう！

ルシオラとの【感覚同期】は、便利だけど同期を保てる距離に制限がある。しかし、グラスブリッジに転居したことで、対象となるエリアが変わった。これまで見ることができなかったグラス地方中央東に行けるようになったのだ。

城郭都市グラスブリッジ全域と周辺地域。その中には、歴史で学んだ『ジェミニ大橋要塞』や、大渓谷『巨人の一撃』なども含まれている。

第三の理蟲の孵化が目前となり、もうあまり時間がない。ルシオラ出動です！

真っ先に見たいと思ったのは『巨人の一撃』だ。リージス大陸を南北に割る大渓谷で、現状を地理学的に表せば、海峡または水道というのが正しい。従って、川のように見える流れは海水である。

大渓谷という名残から、昔は川だったと推測できるが、海面上昇が起きて海水が流入した。イスタンブールのボスポラス海峡。あれに成り立ちが似ているかもしれない。

切り立った岩壁は垂直に近く、積み重なる地層が剥き出しになっている。

遥か下を流れる激流も見えた。海に近づくにつれて、南北共に対岸との距離は遠くなり、陸地の標高は低くなっていく。

大渓谷にかかる『ジェミニ大橋』は、往路と復路が分かれている双子橋だ。全長は目測で二百メートル強。ここは渓谷の中でも対岸との距離が比較的近いけど、よくこんな橋を架けたよね。

元々は天然の巨大な砂岩アーチがあった。それが浸食により崩落する前に吊り橋が架けられ、ヒューゴ卿が石橋に造り替えた。

橋の両端には、堅固な城壁と門塔を持つ砦があり、その二つの砦と橋全体を合わせたものが『ジェミニ大橋要塞』だ。

『巨人の一撃』沿いにはいくつもの滝があり、日々、大量の水が落下している。

南の方に行くと、有名な大瀑布『女神の織衣』があるらしいけど、さすがに遠くて見ることは叶わなかった。

駆け足で回ったので、今日の地図は粗いものになってしまった。時間が限られているので、眺めるのを優先したからだ。またそのうち、見に行こう。

「リオン様。しばらくの間、こちらの作品をお借りしてもよろしいですか？」

写し絵を描き終わり、クッションにゴロンとしていたら、モリ爺が声をかけてきた。

「いいけど、借りていってどうするの？」

以前もこういうことがあった。蓼食う虫も好き好きって言うけどね。こんな地獄絵図を気に入ったなんて、モリ爺の趣味は変わっていると思う。

「どれも素晴らしい作品ですので、複製を作って分家の皆様と共に鑑賞会を開きます」

複製⁉　そして鑑賞会！　まさかの同好の士を募る計画？

「自分で言うのもなんだけど、そこまでするようなものじゃないと思うよ」

地図職人が惜しまれる。今の俺には、この程度を描くのが精一杯で、残念ながら子供の落書きにしか見えないはずだ。使い途がないわけじゃ……もしかして、これが地図だって気づいた？

うーん。どうかな？　仮にそうだとしても、モリ爺なら悪いようにはしないはず。

「いえいえ。これだけ大きな絵画はそうありません。見た者は、リオン様の素晴らしい才能に感嘆されるに違いありません」

あーなんか目に浮かぶ。顔を引きつらせた親戚の大人たちの姿が。好きこそものの上手なれっていうけど、熱中はできても、なぜか上達しないんだな、これが。くっ、才能の壁が憎いぜ！

あっ……もしかして。地図職人がもらえなかったのは、そのせい？　画才が足りなかったか。まあいいさ。そのうち、地図をもとにジオラマづくりをしてみるか。ミニチュアの箱庭みたいなやつ。

陶器があるのだから粘土もあるはずで、折を見て陶器工房の視察を提案してみようか？

§　墓参

父親と分家当主たちの会合で、キリアム公爵家の後継者、つまり次期当主が内定した。

もちろん俺です。まあ、予定調和だよね。

本家の当主に望まれる資質は『同世代で最も優れた盟約の保有』なので、水精王の精霊紋で確定だ。そして、この決定はたとえ王家であろうとも覆せない。

なぜなら、グラス地方がベルファスト王国に加入した際の約定において、キリアムの後継者の選定に、王家は一切の介入が禁止されている。口出しすらできないのだ。

王家の役割は、誰それに決まったという報告を追認するに留(とど)まる。即(すなわ)ち、拒否権のない事後承諾でしかない。

ただし、貴族位の継承は話が別で、他家と同様に王家の勅許状を必要とする。しかしそれも、駆け引きの材料にはならない。もし王家がゴネるなら、グラス地方が王国から離脱する格好の理由を与えてしまうからだ。

要するに、所定の手続きと然(しか)るべき貢納を行えば、公爵位と従属爵位の勅許状が発行される。少なくともこれまではそうだった。

さて。当確の後継者に決まったので、過去の歴代当主に挨拶をしに行くことになった。彼らは、父親のひとつ前の当主も含めて、全員故人である。

つまり、墓参に行くわけです。

「キリアム本家の墓廟が、二か所に分かれているのはご存じですね？」

「うん。バレンフィールドとグラスブリッジだよね？」

四代目までの墓廟は湖上屋敷にあった。礼拝堂のような清冽な雰囲気がある小部屋で、以前行った歴代当主の部屋の、さらに奥に位置している。

「仰る通りです。二つ目の墓廟は本邸下郭にあり、五代目以降の当主の遺骨が埋葬されています」

遺骨。そう、日本と同じく葬法は火葬なんだって。

「遺体を焼却した際に立ち昇る煙は、幽魂が天に還る道筋を示すと言われています。グラス地方では、精霊信仰、特に水精霊への信奉が厚く、人々は死後、土中に埋められることを望みません」

一般的に、遺灰は生まれ育った土地の水辺に散骨されるらしい。

「唯一の例外は、精霊と盟約を交わした者の遺骨です。概ね、本家や分家の当主たちの遺骨が、それに該当します」

生前とは比べるべくもないが、彼らは魂が肉体から離れて灰になっても、生前に親しく交流していた精霊たちを惹き寄せる性質を帯びている。

それ故に、遺骨は墓廟に埋葬する形で管理され、死後も周囲に精霊の恩恵をもたらす役目を担う。

これは、精霊との盟約者が長く生まれないときの、保険にもなるらしい。

かつては遺骨を狙う墓荒らしもいた。しかし、この地を離れ、知らない精霊の支配圏に持っていっても、新たに精霊を引き寄せるほどの効果は期待できない。従って、盟約者の遺骨は、生前長く過ごした場所に埋葬するのが基本とされている。

「火葬や水辺への散骨は、グラス地方ならではの風習です。ベルファスト王国や諸外国の多くでは土葬が行われています」

「なぜ地域により葬法が異なるの？」

「葬法の違いは、信仰する宗教と密接に関連しています。かつて神聖ロザリオ帝国で布教されていた宗教が、火葬を禁じていました。その影響が今なお強く残っています」

「神聖ロザリオ帝国？」

「いずれ古代史の授業で出てきますが、統一王国以前に中原に覇を唱えた宗教国家です」

へぇ、統一王国の前にも、大きな国があったのか。

「その国は、どんな宗教を信奉していたの？」

「生命神を唯一神とした生命神教なるものを国教と定め、皇帝は神の代行者であるが故に皇帝権がある、即ち、統治の正統性を有すると主張していました」

「唯一神なのか。多神教でないのは驚きかも」

「彼らが生命神を讃えていたのは事実ですが、その教えは、現在の献神教会が説くものとは似て非なるものでした。独自解釈と言っていいでしょう」

「その独自解釈で、火葬を禁じていたの？」

「そうです。『世界の滅びの時に死者は復活する』と、生命神教は説いていたそうです。終末思想と呼ばれるもので、信仰厚き者だけが魂を身体に呼び戻され、滅びの後に顕現する地上の楽園で永遠の命を与えられる。そのための土葬です」

「確かに言っている内容が全く違うね。現在の生命神の教えでは輪廻転生を説いているのに」

「はい。それだけでなく、生命神が禁じている他者への精神操作や隷属化を強制する魂縛術が、公然と使用されていました。その点だけ見ても、全くの別物だと言えます」

魂縛術だって。うわぁ、そんな術があるのか。いわゆる傀儡や魅了、隷属させて相手を思い通りに支配するってことだよね？　異世界、怖っ！

禁術なら今は使われていないはずだけど、念のため対策を考えておいた方がいいかもしれない。いつの時代にも、悪いことを考える人間はいるものだから。

上郭から建物内の回廊を通って中郭へ移動した。いったん屋外へ出て、大きな空堀と旧本邸を左手に見ながら中郭を抜ける。

「うわぁ、ちょっとした街みたいだね」

下郭は沢山の施設が詰め込まれている。外周には常駐する武官及び従業員の宿舎や生活施設があり、内側半分近くのスペースは、馬場を兼ねた軍事訓練場と厩舎から成る。

残り半分には、広場を中心として工房や鍛冶場、診療所など大小様々な施設が建っているが、中でも最も目立つのは、騎士の叙勲式典を行う大儀典堂だった。

荘厳な大儀典堂は、格式高い欧州の礼拝堂みたいな外観で、敷地の一画に墓廟があった。

「ここが歴代当主の墓廟です。足元をご覧ください。敷石の代わりに四角い銀板を嵌め込んだ箇所がありますが、その下に遺骨が納められています」

白い漆喰壁に、碁盤状に敷石を張られた明るい石灰岩の床。偶像や華美な装飾の類いは一切なく、採光と風通しは良好で、意外な清涼感が漂っている。

床に規則正しく並んだ銀板は墓標でもあり、五代目から十五代目までの合計十一枚あるはずだ。端から順番に、ひとつひとつの銀板の前で立ち止まり、その表面に刻まれた名前を確認していく。墓標には、名前以外に座右の銘などの文言が刻まれていることがあった。

四代目セオ卿は『平穏の導き手』で、六代目メイソン王は有名な『産めよ増えよ』、七代目ベンジャミン王は『兄弟の絆』、八代目ルイス王は『天災に備えよ』だ。当時の世相を想起させて案外面白い。

「あれ？　順番通りではないの？」

一番端の銀板に刻まれた名前は、六代目のメイソン王だった。五代目はどこにいった？

「実は、この墓廟を作られたのがメイソン王なのです。五代目ヒューゴ卿のお名前は、もう少し後にあります」
六、七、八、九ときて、その次にやっと五代目の名前を見つけた。なぜこの位置に？　五代目の後は……十代目から十六代目まで、ちゃんと順番に並んでいるのにって、あれ？
「えっ、十六代目？　まだ生きてるよ？」

十六代目の銀板には、既に現当主である父親の名前が刻まれていた。

「昔からの慣例で、当主に就任されたときに、ここに名前が刻まれます」

「早すぎない？　亡くなった後ではダメなの？」

「ダメというわけではありませんが、初代様から続く慣例ですので」

初代様は、生前に自ら墓を用意して墓標に名を刻んだ。後の当主たちも、それに倣ったらしい。

湖上屋敷には、湖の至るところに精霊が満ちていた。ここ本邸にも相当な数の小精霊がいる。それは、この墓廟内も例外ではなくて……。

――ダレ？

――アタラシイ　コ？

――チイサイ　ケド　オオキイ

実はずっと、風や光の小精霊の囁(ささや)きが聞こえていた。中郭でフェーンと群れていたのとは別の集団で、初対面の子たちだ。だから、俺なりに今の気持ちを表明して挨拶をしてみた。

「次期当主に内定したリオンです。ここに眠る歴代当主たちのように、灰になっても精霊に慕われるような人生を送りたいです。みんなも仲良くしてくれますか？」

盟約の主(あるじ)が亡くなっても、会いに来てくれるような人懐こい精霊たちに、俺とも仲良くしてねってお願いした。そしたら。

――ナカヨク　スル

――ウレシイ

――ネガイ

小精霊がどんどん集まってきて、吸い込まれていった。どこに吸い込まれたかって？

それは、朝から俺にまとわりついていた風の小精霊フェーンにだ。俺の契約精霊で、急成長中のフェーンの精霊球に、なぜか周囲の風の小精霊が群がって、ひとつになった。

――コレデ　ミンナ　イッショ

「今、何が起こったの？　他の子たちは、フェーンと共にいるの？」

またひと回り以上大きくなった。小精霊にしては、かなり大きい。そんなフェーンに、目の前で起きた不思議な現象について尋ねたところ。

――ミンナデ　ヒトツ

「そういうもの？」

――ミンナ　ツナガッタ

名前をつけた時から、フェーンとは細いリンク的なものができているが、それが若干強化されたような気がした。

「ミンナデ　ヒトツ」は、おそらく意識の集合体のような形態を指していて、新たな小精霊たちが、フェーンのリンクに相乗りしたような感じみたいだ。といっても、精霊の生態はよく分からない。研究のしようもないし、感覚的に捉えるしかないんだよね。

精霊について、もっとよく知りたい。歴代当主が書き残した文献とかないかな？　聞けば出てきそうな気もするし、探してみるか。

「ごしゅくーん！」

墓参を終え上郭に戻ろうとしたとき、俺を呼ぶルイスの声が聞こえた。顕盤の儀のときに顔を合わせて以来だから、けっこう久しぶりかもしれない。

「ルイス！　来てたのか。マイラとエマは一緒じゃないの？」

「姉ちゃんたちは、見習い修行で上郭にいます」

「じゃあ、後で会えるかもね。ルイスはここで何をしているの？」

「護衛騎士になる訓練です！」

「もう始まったんだ。じゃあ、一緒には遊べなくなるの？」

「ご主君のお供であれば、許可が出ます」

「なら、今度声をかけるよ」

顕盤の儀の後、共に神殿に向かった子供たちの中で、何人かの進路が決まったと報告があった。側近候補にはモリス家のジャスパーが。騎士見習いとしてルイスとオコナー家のジーンが。これでオコナー家は、姉妹揃って騎士を目指すことになる。

女性騎士は貴婦人の護衛として需要があるが、今まで女性騎士を見かけたことはなかった。その理由が分かったのは、つい最近のことだ。

密偵ルシオラの活躍により、上郭から下郭まで傍聴して回った結果、こんな話が聞けた。

「それにしても、リオン様のご誕生は奇跡としか言いようがないわね。外の血を入れると血が薄まるはずなのに、あれほどの素質を持ってお生まれになったなんて」

「本当にそう思う。エリオット様のご結婚当時は、本家の盟約が今代で途絶えるなんて言われていたのに、良い意味で予想が外れたわね」

「もしそうなったらどうなるの？」

「そのための御三家よ。本家に後継者の資格を持つ者がいなければ、分家から次期当主が出る決まりなの」

御三家に血族結婚が多い理由がそれだしね。父親も、その前の代も、本家の盟約者は一世代に一人しか生まれていない。俺の代もしかりで、周りが心配するのも仕方ないよね。

「実際にそういうことはあったの？」

「今までは辛うじて避けられてきたみたいよ。でも、今後は分からない。もしまたベルファスト貴族から嫁取りをしたら本家に先はない。そう考える人は多いんじゃないかしら？」

「ここだけの話、エリオット様は内々に親族の女性と結婚することが決まっていたのよ」

「えっ、じゃあ略奪婚ってこと？　相手は誰なの？」

「それはちょっと、ここでは言えないかな」

「ご結婚に反発して、少なくない女性騎士が配置転換を希望したり、騎士を辞めてしまったのは、そのせいだって聞いた」

「じゃあ、リオン様はそうならないように、気をつけないとね」

「そこはほら、今も『授職式』が終わったのに、御三家の令嬢たちが本邸に滞在されているから。あれって、リオン様との懇親を深めるためよ」

「なるほど。それなら、次代もその次も安泰ってわけね！」

いや、結論を下すのが早すぎ！　まだ七歳だよ。この先の未来は、俺自身にも分からない。ああ、だけど。キリアムの後継者になるってことは、全部ひっくるめて背負わなきゃいけないのか。

期待が重いな。でも、初代様から精霊紋を受け取ったとき、精霊を助けて、『精霊の国』であるこの地を守ろうと決意した。それに俺は一人じゃない。いくら重くても先に進めるさ。

§　魔女の紋章

最近、体調がとてもいい。

それには理由があって、憂鬱（ゆううつ）な気分や倦怠感に襲われることがなくなったせいだ。即ち（すなわ）『理肆（りよん）』

までの埋刻が完了した。第三の理蟲が孵化して機能し始めるまでは、埋刻作業は休止状態になる。

食欲はある。睡眠の質も改善された。となると、活動性も上がるよね。

「リオン様、どちらへいらっしゃるおつもりですか？」

俺の周りにいる人たちは皆優しい。丁重すぎるきらいはあるが、居心地はそう悪くない。ただ、なかなか一人になれないのが目下の悩みだ。

「あの。城門……に行きたいのだけれど、案内してもらえるかな？」

「城門でございますか？　確認して参りますので少々お待ちください」

あっ、これはダメっぽい。

本邸はもの凄く広い。それなのに、日頃の俺の行動は、ごく狭い範囲に制限されている。建物の内側からしか出入りできない場所なら、護衛付きで行けなくはない。でも、外の人間が紛れ込める場所へは、墓参などの特別な理由がなければ、まず許可が出ない。

過去に盟約者の誘拐事例があるので、仕方ない対応だけど、城門には行ってみたかった。

「リオン様、なぜ城門に行きたいのですか？　誰かに勧められましたか？」

ジャスパーが、目に警戒の色を浮かべながら聞いてきた。

「それはないよ。城門に行きたい理由は、門そのものに興味があるから。城門が無理なら、もっと小さな門でもいい。良い場所を知らない？」

俺の答えに、みんな不思議そうな顔をしている。まあ、そうだろうね。俺の職業に【門番】があるのを知らないから。

俺に限らず『顕盤の儀』の結果は、むやみに口外してはいけないことになっている。従って、他の子供は俺の職業を知らないし、自分も他のみんなの職業を知らない。

「それなら、旧本邸はいかがですか？　常に跳ね橋が下りていて分かりにくいですが、あの入口にも門があったはずです」

「本当？　なら行ってみようかな」

ついでに、あの場所をもう一度見に行こう。

「私もご一緒してよいですか？」

「もちろん。他にも行きたい人がいればどうぞ」

ということで、俺とフリーな子供三人で散歩に出かけることになった。

他の子は、騎士団の訓練や行儀作法、読み書きなどの学習、年長者なら親の仕事の手伝いや見習いとしての仕事で比較的忙しくしている。

最近俺のそばにいるメンバーは大体同じだ。御三家の子供であるジャスパー、エルシー、クレアと行動することが多くなった。

旧本邸への跳ね橋を渡り、楼門とアーチ型の通路に進んだ。通路の入口で頭上を見上げると、金属製落とし格子の先が尖った杭が見えた。

昔、この建物が現役だった時は、いざ攻城戦となれば容赦なく落とされたはずだ。今は巻き上げてあるけど、ギロチンの下を通るみたいでソワソワした気分になる。

あっ、これか！　落とし格子の内側に、内開きの木製の門扉が付いている。

うーん。確かに門なんだけど何か違う。これじゃない的な。門番と聞いて俺が思い浮かべたものと、体裁は似たような感じなのに。

一応、門扉をペタペタ触ってみたり、通路を行ったり来たりしてみたが、閃（ひらめ）くものはないし、何も起こらない。そう都合良くはいかないか。

門番（ゲートキーパー）。門の番人。ゲームでは、「○○村へようこそ！」って言うだけの人。

わっかんないな。モリ爺（じい）にこっそり聞いてみたけど、この職業、なにげに謎なんだよね。

「門は確認したから、もういいや。空中庭園に行ってみよう！」

以前、風の小精霊たちが、しきりに何か伝えようとしていた。でも、一斉に喋（しゃべ）るから、意味が分からなくて、酷（ひど）くもどかしかった。試しに、また塔に登って聞いてみる？

屋上に上がり、皆で庭園の散策を始めた。水路沿いに歩いてたら、水盤に辿（たど）り着いた。

『我が唯一』

『高貴なる貴女（あなた）に　永遠の愛を誓う』

愛の誓いが刻まれたプレートが、今日も日差しを反射している。

少女や一角獣、華麗な花々といった幻想的かつ優美な彫刻に、てっきり女の子たちは喜ぶかと思っていたのに、どうも反応が違った。

「こんなの壊しちゃえばいいのに」

エルシーがそう言いながら見つめているのは、水盤の中央にある彫刻そのもので。

「なぜそう思うの？」

不思議に思った。眉を顰（ひそ）めるエルシーだけでなく、クレアも浮かない顔をしている。ただ一人、ジャスパーだけが、いつも通りのクール顔だ。

なぜ彼女たちはこの彫刻が嫌いなのか？　いつも笑顔で楽しそうにしている少女たちが、あからさまに態度を変えた理由。それを知りたくなった。

「だってこれは『魔女の呪い』だもの」

「呪い？　単なる装飾ではないの？」

初っ端から不穏な言葉が飛び出してきたぞ。

「魔女の姿を写したもの」

「忌まわしき魔女の紋章。魔女の名付けの由来になった不吉な花」

いやほんと、いったいここで何があった？

「魔女？　なぜここで魔女が出てくるの？」

「あれは魔女なの」

「リオン様はご存じないのね。あの彫刻の花はフロル・ブランカ。傲慢で卑劣な魔女の花なのよ」

ご存じも何も、魔女なんて存在自体を初めて聞いたよ。

「では、なぜ魔女由来の像や花の意匠がこの場所に？」

「もちろん魔女の仕業よ。元々植えてあった草花を絶やし、花壇や墓標を壊して、納められていた遺骨を動かしてしまった」

「呪いの花で覆って、自分の似姿を置いて、神聖な誓いまで書き換えた。こんなの許せないわ！」

つまり、この水盤は設置された当初は違う姿だった⁉

意外なところから情報が出た。魔女に呪い。子供が言うことだからと、軽く聞き流せない言葉がいくつも含まれている。もし今の話が本当なら、その行為が許されて、現在まで放置されている理由が分からない。

「墓標を壊して遺骨を動かすなんて、簡単にはできないよね？　それって誰の遺骨なの？」

「もちろん、ヒューゴ卿のよ！」

「五代目当主の？　墓廟（ぼびょう）にお墓があったけど……そういえば、一人だけ墓標の位置が変だった。でも、なぜそんなことに？」

元はここに墓があった。それなら、安置された場所が一人だけズレているのに合点がいく。しかし、二人の少女から、続けて出てきた言葉がヤバかった。

「陰謀！」

「誘拐！」

「人質！」

「脅迫！」

おっと。一気に漂う事件臭。交互に羅列されたキーワードを聞いて、歴史の授業で聞いた話が頭に浮かんだ。あれと関わりがあるのかな？

だとすると、正史には出てこない裏話的な事件なのかもしれない。まさかそれを子供が知っているとはね。いったい過去に何があったのか。もう少し突っ込んで聞いてみよう。

「保護血統」

「横恋慕！」

「災厄」

引き続き怪しい単語が飛び出すが、全く筋道が見えない。

「えっと、もっと具体的に言える？」

「具体的にって、どういう意味？」

「もう、いっぱい話したよ」

俺の要求に対し、女の子たちが揃って首を傾げる様を見かねて、これまで物静かにそばに控えていたジャスパーが口を開いた。

「あなたたちの話が飛びすぎているのです。魔女の悪行以前の、この場所の説明から始めてみては？」

そう。そもそもそれが分からない。
・水盤には、かつてヒューゴ卿の墓標と花壇があった。
・花壇は壊され、遺骨は移されている。
・愛の誓いのメッセージは、以前とは書き換えられている。
・犯人は魔女。
飛び交う言葉から、ざっくりと把握できたのはこのくらいだ。

「魔女以前の話？　どこまで戻ればいいのかしら？」

「以前は花壇があったと言っていたけど、何が植えられていたか知ってる？」

「もちろん、星花よ」

「それって、花冠に編んだ花だよね？」

熱冷ましに効く、水の精霊に好まれる花だと聞いて、あのあと少し調べてみた。

星花は地を這うように生長する、匍匐性の丈の低い植物だ。寒さに強く、冬の初めに小さな蕾を沢山つけて、真冬に可愛らしい花を一斉に咲かせる。

しかし、精霊が多いこの地では、一年中、季節を問わず花をつけるらしい。

つまり、目の前にあるような大振りで華麗な彫刻ではなく、グランドカバー的な植物が、ここに植えられていた。それだと随分とイメージが変わる。

「そう。星花(ステラ)は、子宝や家族の絆を象徴する花」

「水面に枝垂(しだ)れる星花(ステラ)を前に、男女が愛を誓うの」

「かつてはここで、一族の婚姻の儀を挙げたのよ」

「星花(ステラ)に囲まれて、精霊に見守られながら式を挙げるなんて、とても素敵よね。だから、こんな驕(おご)り高ぶった装飾なんて違う！　全部壊してしまえばいいのに」

なんか急に饒舌(じょうぜつ)になったぞ!?　愛を誓うとか、婚姻の儀とか、女子の関心が高そうな話だからか？

――チガウ

えっ？

――チガウ　ノゾミ　チガウ　チガウ

――ゼンブ　コワシテ

――ヤメテ　ナゼ

――ワカラナイ

――ウレシカッタ

――ヤクソク　シタノニ

誰かの悲鳴が聞こえた。

体感温度が急激に下がり吐く息が白くなる。水盤とその周囲の床に目に見えて霜がつき、白く凍りついていった。

「いったい何が？」

「危ない！」

凍った床に亀裂が入り、蜘蛛のようにひび割れ、粉々に砕けてゆく。

状況を把握する間もなく、目の前に列車サイズの巨顎が迫り、パクリと丸呑みにされた。

金色の蛇眼。真珠色の光沢。呑み込まれる前に、一瞬だけ姿が見えた。

またお前!?

文句を言い立てる暇も与えられず、観客一人の舞台劇が開演する。

『姫君のご誕生、おめでとうございます』

『うむ。生まれたばかりだというのに、大層愛らしい顔立ちをしている。成長の暁には、さぞ美しくなるに違いない』

『名付けはいかがされますか？』

『そうだな。この子には大輪の花が似つかわしい。フロル・ブランカの名を与えよう』

フロル・ブランカ!?

先ほど、耳にしたばかりの花の名前だ。魔女の花だと言っていた。じゃあ、この子が魔女？

特に変わったところはなく、可愛らしい赤ん坊に見える。それがなぜ、後世に魔女と呼ばれるようになったのか？

赤ん坊に焦点を当てたまま、周囲の景色が目まぐるしく変わり、彼女の数奇な生涯を映し出す。

愛らしい女児は、真綿に包むようにして育てられ、物心がつく前から大勢の大人が彼女に傅いていた。欲しいものは常に誰かが察してくれて、すぐに目の前に差し出される。願いを口にすれば、叶わない望みなどひとつもない。

成功物語の主人公のように、全てが思う通りに動いていく生活。我慢することや諦めることを全く経験せず、その必要性も感じないまま、少女は思春期を迎えていた。

ふぅん。フロル・ブランカは、かなり甘やかされて育ったのか。王女だから？　それにしても限度を超えている。傀儡の皇帝を仕立て上げるならともかく、いずれは王国の駒として結婚するんだよね？

その後も、変わり映えのしない退屈な日々が続いていたが、ある日、その状況に光が差すような変化が起きる。

『あの殿方はどなた？』

『隣国からの使節です。外交のためにいらしたと伺っています』

数え切れないほどの明かりが灯された、煌びやかな大広間。大勢の着飾った人々がざわめく中で、ひときわ注目を浴びている青年がいた。

優美さの中にも、どこか野生的な色気がある端正な顔立ち。表情豊かに話す仕草や、背が高く鍛えられた身体は、男性的な魅力を十全に発揮している。

俺は彼を知っている。以前、見たことがある。なんなら墓参りもした。いわく付きの人物だったし、その墓標に刻まれた言葉にインパクトがありすぎた。

『愛に束縛されし者』

苦渋に塗れた人生を送り、グラス地方に訪れた過去最大の危難の渦中にいた人物。王太子アレクサンダー、その人だ。

どうやら、あの一連の事変の少し前の光景を見ているらしい。

彼は国家間折衝のために、国王の名代として隣国ベルファスト王国を訪れていた。緊張を孕む二国間の関係。にもかかわらず、麗しい貴公子ぶりに、彼に懸想する女性が後を絶たなかった。

年若いフロル・ブランカも例に漏れず、青年をひと目見た瞬間に心を奪われ、初めての恋情にその身を焦がすことになる。

『ああ、なんて綺麗な月。アレクサンダー様。あなたも、この澄んだ光を放つ月を見上げて、私と同じように、運命の出会いに思い乱れていらっしゃるのかしら？』

まるで、以前見たロマンチックな歌劇のようだと、彼女の心は浮き立ち、これから起こるであろう甘美な恋の駆け引きを思い描いていた。

てっきり、典型的な政略結婚だと思っていたのに、少なくともフロル・ブランカ側には恋情があったわけだ。随分と夢見がちな女性みたいだけどね。

彼女は疑いもしていない。初めての恋の行き先を。自分が募らせている想いと同等、あるいはそれ以上の熱量を、相手も返してくれるはずだと本気で思い込んでいる。これまでの人生と同じように、何もかも上手くいくと信じていた。

しかし、彼女の予想はすぐに裏切られることになる。

思わせぶりに話しかけても、つれない態度を貫かれ少しも気を引けない。ならばと、率直に気持ちを打ち明ければ「自分には婚約者がいる」の一点張りだ。

そしてついに、あからさまに避けられるようになってしまった。

『アレクサンダー様は、どうして会ってくださらないの？　こんなにもお慕いしているのに』

初めて経験する挫折。彼女は益々(ますます)、溺れるような恋情に呑まれていく。これまで一度たりとも、客観的に物事を捉えたことがないのが災いし、彼女は誤った考えに囚(とら)われ始めた。

『きっと誰かが邪魔をしているのよ。私に嫉妬(しっと)して、アレクサンダー様を遠ざけているのだわ』

初恋に翻弄(ほんろう)されるフロル・ブランカは、恋しいアレクサンダーを嫌うことも、諦めることもできなかった。だから、アレクサンダーが自分の想いに応えられないのは、二人が結ばれることを快く思わない者が妨害しているせいだ。そんな風に思考が傾いていく。

叶わぬ恋を知ったことで、フロル・ブランカは、憤り・悲嘆・嫉妬といった負の感情を生まれて初めて体験する。それは周囲の人々が、彼女から必死に遠ざけようとしていたものそのもので。

暗い感情の矛先が、顔の見えない第三者に向かい、物語は悲劇への幕を開けることになる。


次から次に情報が入ってきて、ちょっと頭が追いつかない。なぜフロル・ブランカが、魔女と呼ばれるに至ったのか？

……ああ、なるほど。ここに加護が関わってくるのか。こんな厄介な加護があるなら、そりゃあ保護血統を作るよな。

だいぶ分かってきた。この時代に生きた人々にとっての最大の不幸は、彼女が普通の少女ではなかったことだ。

フロル・ブランカ・ローカスト・ベルファスト。

王族に生まれ、その身分はこの上なく高い。生まれてからずっと周囲から腫れ物に触れるように扱われてきたが、その大元の原因は、彼女が持つ特殊な加護にあった。

彼女の母親の生家であるローカスト侯爵家は、稀少（きしょう）加護の継承家系で保護血統に指定されている。

【呪華（パナケイア）】

術者の生命力を削り、奇跡的な治癒力で他者を癒（いや）す。自己犠牲を伴う善性の加護だが、その一族の血統に、数百年に一人といった確率で、イレギュラーかつ異質な存在が現れる。

フロル・ブランカがその一人で【呪華（パナケイア）】と対極的な性質を持つ【妖華（マルム）】を授かっていた。

しかし、【呪華（パナケイア）】【妖華（マルム）】は共に呪神の加護で、「術者の生命を糧とする」という同じ特徴を持っていた。

【呪華（パナケイア）】が人の身に余る神の領域に踏み込む奇跡を起こすなら、それを清算するかのように、【妖華（マルム）】は人智を超える摂理に干渉して疾病や災害を撒（ま）き散らした。

より悪辣（あくらつ）なのは、【妖華（マルム）】の固有能力である【百華妖乱（マレフィキウム）】だ。術者が妬（ねた）みや憎しみといった負の感情を覚えるだけで、無自覚に加害的な力を発動する。

その最初の被害は、アレクサンダーの婚約者が病に倒れるという形で現れた。グラス地方に不穏な影が差していたこともあり、彼は予定を切り上げてキリアム王国へ帰郷してしまう。

己の加護に無知なフロル・ブランカは、みすみすアレクサンダーを帰してしまった周囲の人々に憎しみを抱くようになる。

『アレクサンダー様が私の元から消えてしまった。運命の出会いなのに、なぜ結ばれないの？　何がいけなかった……いえ、誰が私たちの邪魔をしたのかしら？』

自分以外の全ての人が幸せに見えた。自分だけが悲劇のヒロインで、可哀想（かわいそう）な犠牲者だった。当時の情勢を知った彼女は、よりその思いを強くする。

国家権力に引き裂かれた愛し合う二人。フロル・ブランカの認識が現実と乖離（かいり）し、あり得ない方向に歪んでいくのを、誰も修正することができないまま、時が過ぎた。

その結果、王国に次々と凶報が届く。黄色い悪魔『絶枯』の襲来という悪夢が発生したのだ。

黄変し大量発生した、群生相の魔虫が引き起こす飛蝗現象。

凶暴化した魔虫が、地に生える全ての草木や生き物を食べ尽くし、国土を蹂躙していく災害は、古くから『黄暈の魔女』の怒りが原因だと伝えられている。

ただでさえ火山の大噴火による飢饉が予想される中で、死体に鞭打つように襲いかかる無情な災厄。黄色に黒い斑が入った魔虫は、進行方向にある生きとし生けるものを全て無に還した。

やっと魔女が出てきた！

以前受けた歴史の授業で、グラス地方の外で起きた大規模災害が、グラス地方包囲網ともいうべき軍事行動の決定打になったと言っていた。それがこれか。

人々はただ逃げ惑い、『黄暈の魔女』の怒りが収まるのを、身をすくめて待つしかなかった。そして、死神の群れが全て通り過ぎ、遠く海上に消え去ったとき、食糧を求めて争う人々の目は、不思議と被害が少ないキリアム王国に向かうことになる。

常なら互いに牽制し合うベルファスト王国の諸侯たちが、ある者は他の者と手を組み、またある者は独自の判断で、西に向かって進軍を始めた。

豊穣の大地、いまだ飢えを知らないキリアム王国を目指して。

『諸侯軍だけでなく、ベルファスト王国の王軍も、こちらに向かっている。このままでは戦争は避けられない。彼らの提案を飲むしかないだろう』

『ベルファストの傘下に収まるだけでなく、あの娘の機嫌を取れと？　気は確かですか？』

病床に伏すウィリアム王と、父王の決断に納得がいかず、不満を漏らすアレクサンダーの姿が映し出された。

『正気ではないだろうな。何しろこのザマだ。しかし、伝承が真であれば、それしか事態を収める方法はない。魔女は死して呪いを残す。もし魔女の命を奪えば、その魂が新たな呪いを生み出し、今まで以上に恐ろしい災厄に見舞われる。それだけは絶対に避けなければならない』

『しかし……他に方法はないのですか？』

『すまない。我々の王国、いや、このグラス地方の安寧のためだ。我慢してくれ。ベルファストも最大限の譲歩を示してきた。ここで手を打たざるを得ないだろう』

自然災害だけではなく、人災とも呼べる大飢饉と、迫り来る諸侯軍や王軍との交渉。キリアム家の歴史の転換点。その裏側がこれなのか。

場面が切り替わり、世相とかけ離れた華やかな結婚式が催され、物語は加速度的に進んでいく。

歴史の授業では、アレクサンダーの政略結婚の相手とだけ知らされ、フロル・ブランカという名前すら挙がらなかった。だから、政治的な駒として使われた女性という認識でしかなかった。

これって、意図的に情報規制をしてるよね？　分家の子供たちが魔女と呼ぶくらいだから、箝口令ではなく、暗黙の了解あるいは自主規制といったところか。『黄暈の魔女』の正体は、公には口にできない、いわゆる公然の秘密なのだろう。

キリアム王国の王都から、グラス地方の領都へと呼称を改めたグラスブリッジ。

そこで新生活を始めた年若い夫婦だったが、花嫁の顔色を窺うような婚姻関係は、徐々に破綻をきたし始めていた。

煽りを受けたのが、グラスブリッジ防衛に死力を尽くし、精霊と共に眠りたいと願ったヒューゴ卿だ。領主夫人となったフロル・ブランカたっての願いにより、彼の遺言は踏み躙られることになる。

どこか色褪せた空中庭園の中で、憂いを帯びた姿で立ち尽くす現当主アレクサンダー。その周囲で悲鳴をあげ、彼を責める人々の姿が見えてきた。

『なぜ王家の言いなりなのです？』

『今すぐやめさせてください。独立を捨て降嫁を承諾しただけでも大概なのに、墓荒らしまで同意するなんて。キリアムの不撓不屈の誇りを失ってしまったのですか？」

『すまない。私の一存では止めることはできない』

抉られ掘られ無残に抜かれていく星花の傍らで、親族に詰め寄られながらも、新妻の我儘を容認するアレクサンダー。

彼らの口論をよそに、王家が送り込んだ石工職人たちは、粛々と水盤の改修工事を進めていく。

『墓を荒らす理由は？　キリアムの尊厳を傷つけるためですか？』

『それは違う。あくまで個人的な理由だそうだ。……死後も愛される精霊に嫉妬する、この場所が目障りで我慢できない。だから、無くしたいと言われた。永遠の愛を誓えとも。でなければ、私を信じることができないらしい』

アレクサンダーの顔に、苦笑とも憐憫とも言えぬ複雑な表情が浮かんでいる。

『しかし、ここはキリアム一族にとっては特別な場所です。都市防衛に死力を尽くした精霊への感謝と敬愛の証なのですから』

『だからこそ、どんな形でも残さなければならなかった。それに、アレが望みを叶えるまで、我々を襲う不幸は止まらない。止めようがないのだ』

婚姻に際して、アレクサンダーは王家からフロル・ブランカの特殊性を知らされていた。

ベルファスト王国から甚大な被害報告が齎されると、拭い切れない恐怖と重圧が彼を苛んだ。

魔女に魅入られた己の一挙手一投足に、この大陸の命運が左右される。それだけでなく、グラス地方に押し寄せる流民と治安の悪化への対処や、ベルファスト王国からの度重なる食糧輸出の要請に忙殺され、眠れない日々が続いていた。

そして彼は、妻を恐れるあまり、男性としての機能にも支障をきたしていた。

『なぜ私を求めてくださらないのです？』

『君のことは愛している。しかし率直に言って、私は君が恐ろしい。君自身ではなく、君が抱える能力が……だ。この恐怖がなくならない限り、身体は元に戻らないという医師の見立てだ』

『しかし、私は意図的に何かをしているわけではないのです。そもそも、望んで得た加護ではありません。能力に迷惑しているのは、誰よりも私自身なのに』

上辺だけでも愛していると、言い続けざるを得なかったアレクサンダー。自らの危険性を知らされ、人生で最も欲しいと思ったものが、手に入らなかったフロル・ブランカ。

金色の板に刻まれた愛の言葉。形だけでしかない永遠の誓いに、彼女がどの程度満足したのかは、今となっては分からない。

なぜなら、大陸に撒き散らされた大いなる災厄と不幸は、その対価として彼女の命を大幅に削り、短い生涯を終わらせてしまったからだ。

彼女の遺体は王家が引き取り、キリアム家が預かり知らぬ場所に埋葬された。

当然のことながら、フロル・ブランカとアレクサンダーの間に、子供はできなかった。当時の状況を鑑みれば、キリアム本家の血統を守るため、あえて作らなかった可能性もある。

キリアム家の跡は、フロル・ブランカの死後、アレクサンダーと後妻（元の婚約者）との間に生まれた子供が継いでいる。

誰も彼もが報われない。

そんな虚しい、すっきりしない余韻を残して、視界が元に戻った。

白蛇は、いったい俺に何を見せたかったのか？

今回のは、続・アレクサンダー事変ともいうべき内容で、一連の事件の真相に迫るものだ。それに巻き込まれて壊されたヒューゴ卿の墓。

改修されて、偽りの愛の誓いの場になった水盤に、今また異変が起きている。

「リオン様、お怪我はありませんか？」

「大丈夫。しかし、酷い有様だね。床材が粉々だ」

「破損の程度次第では、崩落する危険があります。誘導しますので、直ちに退避をお願いします」

後ろ髪を引かれる思いで空中庭園を後にし、俺たちは無事に上郭へ帰還することができた。

大きな長テーブルが置かれた会議室。常なら大勢が集うときだけ開かれる部屋に、四つの人影があった。リオンの傅役であるグレイソン・リハイド・モリスと、彼に呼び集められた三人の分家当主たちである。

「お集まりいただいたのは、リオン様の素養について、皆様に重大なお話があるからです」

「はい。グラス地方の防衛にも関わりますので、機密扱いでお願い致します」

「なんだ改まって。人払いが必要なほどの大事なのか？」

「おいおい。現状でも盛り沢山なのに、これ以上何が出てくるんだ？」

「今からテーブルの上に、リオン様の作品の一部を並べます。その間、少々お待ちください」

丁寧に束ねられた紙束を繙き、順番を確認するように並べていくグレイソン。

長テーブルの半分を覆い尽くす絵を前に、分家当主たちは揃って難しい顔をする事態になった。

「なんだこの呪われた絵は！　絵を描いているのは知っていたが、コイツはヤバい。今日は、心の問題というか、そういった方面の相談なのか？」

「やけに聞き分けの良い、大人しい子供だと思っていた。しかし……これは。私には絵の解釈は分からないが、素人目にも心の闇を感じる」

「やはり、親の愛情が欠けていたのがいけなかったか」

「子供たちと草板で遊んだときは、無邪気に楽しんでいたと聞く。親しく親族と触れ合う機会を、もっと増やすべきでは？」

「皆様、お気づきになられませんか？」

様々な憶測を言い合う当主たちに、グレイソンが横槍を入れた。

「何に気づくというのかね？」

「たとえば、この形です。かなり特徴的だと思いますが、見覚えはございませんか？」

グレイソンが指し示したのは、繋ぎ合わせた絵の隅に描かれた、ある模様だった。それを見て最も大きく反応したのは、ロイド家当主のサミュエルだ。

「ふむ。三日月型の文様。それも複数……ん？　いやしかし、これだけではなんとも。他にこの文様が入った絵はないのかね？」

「残念ながら。しかし極秘に、この絵の複製を作らせています。思うところがあり、色を塗り替え、縮小して、一枚の紙にまとめてみたのです。それがこちらです。ご覧ください」

グレイソンが、真っ赤な絵の隣に、折り畳んで置いてあった一枚の紙を広げていく。

「確かに同じ図柄だが、全く印象が違う」

「ほう。色を変えたらこうなるのか。まるで地図のようだ。これは架空の場所の地図なのかね？」

「いや。この隅にあるのが三日月湖群の始まりだとすると、バレンフィールド南の領域に見える。南部地方の河川や田畑まで、かなり正確に描かれているのではないか？」

「言われてみれば。そうすると、この線が精霊街道か。丸く塗り潰されているのは、宿場町や中継都市の位置と合致しそうだ」

「地図。それも、地形が目に浮かぶようじゃないか。しかしなぜこのような絵を？」

「縮小図は、もう一枚ございます。二枚を並べてみると、より絵の素晴らしさがお分かりになると思います」

グレイソンが、折り畳んだ紙をもう一枚取り出して繋げた。

「ああ、これは精霊湖周辺と中央方面の地図か。森林境界や丘陵地の特徴がよく出ている。ん？　所々に小さな記号のようなものが描いてあるが、これは何かね？」

「どうやら、果樹園や農耕地など、人の手が入った場所に印がつけてあるようです」

「さて。ここまで詳しいとなると、果たしてリオン様は、何を見てこの絵を描かれたのか？　それが問題になる」

「既存の地図を写しただけでは、こうはならない」

「どうやって『視(み)た』？　加護か、あるいは職業か、それとも盟約の力なのか？」

「いずれにせよ、これほど詳細な地図は見たことがありません」

「リオン様に戦略的な利用価値が上積みされたわけか。つまり我々は、今後、寝言にすら気をつけねばならない。この事実の漏洩(ろうえい)は、下手すると加護のそれよりも、危険な事態を招きかねない」

「な、なぜ！　なぜない！　生まれ育ったバレンフィールドは分かる。でも、南部と中央があるのに、北部の地図がない!?　グレイソン！　これはどういうことだ？」

北部を治めるキャスパー家当主アーサーにとって、リオンの価値は既に天元を突破しており、リオンの能力の推測よりも、描かれた地図の中に自領が含まれていないことの方が問題だった。

「理由は分かりません。ただ、絵を描かれる時は非常に集中されています。これほどの大きさの絵です。一枚一枚、少しずつ隣接する地域を手がけ、仕上げには相応の時間がかかっています」

「つまり、時間が足りないと？　では、今現在は、どの地域を描かれている？」

「このところお忙しかったこともあり、あまり描く時間を取れていませんが、おそらくグラスブリッジ周辺かと思います」

「リオン様の関心が高い順に描かれたのでは？　当家からは、バレンフィールドに料理人を派遣し、継続的に食材も提供していますから」

南部を治めるサミュエルが少し得意げにしているのは、おそらく気のせいではないだろう。

「つまり、食い物か。食い物がリオン様の心、いや胃袋を掴んだ。であれば、北部には切り札がある。今探させているゲス・エグィス・マズィナが手に入り次第、リオン様に献上することにしよう」

「あの幻の食材と言われる？　前回見つかったのは二十年ほど前だと聞いています」

「大型の亀甲獣の目撃情報が出ている。甲羅に歯車の文様が確認されているから、期待できるはずだ」

「それは素晴らしい。ゲス・エグィス・マズィナは、大層美味なだけでなく、どこをとっても滋養に溢れています。リオン様も、きっと喜ばれます」

「しかし、入手までには今少し時間が必要だ。その間、北部にも関心を持っていただくには、どうすればいい？」

「そうですね。北部は大型かつ独特な生き物が生息していますから、図鑑などがあれば興味を持たれるかもしれません」

「なるほど。それはいい考えだ。よし、早速手配しよう！」

「皆様、一点だけご注意していただくことがあります。この件に関しましては、万が一にでも領外に漏れてはまずいので、エリオット様には伏せてあります。それをご承知ください」

「賢明な判断だ。『頭盤の儀』の結果だけでも頭が痛いのに、これ以上、争点を増やしたくない」

「しかし、凄いな。そこにいるだけでも多大な恩恵を齎すのに、このようなことまでできるとは」

「リオン様の能力は計り知れません。ぼんやりされているように見えますが、知性は高く、向学心もあり、周囲の者への気配りは年齢以上になされます。足りないのは体力と、親の愛情だけと言っても過言ではありません」

「体力はこれからつけていけばいいが、親ばかりはどうにもならん。エリオットは腑抜けだし、あの糞な母親じゃあ、いない方がマシだろう」

「できれば会わせたくないが、公式の場が初対面となれば、リオン様が我々に不信感を抱くような工作をしかねない。本当に厄介な女だ」

「次男のロニーを後継にと目論んでいたのだろうが、あの子には盟約がない。精霊への親和性までは測れないが、あったとしても、ウチのアーチー以下、アーロの足元にも及ばないだろう」

「本家の生まれなのに残念なことだ。母親に似たのかね？」

「ロニー様は、髪色や目の色が、夫人に似ておられますね」

「下の娘のエリザは、見た目だけならエリオットに似ているそうだ。だが、あの女が抱え込んでいるから、末はどうなることやら」

「できる限り、キリアムの血は外に出したくない。子供たちを取り戻せないか？」

「そこはエリオット次第だろうよ。本来ならグラスブリッジで養育するはずなのに、あの女の我儘で王都に留めているのだから」

「ロニー様であれば、引き取ること自体はできると思います。しかし、代わりに何を要求されるか予想がつきません」

「もし馬鹿げた要求がくるなら、遠慮なくはねつけてやれ。これ以上ない跡取りができたのだから、リオン様が成長された暁には、当主のすげ替えができる。そうなれば、金遣いの荒いタダ飯喰いのクソアマともオサラバってわけだ」

「それまでに、リオン様をお支えする次世代の子供たちを、しっかり鍛えておかねばなりませんね」

「そうだな。俺たちが早く隠居できるように、頑張ってもらわないとな」

§ 消えた遺骨

その後の調査で、空中庭園の被害状況が把握され、報告が上がってきた。

水盤の貯水槽や、水盤中央にある台座とその脚部は無事だったが、雪花石（せっかせき）でできていた水盤の縁石や周辺の床材、そして台座上の彫刻には破損が及んでいた。

つまり、元々の構造部分には被害がなく、フロル・ブランカが改修した箇所だけが、狙ったように壊れていたのだ。

花の彫刻は全壊で、一角獣と少女の彫像は半壊。誓いの言葉が刻まれていた金板においては、粉々に砕け散っていたという。

金属の板が粉々？　と驚いていたら、その認識自体が間違っていることを教えられた。

「あれは迷宮水晶を特殊加工した金水晶と呼ばれるもので、金属ではありません」

なんと、迷宮素材から作られた、なんちゃって金属だった。

「金属の光沢を持つのに、錆（さ）びない、比較的軽い、十分な強度ありと、売れ筋商品になっています。墓廟（ぼびょう）にあった銀色の板も同様の商品で、そちらは銀水晶と呼ばれています」

「馬車の窓も迷宮水晶の加工品だったよね？　なら、金水晶や銀水晶も特産品なの？」

「はい。迷宮素材の加工には、特殊な技術を要します。素材の入手先も限定されますので、こういった製品は、どこでも作れるわけではありません」

　グラス地方では、産業保護のために、迷宮水晶の買い取りを強化しているそうだ。技術者も、キリアム家が囲い込んでいる。

「水盤の補修工事は早々に始まる予定です。それほど時間はかかりませんが、当面はあの場所への立ち入りは禁止になります」

　台座の上にあった彫像や花の彫刻は、取り除かれて更地（さらち）になる。補修部分に使う素材は、雪花石ではなく、もっと床材に適したものに変更されるらしい。

　水盤の底にある吸水口は、報告書を見る限りでは、特に異常を指摘されていない。しかし、あそこには何かいると、以前から感じていた。

　淡い燐光（りんこう）を放つ球。立ち昇る気泡。見守るように群れていた風の小精霊。

　もうとっくに答えは出ている。

　かつてはヒューゴ卿の墓があったのだ。改修時の光景の中では、親族らしき男性が『都市防衛に死力を尽くした精霊への感謝と敬愛の証（あかし）』だと言っていた。

　その場所で響いた悲痛な叫び。

　――ヤクソク　シタノニ
　声が聞こえた直後に、激しい転化（チャージ）の流れを感じて、床や彫像が凍りついた。水属性の魔素が生み出され、氷結という現象が起きたのだ。

　あのときに聞こえた声は、ヒューゴ卿の精霊のものではないか？　そう考えるのが自然だ。

『古い盟約に囚われた精霊に出会ったら、助けてあげてほしい』

三年前、青い水底の世界で、初代様にそう頼まれた。今がその時なのかもしれない。

あれだけの破壊力を示したのだから、失った精霊力は、ある程度回復していると考えていい。

じゃあ、今現在、あの精霊を縛っているものは何だ？　それが分からない。

精霊が言う「ヤクソク」が果たされてないから？　そう考えた時に、唐突に、以前、馬車の中で見た白昼夢のことを思い出した。というか、なぜ今まで忘れていた？

夢に出てきたイーストブリッジは、グラスブリッジの昔の名称だ。あの夢で主人公だった黒髪の青年こそが、話していた内容からいって、五代目ヒューゴ卿のはずだ。

ヒューゴ卿は、グラスブリッジの攻防以降、巷では「精霊狂い」と呼ばれていた。その理由は、生涯を自らの精霊に捧げると、公私にわたって明言していたからだ。

「精霊狂い」は決して悪名ではなく、一般には不可視の存在と、そこまで想いを通じ合わせることができたヒューゴ卿への、畏怖や畏敬の念を多分に含んでいる。

そんなヒューゴ卿が自らの墓と定めた場所。

水盤には地下水が絶え間なく流れ込んでいる。当時、精霊は衰弱して存在自体が消えそうになっていた。水盤が、その精霊の復活のために用意されたものだとしたら。

……ああ、なんで今になって思い出すんだ！　もっと前、湖上屋敷で見た夢で、彼は水盤の水が精霊を癒すと言っていたじゃないか！

彼の精霊は、本来ならキリアムの親族だけが訪れる、極めて静寂な水盤の底で、少しずつ精霊力を取り戻していくはずだった。傍らに寄り添うヒューゴ卿と共に。彼の死後も変わらずに。

ただ一点、気になることがある。詳しくは年表でも見ないと分からないが、グラスブリッジへの侵略戦争から、既に一世紀以上、二世紀未満の時が経過している。

果たして精霊の復活に、こんなに長い時がかかるものだろうか？

フロル・ブランカの嫉妬（しっと）が精霊に向かった影響も考えられるが、彼女の力が猛威を奮ったのは、そう長い期間ではない。

もしかして、他にも復活できない原因があるのか？

吸水口は浄化装置だと見做（みな）されていた。浄化後の水は生活用水として使われ、また、周囲にある堀を満たしていたが、そこに精霊を据えたため、空堀になった。

そこまでは、把握できた。

——タリナイ
精霊はこうも言っていたから、とりあえず試してみたいのは、水盤の原状復帰、つまり、ヒューゴ卿が作った形への復元だ。

もう一度、あの白昼夢を見られないかな？　そうしたら、確証が得られるのに。

深夜のベッドの中で悶々（もんもん）と考えていたら、出たよ。真珠の光沢を持つアイツが。ガバっと現れて、パクッとされた。

今回も丸呑（まるの）み？　最初は道案内してくれたのに。えっ、こっちの方が断然早い？　なら仕方ないか。不思議なことに、なんとなく意思の疎通ができている。だったら、注文してもいいよね。肝心のセリフは、あの夢の最後の方で言っていたはず。そこから見せてもらえる？

——イッショニ　イテ　シアワセ

そうそう上手(うま)い、ちょうどこのあたりだ。今度こそしっかり聞かなきゃ。

『お願いだから、消えないでくれ……君を愛してるんだ。僕を一人ぼっちにしないで!!』

——キエナイ　ココデ　ネムルダケ
——ダカラ　ナカナイデ
『眠るだけ？　本当に？』

——ナガイ　ネムリ　ガ　ヒツヨウ
『それなら、僕は一生……いや、それじゃあ足りない。死んだ後も、眠る君のそばを離れない。毎日うるさいくらいに話しかけて、君が好きな可愛(かわい)らしい白い花を、辺り一面に咲かせる。そして、朝に晩に愛を誓うよ。だって君は寂しがり屋だから。僕がずっと一緒なら、君も寂しくないだろう？』

キーワードはおそらく、花と、愛の誓いと、ヒューゴ卿自身だ。これが精霊を縛るヤクソク、つまり言霊(ことだま)になっていると想定してみる。

精霊をあの場所から解放する第一歩は、やはり水盤の復元だ。

花に関してはそう難しくない。水盤に花壇を作って星花(ステラ)を植える。

愛の誓いは、墓標でもある銀板が使えそうだ。銀板のメッセージは、各当主の信念や生き様に相当する。だから、改葬する際に破棄せず、そのまま再利用されたと考えるのが妥当だしね。

下郭の墓廟にある墓から、ヒューゴ卿の遺骨と共に銀板を移せば、それほど手間をかけずに改修できるはず。じゃあ、具体的に頼んでみよう！

「水盤の改修に際して、一番最初の姿に復元して、ヒューゴ卿の遺骨や墓標を空中庭園に戻すことってできる？」

「ご提案に反対する者はいないはずです。砕けた金水晶の下に、かつての納骨場所だと思われる隔室が見つかり、既に清掃が終わっています。ですから、今すぐにでも動かせます」

はい。早速行動ということで、再び墓廟にやってきた。

お墓を開ける際の手続きを聞いたら、特に必要ないと言われた。

よって、モリス家当主で、本邸の家宰でもあるネイサンに立ち会ってもらい、俺の傅役のモリ爺にも一緒に来てもらった。

「ヒューゴ卿の改葬について書かれた文書を見つけました。遺骨を移した事実と日付が載っていただけで、墓標自体については不明です。ですが、廃棄するとは思えませんので、名前が刻まれた銀水晶が当時のものである可能性は高いと思います」

ヒューゴ卿の名前の下にある文言を改めて確認する。

『愛する君に　朝に晩に愛を誓う』

もうこれ、ドンピシャだろう！

下郭の工房から石工職人さんを呼んで、すぐに作業が始まった。

「墓標を外しますので、立ち会いをお願いします」

石室の蓋になっている墓標を専用の道具で浮かせて、横に敷いていた布の上に慎重に移す。遺骨が納められた骨壺を取り出すために、白い手袋を嵌めたネイサンが隔室を覗き込んだが、そこで驚愕の表情を浮かべた。

「な、なんということだ！」

「どうしたの？」

「ありません。空なのです。中に納められているはずの骨壺がないのです」

びっくりして俺も隔室内を確認すると、確かに何もない。まるで蒸発したように、痕跡すら残っていなかった。

「えっ!?　これって、どういうこと？」

「分かりません。確かにここに納めたと、記録には残されていたのに」

難しくないと考えていた水盤の復元が、初手から暗礁に乗り上げた。肝心の遺骨がないなんて。

……困る。とても困る事態だ。


遺骨が消えた理由。それが分からない。

事故なのか事件なのか。言い換えると、過失による紛失なのか、故意の窃盗行為なのかだ。それにより、意味合いが全く違ってくる。

とは言ったものの、過失の線は、かなり薄いのではないかと考えている。

だって、移動距離があまりにも短すぎる。中郭と下郭は隣接しているし、いくら広いといっても同じ敷地内なのだから、骨壺ひとつなんてなくしようがない。

水盤の改修工事には、当主アレクサンダー卿が自ら立ち会っていた。彼はもちろん、あの場にいた親族だって、大事なご先祖様の遺骨を粗略に扱うはずがない。

じゃあ、いったい誰が盗んだのか？

当事者の一人であるフロル・ブランカには、そこまでする理由はないはず。

淑女である彼女が、遺骨を盗んでどうするというのか？　彼女は精霊に嫉妬して、アレクサンダー卿に愛されているという確証を欲した。

でもさ、箱入り育ちで王都生まれの彼女が、どうやってほぼ一世紀前のヒューゴ卿と精霊の愛情物語を知ったのか？　そこに甚だ疑問が残る。

彼女は思い込みが激しいが、ある意味純粋で、基本的に単純な思考回路の持ち主だと思う。他人が意図的に何かを吹き込めば、容易に影響されてしまうくらいに。

そういった点で、キリアムの弱体化を目論む勢力に、便乗、唆された可能性を否定できない。

水盤の工事を請け負った職人たちは、王家から派遣されてきた。そして、人だけでなく、縁石に使う石材や彫像も持ち込んでいる。

フロル・ブランカの要望に応えたという形で、キリアム家の中枢に堂々と乗り込んできたのだ。

雪花石は、ベルファスト王家が好んで使う鉱石で、グラス地方ではほとんど産出されない。白くて綺麗だけど強度がイマイチで、彫像ならともかく、明らかに床材には適さない。それをわざわざ強化して、水盤の縁石や、その周囲の床に使用している。

重たい石材を運搬するに当たって、職人なんかも出入りしただろうし、外部の人間が入り込む隙ができたはずだ。

黄色い悪魔『絶枯』の襲来に限れば、ベルファスト王家も【妖華】の被害者に見えなくもない。

しかし、果たしてそうだろうか？

損得勘定のフィルターをかけ、穿った見方をしてみると、一連の出来事が違う景色に見えてくる。

最大の損失を出したのは、大飢饉で命を奪われた人たちなのは間違いない。

では、それ以外の生き残った人たちは、どうなのかと眺めてみれば。必ずしも全員が、損した側に立っていないのだ。

明らかな大損をしたのは、キリアム家だ。なにしろ、理不尽な脅迫により国を失い、不本意な婚姻まで押し付けられたのだから。

じゃあ反対に、最も得をしたのは誰か？　それは紛れもなくベルファスト王国——正確に言えば、ベルファスト王家になってしまう。

数年間の飢饉で多数の餓死者を出したとしても、彼ら自身の命が脅かされるわけではない。最優先で物資を供給される特権を持つ王家にしてみれば、それは身近な問題ではなく、統計上の数字でしかない。それも、ある程度の年数が経てば、自然に回復する数字だ。

その損失と引き換えに、その後の約百年間にわたって、彼らはグラス地方という揺るぎない食糧庫を確保することができた。それも、王家が主導するという形で。

傘下に収めたグラス地方からの絶え間ない食糧輸入。それは当時、どれほどの優位性を王家に与えのか？

諸侯たちは、より多くの食糧を融通してもらうために、窓口である王家と何がしかの交渉をせざるを得なかった。

長期的な収支は、間違いなく大幅な黒字だろう。そして短期的にも、王家の懐は、そう痛んではいないのだ。笑いが止まらなかったかもしれない。

統一王国の瓦解時、中興の祖ロジン・ベルファストは領邦国家として国を再起させたが、王家と諸侯の力関係は大きく変化した。諸侯が王家に対して、強い姿勢を取るようになったのだ。

その諸侯側に傾いた天秤を、再び王家側に戻すための、非常に有効なカードを彼らは手に入れた。

その上、逃した魚は大きいと、大いに臍を噛んでいたのに、放流中に肥え太ったキリアム王国という魚を、再び釣り上げることにも成功している。

たまたま手元にいたフロル・ブランカというジョーカーを、最大限に活用するだけで、一挙両得を実現してしまったのだ。

全てが計算の上で成り立っているとは思わない。だけど、その後のキリアム家の歴史を見れば、ベルファスト王家は極めて油断がならない相手だと言える。

五代目ヒューゴ卿は、周辺諸侯に奇襲的な戦争を仕掛けられた。

十代目アレクサンダー卿は、侵略戦争が起こる寸前で、ベルファスト王国の傘下に入り、降嫁を受け入れざるを得なかった。

十四代目グレイソン卿の時に二度目の降嫁があり、十五代目にして、王家の血を引くライリー卿がキリアムの当主の座に就いている。

そして十六代目の現在。さすがに二代続けての降嫁は無理だったのか、王家の腹心ともいえるスピニング伯爵家との縁組を行い、その子供、つまり俺が次の当主になる。

このペースで行けば、俺のひ孫の代には、キリアム家が王家に喰われていてもおかしくない。

分家当主が警戒するわけだ。

まあでも、全部推論だけどね。はっきりとした証拠がなければ、机上の空論に過ぎない。

「ねえ、モリス。大勢の人に甚大な害悪を及ぼすと分かっている人物を、あえて生かしておく理由って何かな？」

独りよがりは危険なので、人生の先達に意見を聞いてみたくなった。

「それがどういった人物を指しているのかは分かりませんが、最も考えられる用途は、戦争への利用でしょう」

「戦争？」

「はい。人間兵器。そうたとえられるほどの加害能力があれば、時が来るまで匿い、いざという時に敵陣に放ちます。捨て駒なので失っても惜しくない。できるだけ大勢の敵を巻き込んで、盛大な戦果を挙げてくれることを期待します」

なるほどねぇ。

厄介な加護も性質を見極めて使えば、望む結果を生み出せる。

そう。ずっと引っかかっていたのは、フロル・ブランカの存在だ。

王家の力をもってすれば、彼女を厳重に隔離して、感情を揺さぶるような刺激を一切与えずに育て、起伏に乏しい平坦な人生を送らせることだってできたはずだ。

それなのに彼らは、フロル・ブランカの幼少期から、最大限の贅沢を湯水のように与え続け、それがあって当然だという価値観を植え付けた。

綺麗で楽しいものしか見せず、極端にストレスフリーな環境下で、世間知らずのまま、感受性だけは豊かという偏った存在として育て上げたのだ。

どんな些細な障害でも、感情を膨らませる導火線になり得て、それを自分では満足に制御することもできない、極めて堪え性のない人間に。

結果として、まんまと彼女をアレクサンダー卿に押し付けて、キリアム王国をベルファスト王国の傘下に収めることに成功している。そこに謀略がなかったとは、到底思えないんだよなぁ。

少なくとも、国家絡みの脅迫が成されたのは事実で。

フロル・ブランカの初恋が、運命か、周囲の誘導による結果かは分からない。しかし、アレクサンダーとフロル・ブランカの出会いは、意図的に演出された可能性が十分にある。

さて。そこで遺骨だ。

かつてのグラスブリッジの攻防戦では、強大な力を持つ精霊が、ヒューゴ卿と共に侵略者たちを殲滅(せんめつ)した。もしその精霊が復活を遂げれば、キリアム家にとっては大きな力になる。

グラス地方の独立を恐れ、いずれは全てを手に入れようと画策する者がいたら、精霊の復活をぜひとも阻止したいと思うはず。

そういった連中が、精霊の復活する条件を知った、あるいは、推測するに至ったら。

仮に花壇が壊されても、珍しい花ではないので簡単に元に戻せる。今工事しているみたいにね。

愛の誓いも同様だ。

代替がきかない最も重要なピース。それが、ヒューゴ卿の遺骨になる。

ヒューゴ卿の墓を暴く理由を作り出し、遺骨を盗み、それと分からないように工作をする。水盤の工事そのものが、カモフラージュだったなんて……さすがに考えすぎかな?

名探偵気取りはよくないな。行きすぎた思い込みは、本質を見逃してしまうから。

実は案外単純な動機で、強力な精霊の盟約を持っていたヒューゴ卿の遺骨そのものが欲しかっただけかもしれない。

その当時は、今ほどには盟約の恩恵について周知されていなくて、グラス地方から離れたら効果がなくなることを、犯人が知らなかったとかね。

いずれにせよ、遺骨がグラス地方の外に持ち去られたのは、ほぼ確定だ。なぜなら、グラス地方内に限定した移動なら、精霊たちが騒いで、盟約を持つ誰かが気づいたはずだから。

精霊の復活には、水盤の復元が必須だと思う。それを成し遂げるためには、遺骨の代替品が要る。

たとえば遺髪とか？　ヒューゴ卿の身体の一部があれば理想的だ。

あれ？　身体の一部……あるかも。もしかしたら、手に入るかもしれない！

そうだよ。ヒューゴ卿は、城郭都市グラスブリッジを作り上げた人であって、この地で生まれたわけじゃない。当主になってから移り住んだのだから、子供の頃は当然、バレンフィールドで過ごしていたはずだ。

以前覗いたあの部屋。歴代当主の部屋「青の間」には、様々な遺品の他に子供の頃に抜けた乳歯が保存されていた。もしかして、その中にヒューゴ卿のものもあるんじゃないかな？

うずうずする。早く確かめたい気持ちが募るけど、まずはモリ爺に相談だ。モリ爺なら、詳しく知っているかもしれない。

「歴代当主の乳歯でございますか？　果たして全員分あったかどうか。湖上屋敷にある収蔵品のリストを確認してみないと、確かなことは申し上げられません」

「それなら、バレンフィールドへ行ってみようよ。遺骨の代わりになるものを探しに」

「ネイサンに聞いてみましょう。簡単に往復できる距離ではありませんから、もし反対されたら、私だけで探しに参ります。それでよろしいですか？」

「できれば一緒に行きたい。その方向で交渉をお願いね」

§ 蛇の軌跡

旅行気分で出立して、実は引っ越しサヨナラだったバレンフィールド。

でも、戻ってきたよ。ただいま。

——カワイイコ　マタキタ
——カエッテキタネ
——マッテタ　オカエリ
湖上に浮かぶ屋敷が見えてきたとき、早速、無邪気な声が聞こえてきた。小精霊たちが、湖の方からフワフワ飛んできて、出迎えに来てくれたのだ。

オカエリだって。

それほど長いあいだ離れていたわけじゃないのに、懐かしさが心を満たす。

郷愁と言ったら大袈裟(おおげさ)だけど、若干の感傷を含んだ、くすぐったい感情を伴って。だから、俺の帰るべき場所はここなんだと、素直にそう思えた。

今回の訪問の目的は、もちろん帰省ではない。ヒューゴ卿の遺骨に代わるものを、どうにかして手に入れるためだ。

だから、着いて早々に、目的のブツがありそうな「青の間」へ向かった。

「どう？　見つかった？」

「いいえ。くまなく探しましたが、目録、現物のどちらにも、ヒューゴ卿の遺品は見当たりません」

残念というか、凄く困った事態だ。かなり期待していたのに、当てが外れてしまった。

「ここに保存されていないなら、抜けた乳歯はどこにあるのかな？」

「多くの場合、自然に還ることを願って、湖の中に投擲されていると思います」

「湖の中⁉」

前世でも、地方によっては乳歯を屋外で投げる習慣が存在していた。永久歯が正しい方向に生えてくるようにという、おまじない的なもので、上の歯なら床下に、下の歯なら屋根の上に向かって投げるルールだった。

よりによって湖とは。いくらなんでも、手に入れるのは無理だ。試すのすら無謀だよ。広大な湖から子供の小さな歯を見つけ出すなんて、砂漠に落とした砂金を探すのと同じくらい難しい。

うわぁ、どうしよう？　意気込んで来たのに、いきなり頓挫してしまうとは。

二百年も前に生きていた人だ。当たり前だけど、当時を知っている人は、皆故人になっている。

個人に関する記録が残されていない以上、もはや、調べる方法がない。

――困っているみたいだね。僕でよければ相談に乗ろうか？

どこか飄々とした声が、唐突に頭の中に響いた。それと同時に、左肩を中心にして身体がじんわりと温かくなる。これって久々の感覚だ。

「リオン様、精霊紋が！」

モリ爺の驚きを含む声が、やけに遠く感じた。視界が一気に暗くなり、指一本動かせなくなる。

次に来るのは……うん、知ってる。盛大な落下だよね。

急激な浮遊感に襲われると、足元がグニャリと凹み、引き込まれるようにして、下へ下へと落ちていく。ようやく動きが止まった時には、どこまでも青い水底のような世界に沈んでいた。

ここに来るのは二度目だ。金縛り状態は相変わらずだけど、前回と違って俯瞰視点ではなく、最初から相手が正面にいた。

「やあ、久しぶりだね。勝手に招待しちゃったけど、大丈夫だった？」

「それを今言われても」

「あはは。それもそうか。でも、タイミング的にはバッチリじゃない？　子孫くんが困っているようだったから、精霊紋の起動テストも兼ねて、呼んじゃった」

「起動テスト？　では、そろそろ【精霊召喚】を行えそうな感じですか？」

「そういうこと。今はこちらから、精霊紋を介して交信リンクを開いてみた。随分と待たせちゃったけど、【精霊召喚】をしても支障がないくらいに、やっと精霊界での力場が安定したんだ。だから、早く知らせたいと思ってさ」

「お気遣いありがとうございます。そして改めて、お久しぶりです」

以前と変わらず、フレンドリーな初代様。会えて安心したし、嬉しくもある。

バレンフィールドでは、それこそ神様みたいに崇められている存在だけど、このカジュアルな物言いだと、頼れる近所のお兄さんって感じだ。

「というわけで、改めて僕の精霊を紹介しよう。以前は、あえて名乗ってなかったからね。水精王『リクオル』。覚えておいて。召喚するには精霊の名前が必要だから」

精霊紋を授けてくれたのは、目の前にいる初代当主ルーカス卿と、彼のパートナーたる水精王だ。

彼らは数年前、バレンフィールドから精霊界に移り住んだ。その際に、俺の盟約の上書きをして、新たな絆を結んでいる。

いずれは精霊紋を介して【精霊召喚】ができると言われていたが、あれから三年。やっとそれが解禁になった。

「はい。『リクオル』様ですね。お姿が変わられたのは、精霊界へいらしたからですか？」

以前は、樹枝六花と角板の複合結晶の巨大な氷晶に見えていた。

ところが今は違う。

硬質な質感と、向こう側が透けて見えるほどに透明なのは同じだが、その姿形がすっかり変わっていたのだ。

「うん、そう。凄く綺麗でしょ？　精霊界では、精霊は何ものにも縛られず、好きな形態になれるからね。僕が持つ『リクオル』のイメージを模ってもらったんだ。いくらでも見惚れていいよ」

初代様が惚けるのも尤もで、流れる水を女性の形に閉じ込めたような、幻想的で不可思議な造形には、ずっと眺めていたい魅力があった。

高品質のクリスタルガラスで作られた美術品。純度が高く澄んでいて、宝石のような煌めきを内包している。

流麗な姿に、畏怖を覚える揺るぎない存在感を伴うのは、さすが水精霊たちの王だね。

「はい。とてもお美しいです。こちらに現れる際も、このお姿なのですか？」

この青い世界は、彼らが構築した力場で、おそらく精神世界的な私的空間なのだと思う。そこが精霊界の影響下にあるのなら、理や法則が召喚時にも適用されるのかどうか。それが気になった。

「時と場合によるかな？　僕たちの気分次第というか」

えっ、そんな感じ!?　意外。わりと融通が利くというか、自由なんだ。

「分かりました。どんな時なら『リクオル』様をお呼びしてもよいのですか？」

「いつでもいいよ。なにしろ暇だから。用がなくても、もちろん助けが必要な時も、時々喚(よ)んでくれると嬉しいな。交信リンク程度なら勝手に開いても看過してもらえるけど、押しかけるのは世界秩序的にうるさいからね。あ、あと召喚時はもちろん、普段呼ぶときにも『様』はいらない。僕はリクオルと常に一緒だから、僕の名前もいらないよ」

「えっと、じゃあ。召喚時は呼び捨てさせてもらいますが、それ以外は『さん』付けで呼んでもいいですか？　あと俺のことは、好きに呼んでいただいて構いません」

「あははっ！　そういうところが元日本人だよね。楽しみだなぁ。ほんと。君に会えてよかった。で、何か困り事があるんだよね？」

気軽に頼るには大物すぎるけど、現状を相談できる相手ができたのは、正直言ってありがたい。

「はい。探しているものがあります」

「それは何？」

「五代目ヒューゴ卿の身体の一部です。たとえば乳歯や遺髪のようなものが手に入れば嬉しいです」

「なるほど。君は今、そういうことをやっているわけね。じゃあ、本当にタイミングが良かった。間に合ったっていうか。ヒューゴと彼の精霊については、僕も気になっていた。君に精霊を助けてと頼んだのも、彼らのことが念頭にあったからだ。ヒューゴは昇天しちゃったからいいとして、彼の精霊はあのままじゃ可哀想(かわいそう)だ」

「ヒューゴ卿の精霊をご存じなのですか？」

「もちろんだよ。元々ここにいた子だからね。あの子は盟約者を亡くしたのに、いまだに盟約と、不愉快な枷に縛られて動けなくなっている」

「精霊は『ヤクソク』という言葉を繰り返していました。とりあえず壊されたヒューゴ卿の墓を、できる限り元の形に近づけてみようと考えています」

「方針としては合ってるかな？　でも、ちょっと勘違いしている。精霊が必要としているのは、ヒューゴの想いであって、身体じゃない」

おっと、ここでいきなり新情報だ。それも凄く重要な。

「つまり、遺骨そのものはいらない？　乳歯が手に入っても役に立たないということですか？」

「そうなるね。遺骨にはヒューゴの強い残留思念が宿っていたはずだ。精霊への愛情がたっぷり詰まったね。必要なのはそれ」

「そんなのもう、どこにもない……ですよね？」

「彼は普通の人間として、普通に亡くなったからね。さすがに、二百年も経つと無理かな？　でもまあ、君なら取ってこれるよ」

「取ってくる？　どこからですか？」

「そりゃあ、もちろん。ヒューゴ本人からだよ。封じ込めておいで。古き盟約を成就させる愛の誓いを。ほら、迎えが来てる」

昔観た映画に、時速百キロ近い速さで走る列車上で、バトルアクションを繰り広げるシーンがあった。

特殊撮影やCGじゃなくて、スピードも風圧も本物だから、立っているのも大変なはずなのに、丸く湾曲した列車の上面中央を全力でダッシュする主人公が、メッチャ格好良かった。

全然掴まるところなんてないんだよ？　俺なら怖くて、走るどころか立つのだって難しい。

なぜ今、そんなことを思い出しているのかというと、その列車の上面が真っ白で、今俺が見ている光景と凄く似てたんだよ！

ここ最近は問答無用で丸呑みだった。『視る』だけなら、あれが手っ取り早い方法らしいけど、今回はそれじゃダメなんだって。

早く乗れよと促され、ただ今、巨蛇に騎乗中……いや、これを騎乗と言うのは無理だろう。映画の主人公が、敵と戦っているうちに、足を滑らせて落ちそうになるシーン。ほぼあれに近い。

移りゆく景色を楽しむような余裕なんて吹き飛んだ。

散らされる星花、黄暈の魔女、大火山の噴火、流民の流入。もの凄い速さで、グラスブリッジの歴史を逆行していく。

そして、一人の男の死の間際で、その流れがピタリと止まった。

彼の周囲には、悲痛な表情をした親族たちが取り巻いている。彼はもうすぐ、人生に幕を引く。命の灯が消えそうなのだ。既に幽体と魂が肉体から遊離し始めている。

しかし、死して尚、遺骨に残留思念を宿すほどの強い想い。臨終の時ですら、いや、その目で愛する精霊の行く末を見届けることができないと悟ったからこそ、激しい後悔と深い愛情が、彼の魂の中に大きく渦を巻いていた。その魂に、直接呼びかける。

「ヒューゴ卿、聞こえますか？　大切な話です。あなたの精霊を助けるために、俺に力を貸してください」

――僕の精霊を助ける？　あの子に何が起きた？

「遠い未来に災厄が起こり、星花は失われ、愛の誓いが遠ざけられます。あなたの精霊は、盟約の誓いに囚われて復活できない状態です」

――僕にはもう時間がわずかしかない。何をすればいい？

「あなたが精霊へ抱く想いを、僕が預かって未来に届けます。だから、お願いです。全身全霊を込めた愛の言葉を、今この場で、あなたの精霊に捧げてください」

――請われるまでもない。それであの子が助かるのなら、いくらでも誓おう。

「お願いします！」

――グラキエス……ああ、僕の愛しの精霊よ。

――君と共に駆け抜けた人生は、何をするにも楽しくて、見るもの全てが美しく色づいていた。寄り添う君が愛しくて、僕は君から、何ものにも代え難い幸せをもらった。

――もっと一緒にいたかった。君のそばにいてあげたかった。君を独りぼっちになんてしたくない。でも、僕はちっぽけな人間でしかなくて、もう命の限界がきてしまった。

――僕の精霊。僕の唯一。僕の全てを君に捧げよう。身体が灰になり、魂の器が天に召されても、君への想いは変わらない。どれほどの季節が移ろおうとも、僕の心は君のものだ。

――愛してる。過去も、現在も、未来も、君だけを……愛してる。未来永劫、悠久の愛……を、かけがえの……ない、愛すべき……君に……てる。

思念が途切れ、彼の命が燃え尽きたのが分かった。

泣き咽ぶ人々を置きざりに、ヒューゴ卿の最期の言葉を抱えて、今度は未来へ向かって歴史を遡上する。偉大なる先祖の死を、悼んでいる時間すらなかった。急ごう！


「やぁ、戻ってきたね。上手くいったみたいじゃないか」

「ルーカスさん！　こ、これをどうすれば？」

預かった想いには実体がない。両手で包み込むようにしてはいるが、存在が酷く不安定で、消えてしまいやしないかと気が焦る。

「ギュッとする。手の中に封じ込める感じで、ギュギュギュギュッと想いを固めてしまうんだ」

「そんなの、やったことがないです」

「大丈夫。君ならできる。できるようになっているから。やってみれば分かるよ」

両手に力を込めてギュッだって？　ん？　空気を圧縮するみたいなイメージでいけるか？　最初はフワフワしていた手応えが、ギュウギュウと圧をかけていくと、次第に小さく固くなっていくのが分かった。

「できたじゃないか！　上出来だ。それを、あの子に届けてあげて」

よかった。これでいいのか。

「あっ、目を覚まされました！」

「リオン様！　お気を確かに！」

急激に水の中から引き上げられるような感じがして、目を開けたら、モリ爺にすっぽりと抱えられていた。どうやら、金縛りの瞬間に倒れてしまったみたいだ。

「もう大丈夫。心配をかけちゃったね」

「精霊紋が強く光ったかと思うと、崩れるように意識を失われました。床との衝突は免れていますが、念のため医師の診察をお受けください」

そのまま、有無を言わさず六角錐堂に運ばれて、医師が呼ばれた。

身体には特に問題はないと診断されたが、それでも安心できないと、当面は絶対安静ですなんて言い出した。

だから仕方なく、水精王に会って名前を教えてもらったと告げてみれば。

最初は皆びっくりして、その次に感動が押し寄せてきたらしくて、その場が急遽、大祈祷会場になってしまった。待て待て。俺を崇めても、何の御利益もないってば。

「お手にされているものが何か、お伺いしても？」

少し落ち着いてきたところで、モリ爺から目敏く質問が飛んできた。

「これは、ヒューゴ卿から彼の精霊への大切な届け物なんだ。だから、すぐにグラスブリッジに戻らなきゃ」

目覚めた時に左手にギュッと握っていたのは、水滴のような形をした瑠璃色の宝玉だった。これに、ヒューゴ卿の想いの丈が詰まっている。

心配する周囲をなんとか説得して、一路、グラスブリッジへ引き返す。移動中の馬車では、することが何もなくて、宝玉を握ったまま、暇潰し用に持ってきた魔獣図鑑を読んでいた。

本邸に到着すると、分家当主たちが手ぐすね引いて待ち構えていたので、バレンフィールドで宝玉を手に入れたことや、ヒューゴ卿の精霊を復活させるつもりであることを話した。

「まさか水盤にヒューゴ卿の精霊が眠っているとは」

「我々も何がしかの精霊力は感じていたのです。しかし精霊本体は、グラスブリッジの攻防戦で消えてしまったと考えられていました」

「我々も同席致します。再び庭園が破壊されるような事態が繰り返されないとは限らない。それに、過去の過ちが修正されるのなら、ぜひとも見届けたいのです」

意気込む分家当主たちと共に、空中庭園に向かう。

今日は風の小精霊が騒がしい。あの子たちは、ずっと水盤にいる精霊を気にかけていた。

あそこに眠っているから、早く助けてあげてと言い続けていたのだ。

空中庭園の上空は、この辺り一帯の風の小精霊が一堂に会したかのような様相を呈していた。

見られている。数多（あまた）の小精霊が、これから眼下で起こることに注目している。

フェーン、あの子たちを抑えてきてくれる？　興奮して、バラバラに動くと危ないから。

彼らの声が、既にその兆候を示していた。ここで精霊暴走を起こすわけにはいかない。だから、フェーンに彼らの制御を頼んだ。

――ヤット　……トキ　ガ　キタ
――……ガ　クルヨ
――タスケル
――ミン……デ　ヒトツ

――……ルイ……ヤッツケロ

残骸はとうに撤去され、水盤の周りの修復はあらかた済んでいる。復元された花壇には、既に星花の苗が移植されていて、ヒューゴ卿の墓標も元の位置に戻されていた。

「精霊紋が光っても、気にしないでね」

予め断ってから、ルーカスさんとの交信リンクを繋ぐ。分家の当主たちは、水精王の精霊光なら余裕で視える。驚いて不適切な挙動をされたら困るからね。

『リオン。ヒューゴの想いを、あの子に投げてあげて。それとね。決して気を緩めちゃダメだ。投げる前も後も、警戒MAXでいてほしい。僕にもちょっと、どうなるか予測がつかないから』

初代様の指示に従って、水盤の中央手前を狙って下手投げで投擲する。瑠璃色の宝玉は、緩い放物線を描きながら、漣の立つ水面に落ち……なかった。

あれ？　なんで落ちないの？

ほぼ狙い通りにいったと思ったのに、水面の少し上で動きが止まって、磁石の反発を受けたように跳ね返されてしまった。

コツンと宝玉が縁石に当たる音が聞こえて、慌てて水盤の縁に拾いに行く。

『弾いてきたか。疑問に思うってことは、子孫くんにも何も見えてないんだよね？』

あそこに何かあるのですか？

『うん。正確には、何かいるだ。精霊視では捉えられない何かがね』

それだと、正体までは分からない？

『推測はしている。でも、確証は得られていない。こんな近くでもはっきりしないってことは、おそらく僕が苦手な性質のものだろうね』

ルーカスさんでも把握できないなんて。いったい何なんだよ！

『そこで、君の出番だ。カスタマイズしまくったという魔眼で「視て」ごらん。そうすれば、精霊紋を介して僕にも「視える」はずだから』

つまり、あそこには魔眼にしか映らないものがいる。迷わず魔眼に切り替えた。

おっ！　魔眼に何か映っている！　うわっ！　なんだこれ!?

サイケな視界の中に黒い染みがある。じっと見ていると、徐々に形がはっきりしてきて、多脚の醜い異形――そうとしか言えないものが、水盤をべったり覆っているのに気づいた。これって、台座に取り憑いている？　宝玉の侵入を阻んだのは、コイツか。

『うわぁ、気持ち悪いのが出てきたね。随分と不自然な生き物だ。天然ものとは思えない』

生き物……なんですか？　これが？

『うん、一応ね。地球にはいないタイプだから違和感が強いけど、魔物もこの星の生命体の範疇だと思うよ』

魔物!?　そんなのがいるんですか？

『いるんです。コイツはワケアリっぽいけどね』

一見すると、巨大な虫がどろりと崩れたような形をしている。胴体を台座の上に被せ、節のある長い脚は水中深くに潜り込んで、台座の下にある脚柱に食い込み張り付いていた。

脚はおそらく六本だ。身体全体に、不快感を催すような黒い靄を纏っている。それが触手みたいに体表面をうねり蠢くと、隙間から煤けた銀色の地肌が覗いた。

確かにこれは、真っ当な存在じゃない。

地肌に赤い波紋のようなものが浮き出ていたから、つい気になってズームした。そしたら、まるで剥き出しの臓器のように、体表面を分岐した赤黒い脈管が走っていて、波打つように拍動しては赤い閃光を放ち、どす黒い粘液のようなものを分泌している。

なんだあの黒いの!? 呪い？

嫌悪や恐怖、恨みといった負の情念を凝縮して垂れ流している。吐き気を催すような気持ち悪さにゾッとした。

脈管部分は他より魔素が濃いので、酷くマダラに見える。こんなに大きくてヤバい化け物なのに、魔眼でないと見ることすら叶わない。いったい、どこから湧いてきたんだよ！

『その答えはね「ずっとあの場所にいた」が正解だ。ここにいる精霊には、不愉快な枷がかかっているって言ったよね。それは間違いなくコイツだろう』

では、魔物の存在をご存じだったのですか？

『ご存じというほど把握していない。なにしろ狡猾に隠蔽されていたからね』

隠蔽されていた？

『そう。精霊紋を通して薄々感知はしていたが、以前はもっと気配が希薄だった。上手く考えたものだよ。キリアム一族に強力な魔術師はいなかったからね——今まではだけど。リオン、君の存在がキリアム家の歴史を変える。それだけの力を、君は持っているから』

あの、魔物が黒い粘液みたいなのを出していて、『視ている』だけで凄く気持ち悪く感じます。

あれってなんですか？

『おそらく、呪素と呼ばれるものだ。知的生命体の精神に悪影響を及ぼし、呪いの素になる。なのに、視覚的に認識するまでは、その存在にすら気づけない。僕は初めて目にしたけど、リリアがよく言っていた。あれは『性悪女』だって』

リリアって、三傑のリリア・メーナスですか？

『うん。それ以外のリリアに知り合いはいないよ』

「リオン様、いったい何が起こっているのでしょう？」

あっ、そうだ。彼らにも説明しておかないと。

宝玉が跳ね返ってきた後、俺がピカピカ精霊紋を光らせながら黙り込んでしまったせいで、モリ爺が遠慮がちに声をかけてきた。念のため聞いておこう。

「モリスには、あれがどういう風に見えてる？」

「特には何も。いつもと変わりありません」

「やっぱりそうか。これから、ひと騒動ある。ここだと水盤に近すぎるから、皆少し離れて」

「ひと騒動とは？」

「精霊を閉じ込めている悪い奴がいて、退治することになった。せっかく工事してもらったのに、また壊れるかもしれない」

「危のうございます！」

「大丈夫。俺には水精王がついているから。そうですよね？」

『もちろん。僕と僕の精霊も一緒に戦うさ』

精霊紋がひときわビカビカと光り、水精王の意志を主張してくれる。

「しかし……」

「とにかく、ここは危険だ。できれば一人にしてほしいけど、無理だよね？　だから、あの辺りまで下がるよ！　護衛の人たちも一緒に来て！」

場所を移し、水精王と大事な話があると言って少しだけ距離を置いてもらった。そこで精霊紋を介した直通回線（ホットライン）で内緒話だ。

『子孫くん、さっきの続きだ。アイツは魔物だから属性がある。どれか分かるかな？』

はい。あれって、金（かね）属性ですよね？

『ははっ！　即答だね。さすがだよ。でも、金属性か。この世界との付き合いは長いけど、金属性を『視る』のは初めてだ。精霊視じゃ無理だからね」

同源世界の住人だった精霊の属性は「光・火・風・水・土」の五属性。それに対して、この世界に存在する魔素は、六つの基本属性「光・火・風・水・土・金」と、二つの特殊属性「浮・虚」とを合わせて八属性もある。

ルーカスさんに魔物が見えなかったのは、精霊視が金属性に対応していないから。

『そう。だから、あの魔物を視認するのは君の魔眼頼みになる。魔眼視は、もっとぼんやりしたものだと聞いていたのに、これ凄いね。解像度が高くて助かるよ』

金属性は、基本属性の中で最も流動性に乏しく、魔素間の結合が強固で安定性が高いです。不利属性は「水」と「風」。特に「水」は弱点とされていて、湿食、つまり水属性の影響で腐食するはずなのですが……ピンピンしてそうですね。

『なるほど、コイツは違うってわけか。だったら特殊合金かな？　水に強い上に大抵は硬い』

水属性に耐性があると考えた方がいいですか？

『そうなるね。つまり、僕とはすこぶる相性が悪い。大精霊を抑え込むために作られた特別製の魔物だと考えた方がよさそうだ』

だったら、排除は無理でしょうか？

『それは工夫次第かな？　僕が力業でゴリ押し――水属性だけで倒そうとしたら、目も当てられない大災害が起きるのを覚悟しないといけない。閉じ込められた精霊も、この辺り一帯の住人も全て巻き込んで、人工物も自然も軒並み破壊。一緒くたに「巨人の一撃」からドボンみたいな？』

それ、絶対にやっちゃダメなやつだ。

では、どうすれば？

『さっきも言ったけど、あれは魔物だ。金属性の魔物。これが非常に厄介でね。倒すには複合魔術が必要だと言われている』

複合魔術ですか。でも、俺はまだ……アイ、あれってどうにかできる？　今持てる力で倒せるかどうか知りたい。

《既に試算済みです。魔眼で得た情報を分析した結果、対象は単一金属性ではなく、複数の異なる金属の複合体であることが分かりました。本来であれば、こういった複合体は不安定なのですが、なぜか長期にわたって水辺で安定を保っていた。推測ですが、破壊された水盤に、魔物を安定化させ、水への耐性を向上させる仕掛けがあったのかもしれません。しかし、今はない。そこが付け入る隙になります》

『なるほどなるほど。アイくんの考えは分かった』

えっ!?　今ので何が分かったの？

《精霊術と互換性を高めた副産物で、精霊紋起動時に速やかな情報共有が可能になっています》

つまり、分かってないのは俺だけ？

『まあまあ。作戦上、アイくんが技術顧問で、子孫くんと理蟲(りちゅう)たちがメインアタッカー組。僕と僕の精霊は助っ人で、盟友は上空でフンスカしている風の子(フェーン)だ。エキストラは、親戚のおじさんたちだね。他にも飛び入り参加があるなら歓迎するよ』

おじさんって、モリ爺と分家当主のこと？　自分たちの先祖に、おじさんって呼ばれたのを知ったら、あの人たち泣いちゃうかも。いろんな意味で。

『というわけで、作戦会議といこうじゃないか』

§　水界の王

金(かね)属性の魔物を倒すには複合魔術がいる。

複合魔術は超級魔術とも呼ばれ、二属性以上の魔術を組み合わせたもので、守護者(ガーディアン)がいる『理伍(りご)』の扉を打ち破らないと手に入らない。つまり、俺にはまだ使えない。

でも、だからといって諦めるつもりはなかった。

今現在の俺の持ち札——職業【理皇(りおう)】で獲得した単属性の魔術と、盟約による水精王の精霊術——を使って、複合魔術に匹敵する効果が生み出せるのではないか？　そう考えたからだ。

名付けるなら、融合魔術ってところかな。精霊術と魔術の融合。俺が精霊対応の魔素を転化(チャージ)できることを利用したオリジナル技だ。
《では、精霊術と魔術の融合により敵の破壊を試みます。現時点でマスターが持てる能力を駆使して、独自に金属性への対抗魔術を構築しました》
金属性のものは見た目も性質も、地球にある金属とよく似ている。この世界は魔法原理という概念があるから、隠密機能(ステルス)搭載の魔物ができちゃったが、あれも金属性である以上、金属と似通った性質を有しているはず。特有の光沢や、熱や電気をよく通すとかね。その中で、最も注目したのが結晶構造だ。
硬くて砕けない金属も、原子レベルになると配列の乱れや欠陥が見えてくる。不純物が混ざっているか、原子の配列が異なる異種金属で構成されているなら、脆弱(ぜいじゃく)性が生まれる余地があるのだ。
《魔術は具象化概念により強化されます。マスターにおかれましては、このクラスの魔術の行使は初めてになります。従って、対抗魔術の発動を円滑にするために、各魔術のイメージリソースを、マスターの記憶野から抽出しています。遺憾なく童心を発揮してくださることを期待します》
えっ？　ちょっと待て。童心!?　それって具体的にはどういう……お、おうっ、これか！
なるほどね。これなら確かにイメージを固めやすい。だけど、この参照元って……まさか!?
《ちなみに、発動キーである魔術名の一部は、先見性に優れるマスターが小学生時代に執筆された『僕の考えた最強の魔法ノート』から着想を得ています》
や、やっぱり。どこか既視感があると思ったよ。
『へぇ。子孫くんは、そんな小さな頃から魔術師志望だったんだ。最強の魔法ノート。いいじゃない。子供の頃の夢を異世界で実現しちゃうなんて』

ルーカスさん!? 確かに夢想していたときもある。だけど、今となっては黒歴史に近いもので、掘り起こされるのは恥ずかしすぎる。特に日本文化に詳しい、ルーカスさんに聞かれちゃったのは。

……まあ、今さらか?

ルーカスさんには、能力開発の過程でゲロをぶちまけたり、諸々（もろもろ）の汚汁を漏らしたりしているのを、散々見られている。

『そう。気にしない、気にしない。僕は頼れる近所のお兄さんだからね』

気さくなルーカスさんの声を聞いたら、緊張感がほぐれるというか、いい意味で肩の力が抜けた。

三傑と呼ばれていた時代には戦闘民族だったというルーカスさんとリクオルさん。彼らは既に準備万端だ。

上空を見上げれば、フェーンをリーダーとする風の小精霊たちの群れが、やる気満々。

親戚のおじさんたちは、水盤にさえ近づかなければ、リクオルさんが守ってくれる。

さて。じゃあ、気を引き締めて。長年にわたる借りを返しに行こう!

『その調子。子孫くん。いや、リオン。盛大にやっちゃって!』

空は晴れ渡り一点の曇りもない。

ついさっきまでは、爽やかな風が吹く気持ちの良い日だった。でも今は。

上空に風の小精霊の群体がいるせいで、のし掛かるような圧を感じる。また、周囲を取り巻く緑のカーテンが不自然に揺れ動き、水路の水は荒く波立っていた。

水盤に向かって一歩ずつ確かめるように足を進めていく。

力の集中。これがとても大事だ。そして、力加減も。魔物は倒したけど、やりすぎてグラスブリッジが壊滅した――なんてことになったら、それこそ本末転倒だからね。

金属性は各基本属性の中でも極めて安定性が高く、その弱点属性は、本来なら「水」と「風」だ。「水」への高い抵抗力は、ヒューゴ卿の精霊自身が水盤を破壊したことで、ある程度は低下したと推測できる。

しかし、あんな破壊パワーを浴びてもなお元気そうにしていることから、おそらく「水」単独では通じない。だったら、「風」単独、あるいは「水・風」の二属性で防御を剥がしてやればいい。

それにしても、まさか中級魔術をスキップして、上級魔術を行使することになるとはね。それも、ぶっつけ本番で!

まずは極質から「風」の魔素へ属性転化する。

練習とは桁違いの、圧を生むほどの膨大な質量を生み出す。これで火力が決まるのだから、出し惜しみなんてしやしないさ。

極質層から溢れ出す極質が、容赦なく俺の身体の中に流れ込んで駆け抜けていく。無数の幾何学の軌跡が描かれ、五芒星の星印による構造変換が、凄まじい速さで進んでいった。

異形が動いた。周囲の魔素濃度の変化を察知したのか、触手が黒い靄から浮き上がり、ウネウネと俺に向かって伸びてきた。

予想してたさ。コイツが魔物である以上、属性転化の動きを見逃すはずがない。それが不利属性である「風」なら余計に。だから。

「フェーン！」

——サセナイ！

——リオン　ニ　サワルナ！

上空の風の小精霊たちが、いったんはフェーンを核として一点に集まり、そこから落下傘の傘が開くように散開して、放物線を描きながら降下した。水盤ごと魔物を拘束するために。

暴れ回る触手をフェーンたちが押さえ込んでいるうちに、ルシオラの誘導ポイントに魔術構築を急ぐ。

——ニガサナイ！

——ヤッツケチャエ！

了解した！　じゃあ、行くよ！

「希するは風、起するは瀏嵐（りゅうらん）。我、肆（よん）なる理を従え、解放する」

圧倒的な魔素の奔流。それをねじ伏せるようにして制御し、暴力的な現象へと昇華する。

「ルシオラ！」

同期して俯瞰（ふかん）する視界。鳥の目で上空から照準を合わせ、標的に完成した魔術を放った。

「【腐朽の沼に沈め！　瀏嵬腐蝕（りゅうかいふしょく）】!!」

宙を切り裂くような魔術光が弾雨のごとく魔物に襲いかかる。触手が千切れて霧散し、魔物を覆っていた靄が晴れ実体が露（あらわ）になった。

「なんだあの化け物は!?」

「水蜘蛛（みずぐも）!?　いや、水馬（すいば）か？」

魔物の隠密が解けた⁉　あの靄が隠蔽の肝だったのか。

砲弾のような形をした胴体から、短い二本の脚と、やけに長い四本の脚が生えている。蜘蛛のようにも見えるけど、どっちかといえば水馬かな？

魔術光の着弾点から弾けた光が、飛び散った先でさらに弾けて、波紋のように広がっていく。光がひと舐めするごとに装甲が融け、深く浸食し、遂には破断に至る。縦横に無数の亀裂が走り、装甲が目に見えて剥がれ始めた。

効いてる！　でもまだまだ。これはほんの序の口だからね。

水盤左右にひとつずつ一対の構築ポイントを定めて、今度は二か所で魔術構築を開始した。

構築は段階的に進む。最初は翠光が左右対称な渦を巻き、次に熱気を伴い、勢いを増して急速に発達し始めた。

暴風となった渦は、剥がれ落ちた破片を巻き上げながら風の柱を形成し、上空で形を変えていく。

一対の竜巻から生まれた大きな顎門。巨大な風狼の頭部が、今、魔物に襲いかからんとする。

「破壊の獣心、挟砕の顎門。【風顎・大割砕】！」

風狼が魔物に襲いかかり、容赦なく喰らいつく。魔物のひび割れた装甲が一斉に崩壊し、微塵へと砕かれていった。

「フェーン！　風壁をお願い！」

風の精霊たちに周辺の防御を頼むと、すぐに次の魔術を構築して、追い討ちをかけた。

「【螺旋風・凶削杭】！」

風が生み出す長大な螺旋は、先尖した凶杭となり、回転を加えながら魔物を穿ち、魔物の深部に到達すると力を解放して大いに爆ぜた。轟風が吹き荒れ、風壁内に破壊の嵐が巻き起こる。
「【破潰・気弾爆撃】！」
空間が波打ち、圧縮され凶器と化した気弾が、泡沫のように無数に生成されていく。魔物の身体を埋め尽くすほどの絨毯爆撃。硬い装甲が剥がれた後の胴体が穴だらけになった。でも、まだまだ手ぬるいよね。

魔物はその場でもがいているように見えた。残存している脈管から黒い靄を出し触手を形成しようとするが、執拗な風の弾幕に潰され打ちのめされていく。

百年にわたって精霊を苦しめ、力を搾取して悲しい牢獄に閉じ込めたのだ。その罪は重い。

悍ましい魔物に報いを。魔物を仕掛けた姿の見えない悪意に、制裁の打擲を。自分がいったい誰を敵にしたのか、十全に理解が及ぶように。

じゃあ、最後の舞台だ。喚ぼう！

「我、汝と盟約を結ぶ者なり。水界を統べる精霊よ。清明なる千万無量の王よ」
「我が呼び声に応え降臨せよ！　【精霊召喚】リクオル！」
声に出して初めて理解が及んだ。この名前は、おそらく許可された者しか発音できない。名前そのものが大いなる精霊の力を宿し、自分の口から出たのが不思議なくらい、常ならぬ韻律の音階が紡がれた。

ああっ……水精王の数百年ぶりの降臨だ。

世界が繋がった感触があった。同源だという二つの世界が。

大自然の脅威に匹敵する圧倒的な存在が空を割るように姿を現す。ははっ！　初登場は、ルーカスさんの理想の姿なのか。

上空が割れ、巨大な時空の裂隙から、まるで慈愛の手を伸ばすかのように二本の腕が下りてきた。

澄んだクリスタルの輝きを放つ巨人の腕は、しなやかなラインを描き、一目で女性のものだと分かった。肘に続いて二の腕と頭部が下りてきて、その美しい容貌が明らかになる。

――音が止んだ。

周囲があまりにも静かなので様子を窺うと、モリ爺も、御三家の当主も、護衛の騎士たちも、全員が地面に膝をつき、呆けたようにリクオルさんを見上げていた。

水精王と呼ばれるに至る、強大な水属性の精霊力が、辺り一帯を覆い尽くす。

――ワレ　水ノ精霊王ナリ
――精霊ヲ　貶メル者ニ　懲罰ヲ
――精霊ニ　仇ナス者ニ　死ヲ　贖罪ヲ
リクオルさんが下界を見下ろしながらそう言うと、魔物の頭上、遥か上に巨大な水球が現れた。

水の精霊力が充満した高水圧の牢檻だ。

さて。往生際が悪くて、いまだ水盤にしがみついている魔物を引き剥がし、あの中に封じ込めなきゃならない。魔術は既に構築済みで、放つタイミングを待っていた。

「【吊縛・鷲爪掴牙！】」

魔物の胴体に鋭利な爪を食い込ませ、強引に宙に吊り上げる。水盤から引き剥がす際に台座の破壊が進み、瓦礫がバラバラとこぼれ落ちた。

魔物を掴んだ大鷲が水球の高さまで飛翔し、正面から突っ込んだ。これでようやく、魔物を隔離

して閉じ込めることができたわけだ。

魔術で穿たれた無数の孔や罅から、水精霊の力が浸食していく。水属性に対する耐性が剥がれたせいか、魔物が水球の中で暴れ苦しんでいる。

じゃあ、最後の仕上げといこうか。

かなり繊細な魔術なので、精密な魔力操作と操作持続力、それと大量の魔素を必要とし、その構築にはアシストが要る。

「【並列起動】【幽体分離】！　アラネオラ！」

《はい、マスター！》

蟲弦「アラネオラ」の顕現。白く光り輝く少女と共に操る破壊の鋭鋒。

「【震槍・結晶崩壊】！

それは槍の形をしていた。穂先に青白い雷光を纏う、子供の手には余る長大な槍が、ゆっくりと姿を現していく。

「ルシオラ！」

魔力操作を加えながら槍を振りかぶり、ルシオラが描く誘導ラインに乗せて槍を放った。

蒼光の槍が流星のような尾を引いて大気を切り裂く。飛翔制御。そして貫通。巨大水球に刺さった槍の先端で、一点に集中した膨大なエネルギーが爆散した。

人の可聴領域を超える魔物の断末魔の悲鳴があがる。原子レベルで崩壊した魔物は、塵と大量の金属性魔素を放出した後、水球の中に赤黒い核のようなものを残した。

『子孫くん！　この残ったやつを、飛び入り参加くんが欲しがっているみたいだけど、どうする？

ちなみに、僕たちはいらない。こんなの持って帰ったら、精霊界が汚れちゃうからね』

あっ、じゃあ下に落としてください。今回はだいぶ助けられたので、欲しがっているならあげようと思います。

あれって、どう見ても呪い関係なんだけど、ご褒美になるの？

水球からこぼれ落ちた魔物の成れの果てに向かって、真珠色の蛇が口を大きく開け、パクンと丸呑みした。

えっ!?　食べちゃうの？　あんなの食べてお腹壊さない？

魔物が完全に消滅すると、用が済んだとばかりに巨蛇も姿を消した。

さて。これでやっと、感動の再会――になるのかな？

魔物討伐が無事に終わった。

相手は精霊の封印に特化した防御偏重の魔物だった。だから、上級レベルの魔術を連発して、畳み掛けるように攻撃を加えて倒し切った。

仕方がないことだけど、せっかく修復した水盤とその周辺は、それはもう酷い有様になっている。

でも、それだけで済んだとも言える。

被害を最小限に抑えられたのは、事前の作戦会議の結果、防御面で工夫をしたから。

これで、キリアム家の力を削ごうとする目論見のひとつが潰えたことになる。

状況証拠からすると、金属性の魔物を仕掛けた敵としては、ベルファスト王家が最も怪しい。キリアムの歴史を振り返れば、彼らは貪欲で利己的かつ粘着質で、欲しいものを手に入れるためには手段を問わない。

率直に言って、関わり合うのが嫌になるような相手だ。でも現状では、自分はそんな王家が支配する国の貴族であり、さらには血の繋がった親戚でもある。厄介なこと、この上なしだ。

『子孫くん、今回は大活躍だったね。そして、初体験おめでとう！』

ルーカスさん、初体験ってなんですか？

『もちろん、初めての精霊召喚と、初めての上級魔術さ。特に最後のやつは凄(すご)かった。水球が壊れちゃうんじゃないかとハラハラしたよ』

お二人が魔物を閉じ込めてくれたおかげです。じゃなきゃ、周囲の被害が甚大になりすぎて、あの魔術は使えませんでした。

『風の子(フェーン)も大活躍だったじゃないか。あの子は今回の戦闘で成長したね。精霊としての『存在』が、随分と大きくなっている』

はい、おかげさまで。


大役を果たした風の小精霊たちは、群体を解いて散開した。そしたら、その中心となっていたフェーンが、見れば小精霊の範疇(はんちゅう)を越える成長を遂げていた。

でも、その本質は変わらない。人懐(ひとなつ)こくて、ちょっと得意げで、褒めて褒めてというような感情が如実に伝わってきている。

今回はとても重要で、そして危険な役目を自ら買って出てくれた。本当に感謝しかない。

『それにしても君、面白い子を見つけたね。小さいのにとても情熱的で、君のことが大好きみたいだ』

フェーンとは、縁あって仲良くなりました。俺にとっても、波長が合う好ましい相手です。

『盟約持ちと精霊は、互いに惹かれ合う存在だ。それが風の精霊だったのは、ちょっと意外だったけどね。水系統の精霊術は、僕の精霊がいれば大抵のことはできるから、良い選択だったと思う。君がその子と絆を持ったのは、僕的にも歓迎だよ』

初代様に認めていただけて嬉しいです。フェーン、よかったね。

さすがに精霊としての格が違いすぎて、返事ができないみたいだけど、フェーンが喜んでいるのは確かだ。

『風の精霊は、気まぐれで騒がしいのが欠点だけど、十分に育てば行動範囲が飛躍的に広がる。つまり、探し物に向いている。そして「精霊の愛し子」である君との仲を深めていけば、いずれはもっともっと強くなる。それは即ち、君の力にもなるってことだ。良いご縁を大切にね。さて。これで一件落着とはいかない。というか、ここからが本番だ』

そう。魔物に封じ込められていた、ヒューゴ卿の精霊の解放。そのイベントが残っている。

これから起こるだろう復活劇では、瑠璃色の宝玉がキーアイテムになる。戦闘を始める前にモリ爺に預けておいたから、それを回収しなくては。

というわけで、避難していた分家当主たちの元にやってきた。

「嗚呼！　素晴らしい体験だった。水精王の降臨を、この目で見られるなんて」

「ルーカス卿――偉大なる先祖の奇跡は、いまだこの地にある」

「キリアムの新たな歴史が始まろうとしている。我々はそれに立ち会ったんだ」

彼らは滂沱の涙を流して、感動に震えながら、ひたすら似たようなセリフを繰り返していた。

ロールプレイングゲームのエンディングみたいな有様だ。今回の後始末は彼らに丸投げ……じゃなくて、彼らに負うところが大きいから、しっかりしてもらわねばならない。

「水盤に巣くっていた魔物は消滅したよ。これから、あの場所に眠っている精霊に宝玉を捧げに行くけど……みんな、少し落ち着こうか」

だいぶ静かになったけど、期待に目が輝いている分家当主たちとモリ爺、そして護衛の人たちを引き連れて、水盤へと戻ってきた。

改めて水盤を観察すると、魔物がガッチリ食い込んでいた台座は、抉られるように消えている。台座を支えていた脚柱は半壊状態だ。

脚柱の下部と、脚柱に囲まれた水底にある、淡い燐光を放つ球——長いこと浄化装置だと思われていたそれは、周囲を無数の気泡に取り巻かれ、綺麗な形を保っていた。風の小精霊たちに守られて、無事だったのだ。

彼ら風の子は、ずっと見守っていた。自らを癒すための眠りについたのに、魔物に取り憑かれてしまった大精霊が、ずっとずっと気がかりで。心配し憤ってもいた。自由闊達であるべき精霊を、忌まわしい枷で閉じ込めていた悍ましい悪意に対して。

あんな化け物に抑え込まれていたのに、大精霊は下界の声を耳にし、約束が破られていると訴えてきた。そんなことができたのは、絶えず大精霊に接触を試みていた彼らのおかげかもしれない。

そして今、精霊とその盟約者が、以前とは形を変えた再会をする。

「今から投げるよ。たぶん何かが起こる。水精王の守りがあるから、守りは心配しなくてもいい」

ポチャンと、今度こそ宝玉が水面に落ちて、水中を静かに沈んでいく。ヒューゴ卿の愛の誓いは、果たして精霊に届くのだろうか？

――ヒューゴ!!

悲鳴のような、でもあの時とは明らかに違う、精霊の歓喜の声が聞こえてきた。それと同時に、水盤から冷気が噴き出す。

立ち昇る細氷(ダイヤモンドダスト)の柱。陽光を浴びてキラキラと輝くダイヤモンドダストの中に、瑠璃色の宝玉が浮かんでいる。

しかし、俺が吐く息は真っ白で、周囲の気温は氷点下。おまけに薄着だ。つまり、メチャクチャ寒いわけです。

『君、辛(つら)そうだね。僕たちが体温調節をしておくよ』

ありがとうございます。非常に助かります。

身体の中心から末端に向かって温かい癒しの力が流れ、体温が奪われるのを防いでくれた。

――アイニ　キテクレタ

――マッテタ

――ウレシイ　ヒューゴ　ヒューゴ!?

興奮した大精霊の声。百年ぶり、いやもっとか。久々の恋人たちの逢瀬(おうせ)だ。

といっても、片方はヒューゴ卿の愛の証(あかし)であるとはいえ、残留思念だ。採れたての新鮮なものではあるけれど、その姿はなく、肉声も伴わない。一方的に想いを伝えるだけで、言葉のやり取りもできない。

それでも必要だった。いまだ精霊が彼との盟約に縛られているから。

ヒューゴ卿は、とうの昔に亡くなっている。墓や遺骨があったのだから、精霊も理解しているよね？　その点がちょっと心配だ。

――グラキエス……ああ、僕の愛しの精霊よ。

――君と共に駆け抜けた人生は、何をするにも楽しくて、見るもの全てが美しく色づいていた。寄り添う君が愛しくて、僕は君から、何ものにも代え難い幸せをもらった。

――もっと一緒にいたかった。君のそばにいてあげたかった。君を独りぼっちになんてしたくない。でも、僕はちっぽけな人間でしかなくて、もう命の限界がきてしまった。

――僕の精霊。僕の唯一。僕の全てを君に捧げよう。身体が灰になり、魂の器が天に召されても、君への想いは変わらない。どれほどの季節が移ろおうとも、僕の心は君のものだ。

――愛してる。過去も、現在も、未来も、君だけを……愛してる。未来永劫、悠久の愛……を、かけがえの……ない、愛すべき……君に……てる。

――ヒューゴ!?　イヤ!!　イカナイデ!!

『グラキエス。その宝玉は、ヒューゴが託した君への想いであると同時に、盟約の終わりを告げるものでもある。彼の最期の言葉は、君への確かな愛情に溢れている。だけど、そこで彼の時は止まって天に還った。君は、ヒューゴの死を認めて、彼との盟約を終わらせなければならない』

狼狽えるヒューゴ卿の精霊に、ルーカスさんが現実を告げる。

――デモ!!　ココニ！　タマシイ　マダアル
えっ!?　どこにあるって？

ヒューゴ卿は確実に昇天しているとルーカスさんが言っていた。だから、この地上に留まっているはずはないのに。
『グラキエス、よく見てごらん。この子はヒューゴじゃない。魂の形はそっくりだけど、色が違う。ヒューゴの魂は、もっと澄んで冴えわたるような色だった。でも、この子の魂は、荒ぶって今なお定まらず、いくつもの色が混ざった色合いをしている。ね、別人なんだよ』
――ニテル……ノニ　イロ　ガ　チガウ？
『そう。この子はヒューゴの血縁者でもある「リオン」だ。その宝玉は、リオンが君のために、わざわざ用意してくれたものだ』
――ナラ　リオン　ニ　オレイ　スル
『いいの？　僕には反対する理由はないけど』
――タスケテ　クレタ　ソレニ　ヒューゴノ　オモイヲ　トドケテ　クレタカラ
『子孫くん、グラキエスが宝玉のお礼をしたいそうだ。ぜひ受け取ってあげて』
――リオンニ　カンシャノ　シルシ　アゲル
お礼？　……なんか、そう言われると頑張ってよかったなって……さ、さっむ！　えっ!?
俺の周囲に雪が舞ってる。なんかどんどん凄くなって……吹雪!?
――ワレ　ハ　グラキエス　ナンジニ　クミスル　コオリノ　セイレイ　ナリ
耳鳴りがして、凍てつく冷気が背筋を走り抜けた。このままだと冷凍マグロ一直線だ。
『うん。しっかり受け取ったみたいだね。この二人は僕らに任せておいて。精霊界に引き取るよ。じゃあ、僕たちは還るから。後はよろしく！』

ルーカスさんたちと共に、氷の大精霊グラキエスは精霊界に渡った。宝玉を大事そうに抱えて。

真の復活の時は、まだ先になりそうだ。

エピローグ

初めての精霊召喚と上級魔術。そして、融合魔術の開発に精霊との連携。

グラキエスは解放されたけど、もちろん俺一人の力ではなくて、アイ、アラネオラとルシオラ、フェーンと風の小精霊たち、そしてルーカスさんとリクオルさん。こんなに沢山の仲間との共同作業だった。

だけど、俺の周囲に及ぼした影響は絶大だった。

周辺への被害を抑える策として、リクオルさんに巨大水球を作ってもらった。目的は果たせたが、その一方で、より多くの人たちが異常事態の発生に気づいてしまった。

まあ、これもキリアム「あるある」だよね。

なにしろ最上格の精霊の降臨なのだ。加えて、風の小精霊の群体も上空で騒めいていた。

分家当主たちはもちろん、日頃は精霊を『視る』力がない者まで、尋常でない存在感を肌で感じ取れたらしい。

さらにあの後、この辺り一帯にシトシトと大地を潤す雨が降った。

魔素濃度がとても濃かったせいで、慈雨だと言って、みんな大喜びして、ちょっとした宴会が開かれる事態に。

大袈裟にしないでとは、俺の口からは言えなかった。だって、水盤が破壊された件は、俺が考えていた以上に、本邸の人々に暗い影を落としていたから。

魔女の呪いを恐れるあまり、水盤を長年放置していた後ろめたさ。大精霊に愛されたヒューゴ卿を蔑ろにしたことが、精霊の怒りを招いたのではないか？

精霊信仰が厚い人々にとって、そうした懸念は相当な重荷になっていたらしい。

そこに「水精王が顕現した。大精霊を解放し、かつ目覚めた大精霊の昂りを鎮め、慈愛の雨を降らせた」という、キリアム本家からの通達が届いた。

空中庭園から上郭に引き上げた後、人払いをした部屋で分家当主たちに囲まれて、根掘り葉掘り問いただされ、あの攻撃が上級魔術であることをカミングアウトしている。

その中には、いつから魔術を使えたのかとか、指導者もいないのに、どうやって覚えたのかとか、ハッキリ答えられない質問も多かった。

そして、魔物の存在や俺が魔術を使えることを隠すために、彼らが夜遅くまで膝をつき合わせて考えたのが、先ほどのカバーストーリーだ。

それが、この地方の人々には却ってウケた。いや、大いに感心されたと言っていい。

次期当主の召喚にルーカス卿の精霊が応えただけでなく、ヒューゴ卿の精霊が新たな絆を残したからだ。

長年の鬱屈や抱えていた不安が、すっきりさっぱり綺麗に片付いて、これはめでたいという気持ちになるのも分かる。

「リオン様。新しい精霊紋は大層素晴らしいと聞きました。弟やジャスパーが得意げなのが悔しいです。僕もほんのりとした光は『視える』のですが、模様までは明瞭じゃなくて」

そうか。アーチー、君も『視える』子なのか。

氷の大精霊グラキエスがくれたお礼。それは精霊紋だった。

リクオルさんの精霊紋の隙間を埋めるように、精緻な幾何学模様が、左手の甲から二の腕にかけて、びっしりと覆っている。

精霊紋のグレードアップ。左半身は、首、肩から手の甲まで銀色の紋だらけ。ド派手な外観なので、普通の人に見えなくて本当によかった。

それにしても、今回はいろいろと考えさせられた。

目覚めた大精霊は、ヒューゴ卿の想いと共に精霊界へ旅立ち、復活の時を待っている。

あれだけ想い合えれば、人だとか精霊だとかは、もはや関係がない。彼らの互いに向ける愛情を見て、素直にそう思えた。

生前は『精霊狂い』と呼ばれていたヒューゴ卿。ヒューゴ卿の死後も、盟約を破棄できなかった精霊。それは、魔女と呼ばれたフロル・ブランカが羨むほどの、一途な想いだった。

何もかも、望むものは全て与えられて育ったフロル・ブランカ。

初恋は叶わないと言うけれど、彼女は、周囲が強引に叶えてしまう環境に生まれてしまった。

しかし、恋するアレクサンダー卿と結婚しても、相手からは上辺を取り繕った反応しか得られず、恋が実ることはなかった。

俺には男女の情愛なんて分からない。だけど、彼女が真っ当な愛情を育む方法を知らなかったのは簡単に想像できる。

尽くされるのが当たり前で、他人の心情を推し量ったり、相手に配慮することを、彼女に教えてくれる人はいなかった。

たぶんそれが不幸の始まりで。

愛されるのが当たり前だと勘違いしてしまったのは、彼女の生い立ちを考えれば当然の成り行きだと思う。

持て余した恋情は、周囲が何よりも恐れていた呪いへと昇華し、結果として、恋する男から婚約者を奪い、尊厳を奪い、王位を奪い、故国まで奪った。

それだけでなく、強力な呪いは大勢の人々を死に至らしめ、誰も彼もが陰では彼女を魔女と呼び恐れた。

水盤や墓までぶち壊すなんて奇行に走ったのは、どう考えても八つ当たりで。ヒューゴ卿の精霊が与えられた深い愛情なんて、どうやったって自分には手に入らないと、気づいてしまったせいかもしれない。

少女の像の傍らには一角獣が寄り添っていた。この世界でも、一角獣は処女性を象徴する生き物だそうだ。

あえてその意匠を選んだのは、彼女が清らかな乙女のままであることや、荒んでしまった恋心を、男に当てつけるためだったのか？

愛ってなんだろう？　可愛さ余って憎さ百倍？

恋愛素人の俺には、その行為は的外れに感じられる。だけど「じゃあ、どうすればよかったの？」と聞かれても、正解を思いつくことができない。

望んで得た加護ではなかった。彼女はそう言っていた。

この世界の神々は、恵みを与えるばかりではない。特に生命神の眷属である呪神の加護には二面性があり、その恩恵は両極端だと言われている。

白い加護と呼ばれる【呪華（パナケイア）】は、魂の損耗を対価にする代わりに、奇跡ともいうべき治癒を成し遂げる。その一方で、黒い加護と呼ばれる【妖華（マルム）】は、術者の感情を反映して呪いを撒（ま）き散らす。

そう簡単に都合の良いチートは与えない。自然の摂理を曲げることを望むなら、報いを受けるがいい。神様がそう言っているように感じる。

黒い加護の被害の大きさを考えれば、血統を絶やすという選択肢もあったはずだ。しかし、黒い加護は数百年に一人と、発現頻度が極端に低かった。

その根絶と引き換えに、当事者に多大な恩恵を施す白い加護を喪失するのは、反対する人も多く、惜しまれたことが推し測れる。

白い加護の恩恵を享受し続け、問題を未来へ先送りにした結果、フロル・ブランカの時代にツケを払う羽目になった。

そして大いに痛い目をみたはずなのに、問題は再び先送りにされている。もう意図的だよね、これ。血統は変わらず保護されたまま、あれから既に百年の時が経（た）っている。

保護血統は、人にとって旨（うま）みのある加護を独占して利用し続けようという、人間のエゴが作り出した制度だ。でも神々は、小賢（こざか）しい人間の考えなんかに、いちいち忖度（そんたく）なんてしてくれない。

そういう俺も、異なる家系ではあるが、保護血統の血が流れていて、しっかり加護も付いている。

今回はそれにかなり助けられているので、文句を言うのは筋違いかもしれない。

でも今思い返せば、最初からあの真珠色の蛇に誘導されていた気がする。利用されたのは俺の方なんじゃないか？　なんて思ったり。

精霊の盟約と、織神の加護。このところ、この二つに振り回されっ放しだ。俺の本業は【理皇】で魔術師なのに。

分家当主たちは、『顕盤の儀』の結果を確認しているから、俺に魔術系統の職業があることを知っていた。でも聞くのと見るのとは大違いで、目の前で披露された上級魔術に、彼らは仰天した。すぐに、正規の魔術教育を受けさせる方向で共通見解に達して、秘密を厳守できる教師を探し始めたそうだ。

そして、教師を招聘するまでは、魔術を使うのは禁止だと言われている。その理由のひとつは、自己流は危険だということ。もうひとつは、情報漏洩を懸念してだ。

尤もな主張だったので、現在は放出魔術を自粛中である。

あーあ。魔術の訓練をしたいな。そういえば、すっかり音沙汰がないけど、三体目の理蟲って、どうなったんだろう？

「リオン様、お飲み物はいかがですか？」

「少しずつお菓子を切り分けてもらいましたの。どれか召し上がりませんか？」

「甘い物より、血肉になるものがよいのでは？」

「あら。肉や魚ばかりでもいけません。健康な身体を作るには、お野菜も必要です」

リクオルさんの降臨。そして、グラキエスの解放を祝う会は、気づけば本邸をあげての大パーティになっていた。

基本的には無礼講で、本邸で生活する関係者が大人も子供も勢揃いする。ほぼ全員に血縁関係や婚姻関係があるのが凄いよね。田舎の親戚の家に遊びに行った感じで、いまいちよく知らない相手でも身内感覚がめっちゃある。

この際だから、年が近い同性の知り合いを増やしたい——なんて思ったのに、なぜか幅広い年齢層の女性が集まるテーブルに放り込まれた。

右も左も正面も、とにかく全方位で姦しい。

なぜか、みんなが俺の世話を焼きたがる。特に母親世代の女性たちが積極的なのは、気のせいじゃないよね？　毒親を持った俺への労り？　あるいはあの母親への対抗心？

いずれにしても、俺は年上の女性の善意を断るのが苦手だ。前世では祖母ちゃん子で、母さんや姉ちゃんにも頭が上がらなかったせいかもしれない。

だから、もうお腹がパンパン。これ以上、食べられない。腹がぽっこり膨らんで蛙みたい。

あっちの男子テーブルに行っちゃダメ？　彼らは各々の皿に肉を山盛りにして、ここぞとばかりに黙々と食べてる。成長期とはいえ、よく食べるね。その強靭な胃袋が羨ましい。

そろそろ引き上げようかと思ったときに、パーティ会場が静まり返った。どうやら、会場のドアが開いて、だれかが入ってきたみたいだ。

「誰が来たの？」

「あれは王都邸に勤務している騎士だと思います」

みんなの視線は一点に集中していた。

「女性騎士？」

本邸では珍しい女性騎士の姿に、思わず目を瞠る。

「先触れですって。とうとういらっしゃるらしいわ」

何人も辞めてしまって数が少ないという女性騎士。でも、全くいないわけじゃない。貴婦人の護衛を任せる者がいないと困るから、強く慰留された者や、当人が不本意でも家の事情などで辞められない人もいるはず。

そして、王都にいる女性騎士が先触れするような人物は、今現在、一人しかいなかった。

「あの人が……俺の母親がやってくるのか」

嵐の到来を予感した。

――生体サーチ結果――

リオン・ハイド・ラ・バレンフィールド・キリアム

年齢　７歳
種族　〆Ψ
肉体強度　体力中等度
一般能力　痛覚制御／精神耐性＋＋／飢餓耐性／不眠耐性／速読／礼儀作法／写し絵
特典　自己開発指南

転生職　理皇
固有能力　究竟の理律
理律　理壱／理弐／理参／理肆
派生能力　魔眼＋＋＋／超鋭敏／並列思考／感覚同期／倒懸鏤刻／蠱使いθ／並列起動／幽体分離／俯瞰投影（魔装甲）

職業　門番θ
固有能力　施錠／開錠／哨戒／誰何

盟約　精霊の鍾愛
精霊紋　水精王／精霊召喚［リクオル］
精霊紋　氷精霊
精霊召喚［グラキエス］（封印中）
固有能力　精霊感応＋／愛され体質
派生能力　指揮／水精揺籃／甘露／架界交信／封想珠

加護　織神【糸詠＋】
固有能力　織神の栄光／枢蛇／蚕蛛明晰翅
派生能力　万死一生／先見者θ／蠹毒浄牙
顕彰　廻狂瀾於既倒

加護　嚮導神【悉伽羅】
固有能力　裂空／幽遊

備考
転生／前世記憶

代償シータ
～精霊に愛されし出遅れ転生者、やがて最強に至る～

あとがき

本書籍をご購入頂いた皆様へ。

ありがとうございます！　誠にありがとうございます！　感謝感激雨あられです！

二月にカクヨムへ投稿し始めてから、はや十カ月。本書はウェブ版で欠けていた要素をこれでもかと詰め込んだ欲張りセットを目指しました。

特に様変わりしたのは、登場人物の増加に伴い、新たなエピソードが幾つも発生した点です。（※ここからは少しネタバレがあります）

書籍化作業にあたり、リオンと共に過ごす人物を出そうという話になりました。できれば同世代の子供がいい。

そして選ばれたのが、つい言動が大人びてしまうリオンに、年齢相応の子供らしさを教えてくれる人物です。いずれ成長すれば幼馴染（おさななじみ）となり、信頼できる腹心の部下になってくれそう。

他にも転生者が出てきたり、リオンが周囲からどう思われているかを第三者視点で書いたりしています。世界設定も厚くなりました。

物語の舞台は「精霊の国」と呼ばれる土地であり、精霊は人々の生活のすぐ近くにいます。しかし、精霊が存在する理由について現地生まれの人々は知りません。

その一方で、転生者である主人公は否応なしに世界の秘密と深く関わっていきます。

精霊に愛されるが故に巻き込まれ、そして自らの意志で困難に立ち向かうことを決断する。書籍では、この設定をより強く意識して改稿しました。転生前は普通の高校生でしかなかったリオンが、異世界でより強く逞しく成長していく物語を描いていきたいです。

先日、某バンドのライブに行ってきました。まだ結成されて一年ほどですが、メンバーの平均年齢は高め。長年の音楽活動により、既に成功を手にしている面子なので、ファンの年齢層も幅広い。だけど、ライブ会場は凄い期待感に満ち溢れていました。

もういいか。じゃなくて、まだまだいける。心は少年。演奏やパフォーマンスから、そんなメッセージが躍動感と共に熱く伝わってくる気がしました。

本書の主人公であるリオンは、転生前は少年と青年の狭間にいました。転生後の年月を加算すると、もう大人と言っていい年齢かもしれません。ですが、心は少年のまま、生き生きと異世界生活を過ごして欲しいと思っています。

さて。本日（発売日）は偶然にもクリスマスです。一年が経つのは早いですね。もうすぐ新年だなんて。暮れ、または年明けのひとときに、本書に描かれた世界を楽しんで頂けたら、これ以上に嬉しいことはありません。

寒さが厳しい毎日ですが、どうぞご自愛ください。皆様、良い年を！

代償θ（だいしょうシータ） ～精霊に愛されし出遅れ転生者、やがて最強に至る～ 1

2023年12月25日　初版第一刷発行

著者　漂鳥
発行者　山下直久
発行　株式会社KADOKAWA
〒102-8177　東京都千代田区富士見2-13-3
0570-002-301（ナビダイヤル）
印刷・製本　株式会社広済堂ネクスト
ISBN 978-4-04-683064-7 C0093

担当編集　姫野聡也
ブックデザイン　冨松サトシ
デザインフォーマット　AFTERGLOW
イラスト　bob

本書は、カクヨムに掲載された「代償θ」を加筆修正したものです。

冒険者予備校時代のヴェルに降りかかる面倒事『狩猟勝負』、
生きるために狩るヴィルマの狩猟生活『英雄症候群の少女ヴィルマ』、
聖女と呼ばれるに至ったエリーゼの正道の記録『聖女誕生』、
以上の三本を収録!

Story

転生者である魔導具師のダリヤ・ロセッティ。
前世でも、生まれ変わってからもうつむいて生きてきた彼女は、
決められた結婚相手からの手酷い婚約破棄をきっかけに、
自分の好きなように生きていこうと決意する。
行きたいところに行き、食べたいものを食べ、
何より大好きな“魔導具”を作りたいように作っていたら、
なぜだか周囲が楽しいことで満たされていく。
ダリヤの作った便利な魔導具が異世界の人々を幸せにしていくにつれ、
作れるものも作りたいものも、どんどん増えていって——。
魔導具師ダリヤのものづくりストーリーがここから始まる！

好評発売中!!

盾の勇者の成り上がり　①〜㉒
著：アネコユサギ／イラスト：弥南せいら
極上の異世界リベンジファンタジー！

槍の勇者のやり直し　①〜④
著：アネコユサギ／イラスト：弥南せいら
『盾の勇者の成り上がり』待望のスピンオフ、ついにスタート!!

フェアリーテイル・クロニクル　〜空気読まない異世界ライフ〜　①〜⑳
著：埴輪星人／イラスト：ｒ:ｉｃｃｉ
ヘタレ男と美少女が綴るモノづくり系異世界ファンタジー！

春菜ちゃん、がんばる？　フェアリーテイル・クロニクル　①〜⑩
著：埴輪星人／イラスト：ｒ:ｉｃｃｉ
日本と異世界で春菜ちゃん、がんばる？

無職転生　〜異世界行ったら本気だす〜　①〜㉖
著：理不尽な孫の手／イラスト：シロタカ
アニメ化!!　究極の大河転生ファンタジー！

無職転生　〜異世界行ったら本気だす〜　スペシャルブック
著：理不尽な孫の手／イラスト：シロタカ
本編完結記念！　豪華コンテンツを収録したファン必読の一冊!!

無職転生　〜蛇足編〜　①
著：理不尽な孫の手／イラスト：シロタカ
無職転生、番外編。激闘のその後の物語。

八男って、それはないでしょう！　①〜㉘
著：Ｙ.Ａ／イラスト：藤ちょこ
富と地位、苦難と女難の物語

八男って、それはないでしょう！　みそっかす　①
著：Ｙ.Ａ／イラスト：藤ちょこ
ヴェルと愉快な仲間たちの黎明期を全編書き下ろしでお届け！

異世界薬局　①〜⑨
著：高山理図／イラスト：keepout
異世界チート×現代薬学。人助けファンタジー、本日開業！

魔導具師ダリヤはうつむかない　〜今日から自由な職人ライフ〜　①〜⑨
著：甘岸久弥／イラスト：景、駒田ハチ
魔法のあふれる異世界で、自由気ままなものづくりスタート！

服飾師ルチアはあきらめない　〜今日から始める幸服計画〜　①〜③
著：甘岸久弥／イラスト：雨壱絵穹／キャラクター原案：景
いつか王都を素敵な服で埋め尽くす、幸服計画スタート！

治癒魔法の間違った使い方　〜戦場を駆ける回復要員〜　①〜⑫
著：くろかた／イラスト：KeG
異世界を舞台にギャグありバトルありのファンタジーが開幕！

治癒魔法の間違った使い方 Returns　①
著：くろかた／イラスト：KeG
常識破りの回復要員、再び異世界へ！

人間不信の冒険者たちが世界を救うようです　①〜⑥
著：富士伸太／イラスト：黒井ススム
最高のパーティーメンバーは、人間不信の冒険者!?

転生少女はまず一歩からはじめたい　①〜⑦
著：カヤ／イラスト：那流
家の周りが魔物だらけ……。転生した少女は家から出たい！

MFブックス既刊